Get

**Pleas**
**You** c
**Or** b

A E
*&* I

# Sus ojos en mí

Autores Españoles e Iberoamericanos

# Fernando Delgado

# Sus ojos en mí

*Premio Azorín de la Diputación*
*Provincial de Alicante 2015*

No se permite la reproducción total o parcial de este libro, ni su incorporación a
un sistema informático, ni su transmisión en cualquier forma o por cualquier
medio, sea éste electrónico, mecánico, por fotocopia, por grabación u otros
métodos, sin el permiso previo y por escrito del editor. La infracción de los
derechos mencionados puede ser constitutiva de delito contra la propiedad
intelectual (Art. 270 y siguientes del Código Penal)
Diríjase a CEDRO (Centro Español de Derechos Reprográficos) si necesita
fotocopiar o escanear algún fragmento de esta obra. Puede contactar con
CEDRO a través de la web www.conlicencia.com o por teléfono en el
91 702 19 70 / 93 272 04 47

© Fernando Delgado, 2015
© Editorial Planeta, S. A., 2015
    Diagonal, 662-664, 08034 Barcelona (España)
    www.editorial.planeta.es
    www.planetadelibros.com

Diseño de la colección: © Compañía

Primera edición: abril de 2015
Depósito legal: B. 8.110-2015
ISBN 978-84-08-13874-7
Composición: Víctor Igual, S. L.
Impresión y encuadernación: Egedsa
Printed in Spain - Impreso en España

El papel utilizado para la impresión de este libro es cien por cien libre de cloro y
está calificado como **papel ecológico**

*A Cándido Segovia, que me permitió compartir
con el hispanista Ronald Cueto su erudición teresiana.
Y a Ronald Cueto, que me presentó a Jerónimo Gracián y
me sugirió que no lo perdiera de vista.*

El ojo existe en estado salvaje.

ANDRÉ BRETON

Ama y haz lo que quieras.

AGUSTÍN DE HIPONA

Amantes, dementes.

PLAUTO

> *La religiosa tenía entonces sesenta años, exactamente el doble de Gracián, y el resultado de la entrevista fue sorprendente. No hay otro modo de expresarlo: se enamoró de él.*
>
> GERALD BRENAN

*Se dijo Teresa espantada de sí misma por el excesivo consuelo y contento que le llevé a Beas de Segura cuando allí se encontraba, preocupada y decaída, aunque espantado también estaba yo de mí ante el temor de Dios que era su amor primero. Mi espanto y el suyo no fueron, sin embargo, el mismo: Teresa era capaz de juntarnos a Dios y a mí con ella en igual amor hasta soñarlo. O ver como vio a Jesús tomándonos de una mano a cada uno y juntándolas con las suyas. No ponía puertas al amor ni separaba el amor divino del humano porque al fin todo lo que tocaba el amor era para ella divino. Y tanto era mi espanto que hube de recriminarla que mucho me quisiera, a lo que me contestó con risas que «cualquier alma, por perfecta que sea, ha de tener un desguadero. Déjeme a mí tener este» —me dijo—, «que por más que me diga no pienso mudar del estilo que con él llevo».*

*No diré que el rostro de aquella mujer, recortado en la toca de una monja, fuera tan bello que incitara al pecado al que lo viera*

11

*al retirar su velo. Ni que su cuerpo, ágil para su edad de mujer plena, llamara a cualquier hombre a imaginarlo con malicia. Tampoco diré que la santidad le alumbraba los ojos, porque no era su mirada la recatada mirada de una virgen. La cara vivaz, el cuerpo inquieto, la mirada solícita y la inteligencia moviéndole los labios hacían de Teresa de Cepeda una mujer de apariencia más joven a sus sesenta años y presta al atractivo. Y aumentaban sus dones a medida que iba hablando de Dios, porque hablaba de Dios para hablar de lo humano, o a medida que hablaba de las cosas pequeñas y las cosas pequeñas se tornaban muy grandes. Y a medida que hablabas con ella.*

*Yo era un fraile de treinta años, un frailecillo joven y al decir de los demás, y que la humildad no me abandone, elocuente para la predicación y apto para la escritura. Mas por mucho que el diablo pueda entontecer a un fraile joven y enamorarlo de una monja vieja no era yo una fácil presa para el diablo, más que por virtud, que trataba de cultivarla según mi deber, porque me cuidaba del diablo por fidelidad a mis propósitos y a mi porvenir.*

*Tampoco creí que el diablo lo tuviera fácil con Teresa, y tratara de entontecer a una monja vieja enamorándola de un fraile guapo con la mitad de su edad. Mas si no enamorarla sí consiguió el demonio fascinarla conmigo, como si de un poder de seducción excepcional me hubiera dotado, o fuera acaso cosa de Dios, sin cuyo consentimiento Teresa no daba un paso, hasta poseerla una cierta ceguera que tenía tanto que ver con la fe como con el amor.*

*Lo mismo semejaba una soñadora en un instante, y algo más —una mujer capaz de ausentarse del lugar donde estaba sin escapar de allí, como si la oración interior, esa manera de embeberse a lo divino, la convirtiera en una niña viendo pájaros—, que pisaba después, o al mismo tiempo, la tierra con firmeza y manejaba los contratos de este mundo, los solares donde crecían los conventos, el precio de los muros derruidos o alzados y el orden en que las casas del Carmelo se erigían. O ponía su agudeza en la observación de los hombres y mujeres de las clausuras, sus debilidades y sus méritos, sus obsesiones y hasta las extravagancias de los perturbados del mundo que acababan en los conventos metiendo a Dios en las alteraciones del ánimo cuando no en sus intereses más mundanos, supersticiones y supercherías.*

*De todo eso me habló en la intimidad, que entre nosotros fue mucha. Y de todo eso hablaba con palabra clara y a veces atrevida, sin pelos en la lengua. Mas si escapaba al cielo y volvía de él o traía el cielo a su celda, y veía lo que los demás no veíamos, o escuchaba las voces de la altura y se producía según ellas, a veces con acierto y otras no, y siempre dando por sentado que era lo que Dios quería, no se ausentaba de mi lado cuando a mi lado estaba, tan conformada, muy desprotegida y en busca de cobijo, tan desvalida como nadie la viera en otra compañía; refugiada en mí, muy consolada. Y hablando del amor, como era su querencia.*

*Lo que yo presentía que era su gozo y lo que ella misma decía que lo era suponía un sentir cuando menos equívoco, que en nada me afectaba, contento yo de su contento, aunque podía a ella provocarle problemas con Dios, su esposo, y con sus enemigos al acecho. Mas a lo que temí no fue a que se prendara de las cualidades que en mí reconociera sino de lo que sentía a su decir en lo más hondo de sí misma, que era algo que no había sentido antes por nadie. Así lo confesó y lo dejó escrito sin andarse por las ramas.*

*Y fue para mi desgracia que en Beas de Segura y en día de primavera pusiera en mí sus ojos; seguro hállome de que pecó de precipitada al mostrar su complacencia en mi persona antes de cualquier examen. Bien es verdad que no ignoraba mi cuna, la de Jerónimo Gracián Dantisco, que es como me llamaba antes de pasar a ser en religión fray Jerónimo de la Madre de Dios, con mi padre a la vera del emperador Carlos V como poderoso secretario, primero, y después al servicio de nuestro rey don Felipe; hija mi madre del embajador de Polonia, Juan Dantisco, humanista y erasmista también. Y hasta poeta. Criado yo en la fe y educado para servir al Señor en un am-*

*biente culto y literario, inclinado desde niño al estudio y la lectura. A toda clase de lecturas. Y no pasa uno por los libros, si pasa por ellos con dedicación, sin que hagan mella en uno. Así le había pasado a Teresa no sólo con los libros de caballería, sino con los de los santos padres, que a todos leyó con hondura, y a mí con los de filosofía o teología que llegaran a mis manos y que a veces pasaban a las suyas.*

*No fui a Alcalá a ilustrarme en arte y ciencias y graduarme de maestro a la primera para arredrarme luego ante los lerdos con hábito. Mas la agudeza de Teresa era mucha, y prueba bastante me daría con el tiempo de sus buenas facultades para intuir a la legua las condiciones de los que se le acercaban. Y por lo que he dicho de los libros quizá al poner en mí sus ojos sólo los puso precipitadamente en el hombre de letras que la subyugaba con su verbo, porque insistía en mis saberes cada vez que a mí se refería. No sé si a su franqueza, que era mucha, o a su ingenuidad, que también la tenía, se debe que magnificara su preferencia hacia mi humilde persona e insinuara mi buen porte: bien parecido era, con modales agradables aprendidos en casa, como han subrayado al contarme algunos de los que me conocieron, y sin que mis poderosos ojos azules pasaran inadvertidos. Sé que no es de criatura humilde reconocerse a sí misma en lo que al fin y al cabo no son sino dones de Dios, que reparte las cualidades a su supremo entender, y que estas a veces son más cruces que alegrías, pues no en vano quien carece de ellas las envidia en quien las ostenta. Y he dicho por eso que fue para mi desgracia, y no me equivoco, que Teresa pusiera los ojos en mí. No habría en aquellos conventos mayor alimento para la envidia. Porque no era menos cierto que en los frailes faltaba cualquier atisbo de belleza y, al notar cualquiera esa carencia, fácil era que reparara en la complacencia de Dios en mi hechura. Y vale añadir que el descuido en la higiene y los cuidados en el hábito, o el simple modo de llevarlo, nos distin-*

*guía a unos frailes de otros. También el proceder, que era tosco en algunos y tímido y enrevesado en otros, pudo en mi caso atraer a la madre Teresa por mi soltura en el decir y por mi decir ilustrado. Que quizá fuera para ella lo que yo hablaba lo que más feliz la hiciera. Porque feliz la hice según dijo a sus propias monjas al nombrar los días de nuestro primer encuentro como el tiempo más luminoso de su vida. Y como no reparó en contarme su contento, sentime halagado sin mostrar rubor por ello ni expresar alegría por sus elogios, que lejos de parecerle a ella desmesurados le parecieron pocos. No correspondí yo a sus halagos y mucha era la admiración que le tenía. Aunque más que al entusiasmo con que enaltecía mi trato, su aprecio de las maneras suaves que en casa me inculcaron o su deslumbramiento por la elegancia de mi estirpe, y que Dios me perdone esta manera de gratificarme, temí yo por lo que Teresa había sentido nada más verme.*

*La dejé aventurarse por los laberintos de la pasión humana, que ella se ocupaba de convertir en divina, sin más correspondencia de mi parte, arisco en las formas, sin que ella advirtiera la aspereza ni disipara mi condición afable, por el fastidio que da no responder al amor con amor o no saber de qué amor al fin se trata. Y de saberlo, ser incapaz de vivirlo y de sentirlo como ella o en la misma medida, con verdadera obsesión. Se sube o se baja con el amor y si se baja a la lascivia se descubre un amor confundido con el que engaña el diablo. Y si se sube, se sublima el amor y, que Dios me perdone, puede ser el mismo Dios el que nos engaña o nos deja engañarnos. No sería yo quien dijera nunca estas cosas en mis predicaciones ni me atreviera jamás a hablar con Teresa de su engaño divino.*

*Por todo lo que digo podría parecer yo, a pesar de todo, un hombre enamorado, un hombre enamorado de una mujer esposada con Dios, mas no un sacerdote. Y sacerdote era y además, cuando la vi, provincial ya y visitador de Andalucía de la Orden del Carmelo en cuya reforma Teresa había puesto todos sus empeños y quiso que pusiera yo los míos. Y los puse. Y ella me dio su obediencia en todo y obedeció con amor para el bien de Dios, de sí misma y de su orden. No sé si para mi propio bien.*

*Fue así como la vi de pronto y mejor la vería al paso de las horas, tantas horas juntos, tantas horas viviendo las ausencias, más gozosa su compañía cada vez y la vida más plena.*

JERÓNIMO GRACIÁN DE LA MADRE DE DIOS

# PRIMERA PARTE

# I
## EL ELEGIDO

Aunque es verdad que la gloria consiste en el entendimiento, el fin del alma es amar.

Juan de la Cruz

Mi empeño en escribir una historia de amor entre una monja y un fraile, Jerónimo y Teresa en este caso, había empezado la tarde en que bajé de Segovia a su paraje de la Fuencisla, poblado de álamos, y entré en el convento por el que tanto anduvo Juan de la Cruz. Buscaba a fray Humberto de San Luis, que era el religioso carmelita que mi tío Ronald me había aconsejado consultar para escribir una novela sobre el santo. Me gustaba de san Juan su manera de salirse de sí mismo, o de entrar tanto en sí mismo, que encontraba en su interior las respuestas a cualquier pregunta. Y eso es lo que me pasaba a mí con frecuencia, pero sin exagerar: yo soy de natural más ligero, más superficial que el bueno de Juan de la Cruz, y mis iluminaciones, mucho más escasas.

Fray Humberto lo advirtió enseguida, a poco de ponernos a hablar, y en contra de lo que yo esperaba trató de disuadirme de mi proyecto literario. Pensó que de empeñarme yo en una novela querría que fuera una novela de acción, un relato en el que pasaran muchas cosas. Y no andaba equivocado; de ser de otra manera me habría puesto a escribir un libro de meditaciones si mi talento diera para eso.

Al fraile no le faltaba admiración por Juan de la Cruz, lo tenía por el miembro más excelso de su orden. Me dijo sin embargo, con cierta ironía, que para una novela, por poca acción que se exigiera al protagonista, el menos indicado era Juan de la Cruz, siempre tan metido para dentro y más del espíritu que de la calle. Y añadió con sorna que el movimiento más apreciable en él fue el esfuerzo que hizo para escapar con éxito de la prisión de Toledo en la que lo martirizaron los malditos carmelitas calzados.

—Ya lo veo a usted, si sigue en ese empeño —me dijo—, describiendo a san Juan en aquel cuchitril en el que lo recluyeron, donde para leer los oficios o escribir cualquier cosa tenía que subirse a un banco hasta alcanzar la poca luz que entraba por una aspillera que medía dos dedos. Pero eso no es nada, que sin escribir o leer puede uno seguir viviendo —añadió—, aunque a duras penas podría vivir así Juan de la Cruz, porque con el frío terrible que se filtraba por los muros, o el calor que no dejaba respirar en verano, y el hecho de que durmiera en una tabla en el suelo, con apenas dos mantas, nos dan idea de la tremenda crueldad de aquellas bestias que sin escrúpulos tomaban la comunión y rezaban con aparente piedad. Los piojos invadían el cuerpo de la víctima. Ni una muda de ropa le dieron en nueve meses al pobre fraile. De comer sólo le ofrecían unos mendrugos de pan y unas sardinas.

—No ignoro nada de eso. Además —dije—, no le faltaban los ayunos, lo sé: le imponían dos o tres a la semana hasta que lo limitaron a los viernes.

—¿Y sabe qué le hacían en esos días de ayunos?

—Ya, ya —le dije raudo—. Lo llevaban al refectorio,

donde los frailes se alimentaban a gusto, lo hacían disponerse de rodillas en el centro y le arrojaban pan seco y agua.

—Y eso por no envenenarlo, que todos los que lo cuentan coinciden en que el bueno de san Juan pasó todo ese tiempo pensando que lo envenenarían.

—Envenenarlo hubiera supuesto para ellos abandonar la crueldad que tanto placer les daba, padre.

—Tampoco faltaba entre aquellos frailes quien propusiera empozarlo; así, como lo oye, meterlo en un pozo para que no quedara rastro de él. Estaban convencidos de que lo mejor era hacerlo sufrir hasta que saliera de allí para ser enterrado.

—En fin... Para un episodio largo de cualquier novela sí que valdrían estas barbaridades.

—Por supuesto —admitió fray Humberto—. Y que no se le escape a usted una cosa si toma esta historia como un episodio más de esa novela que pretende: la espalda desnuda del santo y cada fraile golpeándolo con una vara mientras entonaban piadosamente el miserere. ¿Qué le parece?

—Que se queda usted corto. No hemos hablado del odio con que lo miraban. Ni le hablaban. Abrían la puerta de la celda y le tiraban la poca comida al suelo. Además, no le vaciaban el balde durante días y días y el hedor lo obligaba a vomitar sin que aquello pudiera soportarlo un ser humano.

Fray Humberto se sorprendía además de la indignación con que yo recontaba las desvergüenzas de los carmelitas calzados de Toledo y de Sevilla y sus crueldades en una relación de ellas que me llevaba muy aprendida.

Me dijo enseguida que si yo siguiera optando por hacer la novela sobre Juan de la Cruz que él me desaconsejaba le habría dedicado páginas enteras a esas bellaquerías de los calzados que metieron a san Juan, como ya habíamos hablado, en aquel retrete de una de las habitaciones de la prisión ordinaria del convento de Toledo.

—No se pierda —añadí— lo que dijo Teresa de Jesús en medio del disgusto que tenía por la desaparición de fray Juan; no sabía ella dónde estaba su Séneca —así lo llamaba con cariño y aprecio—, ni le extrañaba que lo hubieran hecho desaparecer tan sólo porque trabajaba en la reforma del Carmelo.

—Sí, llegó a decir no sólo que lo hubiera preferido mejor en manos de moros que de calzados; aseveró también que Dios trata a sus amigos de una manera terrible, aunque estos no podían tener queja porque Dios había hecho lo mismo con su propio hijo. —Me miró fijamente y añadió—: Un poco tremendo lo que dijo, ¿no?

—Un poco tremendo, sí; sobre todo, dicho por una santa.

—Si es para no acabar nunca —siguió fray Humberto—, porque tendría que contar también que la túnica, llena de sangre, de la sangre cuajada por los azotes que le propinaban, se le pudría pegada a la espalda, con lo que imagínese usted a las legiones de gusanos apoderándose del cuerpo de aquel hombre que ya no podía esperar otra cosa que la muerte. Y aquellos palanquines —se detuvo a explicarme—, frailes de baja estofa, que creían creer en Dios sin que Dios creyera en ellos, sí que tienen una novela, la novela oscura de los impostores —siguió contándome—, que podría revelar cómo en nombre de Dios unos demonios pudieron instalar el infierno en la tierra.

—¿Me está proponiendo escribir una novela de frailes? —le pregunté.

—No exactamente, aunque de frailes sería si de san Juan se tratara, como usted pretende. Pero supongo —me miró preguntándome— que puedo aconsejarle que para esa novela cuente con un hombre de acción, que era el tipo de hombres que le gustaba a Teresa de Jesús, los que se buscaba para fundar el Carmelo descalzo, el Carmelo nuevo, que en realidad era el más viejo, el recuperado, y que lo quería para acabar, entre otras cosas, con el vicio que hacía de los conventos de calzados espacios malolientes y empezar otros modos de conducta y de vivencia espiritual.

—Ya lo sé —dije—. No es ese un tema de mi interés.

—Teresa —siguió hablando fray Humberto con mucho énfasis, ajeno a lo que a mí pudiera interesarme y empeñado por lo que parecía en que escribiera la novela que le interesaba a él— prefería a los hombres metidos en el mundo.

Yo, que aún no había pedido el hábito de carmelita para mí, como ahora lo llevo al fin, ni pensaba que tuviera vocación para eso, dicho sea de paso, no quería hacer una novela de frailes. Me invadió, sin embargo, la frustración de no poder escribir una novela sobre un soñador como Juan de la Cruz, a pesar de que de un fraile se tratara. Fray Humberto no negaba que tuviera alguna vez los pies en la tierra, pero sentía no poco desdén por los que, como la misma Teresa, eran más administradores de lo humano que gozadores de lo divino. O al menos no tanto de lo divino como él.

Insistió mucho fray Humberto en la clase de hombres que gustaban a la santa:

—Hombres recios, decididos y embaucadores. Y hasta podía llegar a ser muy indulgente con los que tuvieran flaquezas en cosas de la carne —me contó—. En todo caso siempre estaba necesitada de hombres que la ayudaran y la comprendieran y pusieran todo su impulso en lo que ella pretendía hacer, y no como muchos de los confesores que tuvo a lo largo de su vida con los que encontró diferencias y discutió mucho.

—¿Con todos?

—Con todos. Menos con Gracián.

Cuando mentó por primera vez al personaje por su nombre completo, fray Jerónimo Gracián de la Madre de Dios, fue cuando me recomendó seguir la huella de aquel fraile para él aventurero, de los más aseados de la orden, bromeó, cuya belleza de facciones, riqueza intelectual, habilidades para convencer y mucha elegancia pueden darle, al menos —me explicó—, para escribir un buen retrato.

—Un hombre bien parecido, muy guapo, muy vivarachos sus ojos azules —repitió el carmelita esas cualidades, regodeándose un poco en ellas, debo decirlo—. Era además predicador elocuente, empeñado en cultivar sus dotes de palabra para conciliar y convencer. A las letras llegó temprano de la mano de sus padres y en ese camino anduvo con mucha brillantez. Con un enorme poder de seducción y con no pocas habilidades para atraer, sí. Sin perder la prudencia en la conversación ni los agradables modales que le venían de casta y mantenían su capacidad para cautivar a mujeres y hombres. Su candor, su encanto y su entusiasmo —insistía fray Humberto en el panegírico con cierto tono de predicador— le granjearon, además, amigos en todas partes y consiguió ascender rápidamente en nuestra Orden del Carmelo en la que, a falta de hombres de cultura y buen juicio, fue fácil que reluciera su talento.

—¿Comparable con el talento de Juan de la Cruz?

—No compare en este caso, eran personalidades bien distintas. Aunque la verdad es que Jerónimo era un asceta con buena disposición para la mística. Pero no iba en principio para fraile, y no sólo porque su padre lo quisiera más para las leyes que para el altar, para el servicio del rey y no para el de la Iglesia, por más que con frecuencia los servicios de la Iglesia y los del rey fueran los mismos, sino que una vez hecho cura, y cura bien formado en Alcalá, donde llegó a ser maestro en arte, tentado estuvo de hacerse jesuita, con los que anduvo mucho y de los que aprendió bastante, gente más aseada y de más saberes y prestigio que la que se suele encontrar uno en los conventos.

Por la manera de venderme a Gracián como protagonista de mi novela, sonriendo mucho él, y con lo que no supe si era o no una fina guasa que se le dibujaba en el rostro, advertí que para el fraile, que también era un hombre de buen ver y vestía el hábito con prestancia, un hombre guapo no era nunca lo de menos, y no sé por qué intuí que también él había descubierto que seguirle la pista a un hombre fascinante podría ser para mí un regalo. Si lo había resuelto así, y no sólo por mi manera de desenvolverme, quizá también por mi gestualidad en exceso delicada, descartaba que pudiera atribuirlo a mi predilección por Juan de la Cruz, una hechura de hombre tan llena de talento como escasa de donosura, tan bajito que a santa Teresa, dada a la broma, le parecía medio hombre.

—Lo que nunca he acabado de creerme —dijo fray Humberto, tan versado, siguiendo con Gracián— es que Jerónimo se hiciera carmelita, en contra de la opinión de su familia, por una repentina llamada de la Virgen, que al fin y al cabo no es más de unos que de otros la Señora, y menos por lo que hablara con unas monjas del proyecto de reforma del Carmelo que se proponía la famosa madre Teresa. O porque harto de las comodidades de la casa del conde de Chinchón, donde vivía como un marajá, un arrebato de humildad lo llevara a descalzarse y hacerse daño en los pies con las chinitas. De un hombre tan joven y culto cabría sospechar que el cambio se debía a alguna aspiración de gobierno allí donde faltaba, y no sólo por la gloria de Dios sino por interés propio, que no hay que hacerle tanto asco a la ambición por el mando, tratándose de un hombre nuevo, ni se propone uno por lo común ser santo tan temprano.

—¿Le pone usted reparos a su virtud?

—Tengo por costumbre observar a los virtuosos con cierta desconfianza —me respondió el fraile. Para añadir—: Esas cualidades de Gracián le permitieron en toda hora ganarse el favor de las carmelitas.

Fray Humberto se extendió mucho más de lo que yo cuento en su relato de los atractivos del padre.

—Le doblaba la edad, sí. Pero ¿quién le ha dicho a usted —me preguntó— que la diferencia de edades es un impedimento para el amor? Y en todo caso, y si lo fuera, ¿por qué ha de ser siempre más joven la mujer y más viejo el varón? Y no crea usted —precisó— que Teresa puso al Señor al margen de aquel amor, si es que de amor podemos hablar con toda propiedad, que a lo mejor me excedo yo hablándole de lo que no debería hablar, con lo que al no tener al Señor al margen, sino implicándolo, vea cómo el amor terreno no está reñido con el divino y a veces se encuentran.

—El amor no siempre es cosa de dos, puede haber amor a tres bandas —bromeé, con cierto temor a que el religioso me pusiera sus reparos. Pero no, estaba de acuerdo.

—Así lo entendió ella —dijo—, que no dejaba quieta la imaginación ni a sol ni a sombra y para explicarse esa entrega tuvo que contar que estaba almorzando un día tan tranquila cuando, en la misma mesa en la que comía, entró en trance, un trance rápido, como un relámpago, y de pronto, junto a ella, se sentó el mismo Jesucristo como lo solía ver, de un modo muy natural, con el padre Gracián a la derecha y ella a la izquierda, les cogió las manos a los dos, las juntó fuertemente, como seguramente ella deseaba, y le dijo a Teresa que pusiera a Gracián en su lugar mientras viviera y se conformaran en todo porque así convenía. Teresa se enamoró de él —declaró sin reparo.

—Era al parecer un hombre para enamorarse —dije.

—Ya sé lo que puede estar pensando usted —sospechó el dicharachero fray Humberto, con una complicidad que revelaban lo mismo tanto los movimientos de sus labios como los cambios de su mirada; tan dicharachero y espontáneo que me parecía un fraile raro—. Puede estar pensando que le estoy proponiendo escribir una novela de amor.

No era exactamente lo que yo pensaba escribir; acepté, sin embargo, la propuesta del fraile —eso sí, sin admitírselo de inmediato—, con tanta sorpresa de mí mismo como súbito entusiasmo.

—Toda una boda y Dios el oficiante.

—Véalo así si quiere —rio.

—Todo un deslumbramiento.

—También. Tardó la santa en encontrar a Gracián, sí, pero cuando lo tuvo enfrente puso sus ojos en él y ya no se los quitó de encima hasta su muerte.

—Bueno... Pues no me diga que lo de Gracián y Teresa no le parece a usted un matrimonio en toda regla —le dije.

El fraile me miró esta vez severamente, como si yo me hubiera tomado una licencia mayor de las muchas que él ya se había permitido, y sin saber qué contestarme. No ignoraba que yo estaba diciendo la verdad porque era evidente que ya lo había leído él en *Cuentas de Conciencia*, que es el libro donde lo relata Teresa.

—También dijo de Cristo que era un casamentero que había anudado tan estrechamente el lazo que los unía a ella y a Gracián que ni siquiera la muerte podría romperlo. Así se lo dijo en una de sus cartas, sí. Y de ese matrimonio en Beas —se atrevió a añadir, riendo esta vez— no salió al fin mala familia.

Se refería a la familia del Carmelo.

—¿Que no salió mala familia? No les faltaron sufrimientos, mezquindades y enredos de los suyos. Sus mayores enemigos eran los parientes de aquella familia.

—Como hoy—se lamentó, encogiéndose de hombros—. Pero el amor —me advirtió, más como un conspirador que como un experto— tiene además muchas máscaras, y se vuelve unas veces dulce y otras amargo, lúcido en ocasiones y ciego muchas veces, divino si se quiere y diabólico cuando uno menos lo espera o cuando sí lo desea.

—También muy ambiguo y hasta inexplicable.

—También —replicó—. Lo cierto es que con el amor nunca puede uno estar seguro de nada porque lo mismo parece que te arregla la vida que te la desarregla y, además, provoca igual la entrega total, que es lo que a mi parecer le pasó a Teresa con Gracián, que nada hizo ella que a él no pudiera parecerle bien, que te abandona. Y fue esta la impresión que la santa tuvo cuando le faltaban cartas de él o sus palabras de orientación y consuelo.

—El desasosiego del amor —comenté con sarcasmo.

—Pues sí, algo de eso. Y escrito dejó en días de depresión que mucho fue su tormento al verse ella sin él, con gran soledad, sin tener a quien acudir, sin nadie que le diese el alivio que le daba él. Y además están los celos —dijo—, y a lo mejor va usted y encuentra a los celos enredando en los conventos, si se empeña en investigar si los hubo, que no seré yo quien le hable de ellos. Y le digo lo mismo de la envidia, prima hermana de los celos.

—¿Un premio o una condena?

—¿Qué es el amor?

—Una cosa y otra.

—Y más, que el amor tiene sus caprichos, y sus caminos suelen ser tortuosos.

Me había convencido ya fray Humberto del interés que ofrecía la historia en la que, en principio, nos habíamos embarcado. Tardé en regresar, sin embargo, al convento de Segovia para que me contara otras cosas. Y cuando me decidí a hacerlo, meses después, acudí casi cada tarde, habiéndome adentrado ya en la vida y la obra de Jerónimo Gracián muy levemente, más seducido por la locuacidad de fray Humberto, tan brillante, que por la mirada de Teresa sobre su fraile. Empecé a ver en fray Humberto al mismo Gracián y tan fascinado quedaba por su modo de decir que a veces se ocultaba para mí lo que decía.

Fue entonces cuando empecé a hacerme otras preguntas. Por ejemplo: si era amor de Dios lo que Teresa sentía al ver a aquel joven deslumbrante por sus rasgos, delicado en sus modos, de buen olor por su buen aseo, los ojos como astros que desprendían una luz que le llegaba al alma y su palabra precisa que cautivaba tanto como la de los buenos predicadores que le gustaban mucho. Con más dulzura que aquellos, eso sí, y llevando al cuerpo de Teresa el temblor de lo humano como no dudo que fuera para ella también temblor divino.

Esas preguntas me hice y las guardé. Exclamé ante el fraile:

—Oh, Jesús —me miró él sorprendido ante tan inesperado arrebato—, qué maravilloso es cuando dos almas se comprenden. —Hice una pausa, lo miré fijamente y seguí—: Siempre tienen algo que decirse y nunca se cansan de decirlo.

Fray Humberto asintió con la cabeza pareciéndole que entraba yo en razón y sin darse cuenta de que lo que acababa de decir no era cosa mía; eran palabras de Teresa de Jesús que aclaraban cualquier duda sobre lo mucho que hablaron ella y Gracián en aquel convento de Beas y lo mucho que se entendieron.

Me mantuve después en silencio, un silencio sospechoso para fray Humberto. Acaso por eso me preguntó:

—¿Y qué?

—Cosas de la imaginación —le dije.

Y fue decirle eso y ver yo en aquel instante la cara de Teresa mirando a Gracián y de esa cara se desprendía arrobo, como de la mía ahora ante fray Humberto. Porque era Gracián guapo y bien puesto, cierto, pero también, y nadie niega que fuera causa principal, porque era culto y de buena educación literaria, que si no constituía la principal de las cualidades que ella pudiera admirar en cualquier persona sí era una de las primeras.

Le pregunté entonces al fraile por qué sabiendo él tanto de aquella mirada de la que me había hablado, y sin que le faltaran mañas para la escritura con toda seguridad, no había emprendido por su cuenta la aventura a la que me inducía.

Se encogió de hombros por toda respuesta y sin querer darme otra explicación, fijando en mí su mirada con algo de insistencia, me rogó que no dejáramos de vernos.

Fray Humberto, rondador de bibliotecas y archivos, más hombre de libros que de rezos por lo que percibí muy pronto, husmeaba en los anaqueles, según me dijo, no sólo separando el polvo de la paja sino con cuidado de que los historiadores piadosos no le dieran gato por liebre. Él se había ocupado de emplear su instinto en seguir una mirada: la de Teresa de Jesús proyectada en Gracián.

—Y si usted se decidiera a seguirla, una cosa le aconsejo: no desvíe la luz que alumbra esa mirada, distraído con lo mucho que pasa alrededor de ellos.

No obtuvo de mí una respuesta inmediata. A pesar de mi entusiasmo inicial aún me hallaba sorprendido con el cambio de proyecto literario que aquel fraile ilustrado me proponía. Él me hizo esperar un rato y al volver me entregó una lista de libros, viejos y nuevos, de Teresa y sobre Teresa, de Gracián y sobre Gracián. Seguro de que me servirían, al menos, me dijo, para entretenimiento. O para gozo de mi alma.

—O para su desolación —añadió—. Que de todo eso hay, y mucho, en los libros que le recomiendo. En todo caso —me aclaró, retomando la conversación por donde casi ya la habíamos abandonado—, no soy yo el que quiere escribir una novela, sino usted, de modo que si decidiera hacerla con Gracián como protagonista será usted el que tenga que seguirle la pista en lo que firmó bajo el nombre de Anastasio. Le gustó mucho la escritura. Y además, tratándose de una novela, bien haría en inventárselo, aunque no completamente. Porque si se lo inventara del todo no tendría nunca utilidad saber de aquel fraile del siglo XVI y qué fue de su vida y sus ambiciones.

—Podríamos escribir la novela entre nosotros dos —le propuse.

—Sí, hombre —soltó una carcajada—: diálogos de carmelitas.

—Pues no es mala idea.

—En la *Peregrinación de Anastasio*, la obra de Gracián, el protagonista dialoga con Cirilo.

—Yo dialogo con mi diablillo.

—¿Cómo?

Tuve que explicarle lo que a mí me pasaba: que así como a Teresa le alumbraba una voz interior, a la que ella apelaba siempre, yo invocaba esas voces interiores que mi confesor tenía por voces equívocas que sembraban sospechas dentro de mí y sólo podían venir del mismísimo diablillo divertido. ¿No hay gente que habla a solas y se pregunta y se responde a sí misma? Bueno, pues lo mío era igual, aunque con menos trabajo, porque un diablillo que llevaba por dentro se ocupaba unas veces de hacerme ver las cosas como son, otras como yo querría que fueran y, a menudo, como a él le daba la gana. Siempre divertido, eso sí. Teresa de Jesús oía igual que yo voces dentro de sí misma, pero voces de Dios, porque ella era una privilegiada. Y además las escribía con tal talento literario y divina inspiración que no podían ser lo mismo sus voces que las mías; yo oía por dentro a un diablillo que igual me cambiaba los tiempos y me trasladaba de un siglo a otro que me ponía en contacto con quien yo quisiera, aunque a veces sin pedirme permiso. Bien es verdad que oír a Dios, como le pasaba a Teresa, pone a uno en más graves compromisos; Dios siempre es más serio. De ahí el valor de la oración mental. Otra cosa es escuchar a un diablillo travieso, lo que me ocurría a mí, porque de no querer hacer caso a lo que te dicen esas voces interiores, Dios debe tomarse más a pecho la desobediencia y el diablillo no; al fin y al cabo el diablo nos quiere desobedientes, incluso con él mismo.

Teresa decía que la imaginación era la loca de la casa y por eso la hice tan mía como mi propia locura. Ya había escrito ella misma que no creamos que es cosa de visión cualquier cosita que se nos antoje, y que, además, donde hay algo de melancolía es menester mucho más aviso. Y aclaraba que a ella le habían venido cosas de esos antojos que la habían espantado. Y le espantaba ver cómo era posible que pudiéramos dar por verdadero lo que parecía que veíamos y no veíamos.

—Juan de la Cruz era otra cosa —cambió de tercio el fraile, tratando de disuadirme definitivamente de mi intención de narrar la vida del místico—. Vivía para dentro entonces y no salió de sí ni sirvió para nada que no fuera la pura contemplación hasta pasar de cuarenta años.

Ya había desechado yo el proyecto de novela sobre san Juan. De Teresa no hizo falta que me hablara. De ella sabía yo de sobra.

—Su habla era muy graciosa —dije— y su conversación suavísima y muy grave, cuerda y llana. Sus palabras sacaban consigo un fuego tan suave que te llevaba a la parte que quería y a la que deseaban todos los que la oían. Contaba sus trabajos y enfermedades con tanto donaire que reía de sus achaques y dolores, que eran cosa que espantaba, sin quejarse ni ser enfadosa. Lo contaba todo, y lo contaba sazonándolo con una risa tan suave que no parecía sino que los trabajos presentes y pasados se le volvían a la boca hechos azúcar.

Acabé aquella arrebatada descripción de Teresa y me miró fray Humberto fijamente, callado y sorprendido, porque mi habla debió parecerle además habla de los tiempos de la santa, sin obsequiarme con el aplauso que me merecía por lo preciso de mi descripción tan elocuente, aunque tan de carrerilla. Mi mente volaba siempre por libre y, a veces, era el diablillo el que tiraba de ella, con lo que luego suponía una obligación mía detenerla y ponerla en su sitio.

—Sería usted un excelente predicador para la novena de

la santa —me dijo fray Humberto, más zumbón que piadoso.

Permanecí mudo durante un rato. Luego empecé a reír con mucho desparpajo, sin que él, asombrado, supiera de qué. No eran mías aquellas palabras que había relatado de seguido y con tanta memoria de ellas para hablar de la madre. Ni eran palabras de Gracián para hablar de Teresa como hablan los enamorados de sus mujeres. Eran las palabras de un médico de Burgos, muy amigo de Gracián, el doctor Aguiar por más señas, con quien Teresa tuvo largas y fecundas conversaciones, como si hablando con él lo estuviera haciendo con el mismo Gracián.

Y acaso fue el diablillo que habita dentro de mí el que me sugirió al oído que a quien yo escuchaba cuando hablaba con fray Humberto era a un enamorado, es decir, a Gracián, y no sólo enamorado del alma de Teresa, sino guiado su verbo por esas sensaciones de arrobo que trae el cuerpo al hombre sin que a veces sepa el hombre dónde acaba el cuerpo y empieza el alma, o al revés. Y cuándo se juntan, que se juntan.

No desvió el fraile la mirada mientras le hablaba, ni yo dejé de responderle con la mía, y cuando hice una pausa volvió a un recordatorio:

—En la *Peregrinación de Anastasio*, la obra de Gracián, le repito que Anastasio dialoga con Cirilo.

—Y con excelentes resultados, ¿no?

—Ni yo soy Anastasio ni usted Cirilo.

Le contesté que de todos modos lo que suponía un peligro para la supuesta novela, la hiciera uno u otro o los dos en compañía, era tantos líos de frailes y monjas por medio.

—Comprendo, amigo mío, que en una novela de amor importen poco esas contiendas clericales con el papa y el rey, que hoy te doy autoridad y mañana te la quito para

34

que fundes o no fundes conventos de frailes nuevos, y más limpios, por dentro y por fuera, que los frailes viejos, pero ningún amor se basta con los éxtasis y las miradas, ni siquiera con las trampas de la imaginación, y con compartir las emociones que mandan por dentro de los seres humanos, y que si no vienen de Dios, y que el Señor me libre de dudarlo, se le atribuyen a Dios para contento de quienes lo imaginan.

—Pues ya puestos a citar —le dije yo a fray Humberto— no se olvide de lo que Juan de la Cruz dijo de todo esto.

—¿Y qué dijo?

—Dijo que cuanto más santo es un hombre, más gentil y menos se escandaliza de las faltas de los demás, porque conoce la debilidad del ser humano.

—De acuerdo con eso —concluyó fray Humberto—, usted y yo más bien parece que de santos no tengamos mucho.

Fue entonces cuando le dije con cierta guasa, siendo todavía seglar, que por lo que veía, nada mejor para mí, si quería alcanzar la santidad, que entrar en el convento. Rompió en carcajadas.

—Pero usted solo, no —ironizó—; con su diablillo.

Se reía mucho con ese diablillo zumbón que andaba por dentro de mí llevándome a averiguar por mi cuenta o dándome cuenta él de sus a veces disparatas averiguaciones. Así que cuando le dije que para lo que tenía yo que hacer en el mundo, o quería hacer, además de escribir o pintar, que también pintar se me daba muy bien, lo mejor es que me hiciera fraile, creyó que era una travesura de mi diablillo o una broma mía en su nombre y me aconsejó con retranca que empezara como hermano lego porque desconfiaba de que yo fuera a permanecer en un convento más tiempo del que me acompañara aquel travieso Satanás al que él le había tomado ya mucha simpatía, y creía que había de ser mi mejor acompañante en una celda. Y acaso —me dijo— acompañante de él mismo.

—Aunque es verdad —añadió— que el silencio es cosa de conventos y por su mucho hablar no parece que el silencio y usted se lleven bien. Y, además —me advirtió, quizá queriendo o temiendo que de ingresar en un convento pretendiera yo quedarme en el suyo de Segovia y próximo a él mismo—, no esté seguro de que pueda quedarse en este si así lo decide.

Tiempo no iba a faltarme, me aseguró, para escribir la novela en la clausura, aunque me dio el consejo de que si me decidía a escribirla sobre Gracián, como parecía determinado por lo que escuchaba, empezara buscando al fraile con Teresa en Beas de Segura, exactamente allí, adonde llegó él desde Sevilla en un día de primavera.

—Ah, y no olvide otra cosa: cualquier historia, de amor o no, requiere de un escenario. Y los decorados de esta obra no son lo de menos.

Paseé con fray Humberto no pocas veces más por los alrededores de la Vera Cruz: Segovia al frente, sobre el valle del
Eresma, en todo su esplendor de ciudad armoniosa. Y en el
paseo de una de aquellas tardes —mirándonos a veces en
silencio— se empeñó el fraile en contarme los líos en que
se había visto inmerso Gracián antes de encontrarse con
Teresa en Beas cuando él ostentaba ya el cargo de visitador
provincial de Andalucía.

—Si quiere hablamos de esos líos, padre. Aunque lo que
menos me gustaría es contar en mi novela la contienda que se
traían entre ellos el nuncio Ormaneto y el padre general
Rubeo —dije, aplicando ya mis lecturas al repaso histórico
que había hecho, ante el asombro del fraile—, por mucho que
Gracián y Teresa se dieran a hablar de todo eso en Beas de
Segura.

—¿No? ¿Y por qué?

—A mi diablillo parece importarle poco.

—Una razón de peso —se burló.

No obstante me explicó, bien que lo hizo con cierta retranca y una débil risilla, que en el origen de aquel nombramiento de Gracián como visitador provincial estaba un
tal Baltasar Nieto, mujeriego y mundano hasta decir basta,
de cuyas veleidades lujuriosas y no pocas trampas se sabía

mucho en Andalucía y que acabó en el convento de Pastrana buscando otra reputación, aunque sin abandonar sus vicios, sino tapándolos según le convenía.

—Esas cosas sí son del gusto de mi diablillo.

—Pues me alegro. Porque Teresa, que no desconocía las debilidades de aquel bicho de Baltasar, lo acogió quizá porque necesitaba hombres para su causa y le convenía, y a fray Francisco de Vargas, un dominico a quien el papa por medio del rey nombró visitador apostólico para la provincia de Andalucía, no se le ocurrió otra cosa que tratar de nombrar bombero al pirómano, es decir, intentar mandar a Baltasar Nieto a poner orden donde él mismo había sido el puro desorden. Dicen que el padre Vargas lo hizo por desidia o por cansancio, como una manera de quitarse el muerto de encima, pero Nieto, que tenía otras diversiones en la corte, donde iba de catre en catre, y se ausentaba de Pastrana con frecuencia y poca justificación, porque a lo que se dedicaba no era precisamente a cultivar la santidad sino los pecados de la carne, pidió que lo libraran de aquel cáliz y le endosó la encomienda a Gracián, que acababa de profesar. Además —siguió explicándose fray Humberto— las complicaciones entre los frailes y las monjas y entre los calzados y los descalzos no cesaban, y cuando no era por una cosa era por la otra; que si el nuncio le dice al padre general, que si el padre general le dice al nuncio, que si el nuncio es más del rey que del papa, que si el general es más del papa que del rey... El caso es que Gracián no ganaba para disgustos en el empeño de la reforma, y Teresa, con la que ya se comunicaba por escrito, compartía la satisfacción por lo que él y el padre Mariano intentaban lograr en Andalucía: acabar con el disgusto del padre general de los carmelitas, al que tenían afectado de los nervios, muy ofendido, porque se estuviera fundando en Andalucía sin su permiso.

Los calzados, en cambio, no dejaban en paz a su general y este les hacía mucho caso cuando le malmetían. Me adelanto a contarle esto —me advirtió el fraile— por si lo que usted quiere recordarme es que el nuncio Ormaneto deseaba acabar con la depravación frailuna de Andalucía y le faltaba información de lo que allí pasaba, y que porque le faltaba esa información mandó en misión secreta a un jesuita virtuoso, que ya ni me acuerdo de cómo se llamaba, y que llevaba un memorial suyo, pero que el jesuita volvió asustado porque lo descubrieron los frailes y casi lo matan... Si me va a contar eso, como si yo fuera un lector de su probable novela, métase con buenas artes en lo que quede de aquellos conventos y que le diga el diablillo con sus malas intenciones cómo eran los rostros renegridos de los monstruos con hábitos.

Me había quedado sin palabras, mudo; como si, de pronto, no entendiera a fray Humberto, como si él se me hubiera convertido, de repente, en un aliado de los calzados, que eran los malos de la película; como si Gracián empezara a hartarme. Porque el diablillo, encima, más que situarme en las celdas donde se masturbaban los frailes sevillanos juntos o por separado y donde establecían las estrategias para las peleas que acababan a navajazos, me contaba ahora, como si se propusiera una trampa desde un lado bueno, la excelente persona que era el nuncio Niccoló Ormaneto, lo generoso con los pobres y el mucho arreglo que había hecho en los conventos de Italia. Pero con Sevilla no podía. Además, a pesar de la riqueza y el esplendor que se daba en aquella ciudad, abundaban más los hambrientos que los hartos. La gran riqueza y la pobreza extrema convivían. Los menesterosos de Sevilla llegaron a padecer seis hambrunas a lo largo de un siglo y seis hambrunas con miles de muertos. Eso sí, los pobres obligados a la verdura buscaban también la carne y lo mismo se zampaban a un perro errante y sin dueño que a un gato que, bien despellejado y descabezado, pasaba por liebre.

Fue fray Francisco de Vargas, al que Felipe II, de acuerdo con el papa, había mandado a arreglar aquello, el que como no podía con los del paño, contra la opinión del padre Rubeo, que tenía buen enfado por lo que se hacía sin contar con él —fundar conventos reformados, es decir, de descalzos—, se propuso acabar con los de los calzados y la degeneración de la orden en la que se afanaban en contra del criterio del padre general Rubeo.

—Y eso —le dije a fray Humberto—, es decir, traer descalzos buenos, que eran los de usted, los de Teresa y Gracián, y eliminar calzados malos, los del paño, y que todos los carmelitas siguieran siendo lo mismo, pero otros, o sea, descalzos todos, fue lo que le pareció a Gracián que iba a ser una gran trifulca. Y tanto debió sospecharlo igualmente el propio Vargas que cuando le dieron pronto nuevo cargo en su orden dominicana se quitó con ese pretexto de en medio y renunció a aquella operación de limpieza. ¿No es así?

—Así puede que fuera. Pero si los descalzos de Sevilla se proponían acabar con un convento de calzados, los calzados no se iban a privar de hacer lo mismo con ellos y, además, con furia.

—Claro. Por eso, queriendo apaciguar sin conseguirlo, les devolvió Gracián los zapatos a los calzados del convento de San Juan del Puerto, recogió a los novicios descalzos que tenía allí y se los llevó a Sevilla, animándolos mucho. Estaban hechos ya una pura piltrafa al llegar, miedosos, desnudos y sin nada que echarse a la boca.

—Sí, señor. Y a Sevilla llegaron, y por más paces que se hubiera dado Gracián con los calzados, en el Carmen de

Sevilla no encontraron camas ni celdas para ellos, con lo que tuvieron que tenderse, muertos de frío porque empezaba el invierno, en un pasillo o un lugar entre pasillos por donde se pasaba del coro a la celda prioral. Fíjese cómo sería la situación de entonces —me contó el fraile, entrando en las miserias del Carmelo en aquel tiempo, y para que entendiera bien cuál era el panorama antes de que Teresa y Gracián se encontraran en Beas— que la puñalada en el muslo que había recibido un novicio muy bueno de Sevilla, querido por todos y muy parecido al padre Gracián en la figura, no iba dirigida al pobre muchacho, que poco importaba a los frailes calzados de Sevilla aquel joven.

—El puñal buscaba en la oscuridad al padre Gracián —dije, que de aquella anécdota ya había leído yo algo— y el arma estaba dispuesta para clavársela en sus propias carnes; para darle muerte en la oscuridad.

—Así fue. Aquella noche el padre se indispuso, no acudió al coro y tuvo suerte; al novicio le tocó recibir el estoque que hubiera sido de muerte para él si a tiempo no se hubieran dado cuenta los asesinos con hábito de que no era aquel frailecillo al que buscaban para apuñalarle con odio, que buscaban a Gracián y no lo tuvieron a mano.

Coincidimos los dos en preguntarnos para qué buscaba a Dios en los conventos una gente tan perversa como aquellos frailes calzados, y de qué les servía a ellos sino para lucrarse en su nombre, que de servirles, le decía yo al fraile en defensa del demonio, ni el demonio les era útil para semejante maldad.

—No tenía Satanás tan malas intenciones —comenté— como aquellos que iban con navajas por las clausuras persiguiendo los muslos del enemigo o partes más sensibles del cuerpo de los virtuosos, aunque ellos las tuvieran por deshonrosas, para hacerles derramar sangre.

Fray Humberto, con quien ya había hablado yo de sobra del desbarajuste sevillano, rio entonces de mi ingenuidad cuando lo comentamos; rio de que no hubiera aprendido ya que los hábitos también sirven para guardar cuchillas en la faltriquera o para desnudarse de ellos en los burdeles, como le ocurrió, me recordaba, a aquel subprior de Sevilla que en los tiempos de Gracián frecuentaba a las prostitutas y se gozaba con ellas, como un experto en oficios de catre y con fama de abundancia en los atributos de macho, y que cuando su superior andaluz lo echó de allí y lo dejó sin oficio, viajó a Roma, donde su padre general bien parecía que le hubiera agradecido las insistencias en el vicio. Lo bendijo en la sede generalicia y lo mandó de nuevo al convento sevillano para escándalo del arzobispo y de toda la ciudad, que bien sabía de sus aficiones a la lujuria desmadrada y el uso desmedido que hacía de su poblada entrepierna; igual que lo hacían, eso sí, otros frailes con atributos más mínimos.

Con todo, le había dicho yo que no me parecía lo peor la carne débil, y menos si Dios dota a alguien con prodigiosos dones para debilitarla, que para fray Humberto y para mí era de todos los pecados el de la carne el más difícil de contener y el menos agresivo. Peor nos parecían, recordamos algo divertidos, los bofetones que se propinaban unos a otros en aquel convento sevillano de depravados y del que hizo historia el puñetazo con que uno de los novicios respondió a un maestro en teología cuando este le afeó no pocas cosas. Siendo el novicio sólo eso, un novicio, ya había aprendido lo peor de sus mayores, una gente perdida, como algunos frailes borrachos que andaban lanzando grandes insultos por las calles de Sevilla, ya fuera de día o de noche, a los que la justicia tuvo que recluir.

Gracián y sus frailes no tenían comida que llevarse a la boca ni lumbre que encender, la comida era pan y, a veces, ni pan suficiente tenían, unas sardinillas asadas de vez en cuando, y pargo salado o mal pescado, el peor que da la mar, cuando tenían medio real para comprarlo o lo recibían como limosna.

—Ya lo sé. Por no tener no tenían ni platos. Menos mal que, buscando y buscando donde alojarse Gracián con sus novicios, fue el arzobispo de Sevilla, a quien había conmovido el miedo que vio en Gracián y los suyos a los frailes calzados y a sus malas intenciones, el que los metió en una ermita, la de Nuestra Señora de los Remedios, a la vera del río, por Triana, para que fundaran allí convento.

Pero sacar a los descalzos del convento de los calzados y fundar en Triana supuso que los calzados fueran a por Gracián y le preguntaran por qué había hecho eso, con qué autoridad. Gracián les respondió que la autoridad que tenía le venía de unos papeles que quedaron en manos del arzobispo, don Cristóbal de Rojas, que no sólo estaba de su lado sino que hacía llegar trigo y comida para los frailes enfermos y encima dio trabajo a Gracián en la catedral.

Cuanto más trabajo tuvo Gracián con los sermones, que dejaban en Sevilla a los fieles con la boca abierta, las cosas fueron cambiando y hasta llegaron a tener ollas de verdura de la huerta que compartir con los pobres que se acercaban a las puertas del convento de aquellos desgraciados para pedir comida a semejantes hambrientos.

—Vaya panorama —dije a fray Humberto, deslumbrado yo no sólo por lo que pasaba sino por el modo de contármelo él.

—Vaya panorama —repitió el fraile.

—¿Y cree usted que para hablar de eso fue el padre Gracián a ver a Teresa en Beas?

—Bueno —bromeó—, a lo mejor le contó sólo lo del muslo del novicio.

Y los dos concluimos lo mismo: nada de particular tenía que el padre Gracián se agobiara con aquel infierno. Ni que, advertido ya por el cuchillo que por equivocación tocó un cuerpo ajeno, temiera al peligro de muerte que corría. Y no sólo por lo que él imaginara, sino por lo que los demás le advertían: el padre Mariano, por ejemplo, que estaba siempre a su lado al principio y le ayudaba con su sentido exacerbado de la realidad, percibiendo el peligro por todas partes. Era aquel fraile muy dado al pesimismo y a la desconfianza, aunque Gracián le pidiera que no le metiera más miedo en el cuerpo. Hacía lo mismo que otras almas virtuosas, como una abadesa de por allí que estaba al tanto del peligro y quedó mucho más convencida de lo que pasaba o podía pasar al elevarse la sagrada forma en la misa, que fue cuando según ella quedó del todo segura de que la muerte acechaba a Gracián por la espalda en cualquier cuchillo llevado por fraile calzado con demonio dentro.

—Pues vaya si pasaba con los calzados —rememoró fray Humberto—. Además de contar los priores con ricas haciendas, se daban a la simonía y eran frecuentes las «conversaciones» entre frailes y jovencitas a la puerta del convento, las salidas nocturnas, los juegos de naipes y la entrada de mujeres en las celdas. Estaban los conventos llenos de novicios que huían de trabajar y buscaban la vida regalada. Todo eso tenía que atormentar forzosamente a los dos, a Gracián y a Teresa, empeñados de veras en la reforma.

—Y además, en aquellas horas de Beas de Segura —recordé yo— todavía sufrían los resultados de la semilla que plantara en Pastrana la que llamaban «la buena mujer», y no era otra cosa aquella mujer pequeña que el hombre que aparentaba en su cuerpo escaso, con rostro oscurecido y arrugado.

Me había aconsejado fray Humberto que no tratara de

aplaudir a mi diablillo la visión de aquella mujer que contemplaba como criatura de sí mismo. No me atreví a decirle yo que el diablo es más pícaro que una endiablada de ese jaez y que lo que ella tuviera de él es lo que más divertía al diablillo. Por ejemplo: el espectáculo de la que gustaba vestir de hombre y de hombre parecer, que poca cosa quería con las mujeres y lo que demandó fue un hábito de fraile y hábito de fraile le dieron.

Mi diablillo oía hablar por entonces a Gracián y a la madre Teresa de la diabólica Cardona entre risas. Veía estremecerse a Teresa si le nombraban a la bruja de la princesa de Éboli, que tantos disgustos le propinó.

Pero fray Humberto ni caso: no quería hablar de la Éboli.

—Sea como fuere —dije, insistiendo en poner orden yo a mi propio relato—, Gracián no salió de Sevilla para dirigirse a Beas y arreglar con Teresa lo que estaba complicado, sino que, por lo complicadas que estaban las cosas de la orden, tuvo que viajar a Madrid y se detuvo en Beas.

—La reforma de Teresa —añadió él, sin importarle que fuera o no de mi interés el asunto— acababa con la ostentosa propiedad privada de los frailes calzados, que ella llamaba «los del paño», y fijaba el número de frailes en cuarenta por convento, creaba bibliotecas para darles entendederas y sustituía en el noviciado la sala común por celdas separadas en las que los novicios debían entregarse a la meditación, tan descuidada, dos veces al día. Pero volver a las costumbres austeras de antaño no les gustaba nada a aquellos bandoleros.

—No me extraña —dije.

—Lo cierto es que en Beas se detuvo —continuó fray Humberto— y que desde que ella puso los ojos en Gracián todo fue distinto.

—Distinto, sí, y de eso se nutrirá mi libro, sin duda, pero déjeme recordarle, mi querido padre, que Gracián se había quedado antes en Sevilla, muy tranquilo y cómodo, sin querer hacer valer las provisiones y cartas del rey que poseía, esperando a ver si se calmaban los nerviosos, predicando mientras tanto sustanciosos sermones en aquella cuaresma de 1575, y que quizá esa paciencia, esa pereza o ese modo de esperar a que llegara más claridad a un tiempo de nubarrones fue lo que le hizo tener menos prisa en llegar a Madrid y detenerse antes en Beas de Segura.

—Quedarse allí como se quedó más tiempo del que quizá tenía previsto —argumentó fray Humberto.

—Y salir de allí con más fuerzas para defenderse.

## II
## EL ENCUENTRO

El perfecto amor quita el temor.

Francisco de Osuna

Atendiendo a mis imaginaciones, que eran tantas, y siendo fraile ya —para ser lego y no presbítero poco tiempo me hizo falta—, obedecí a fray Humberto de San Luis y llegué por fin un año más tarde a aquel hermoso pueblo que, entre álamos, olivos, pequeños ríos, campos muy verdes y tierra muy roja, se alza bajo la hermosa sierra de Segura.

Llegué a Beas en una tarde de tan buen tiempo como el que hacía aquel día de primavera en que Jerónimo Gracián hizo el mismo viaje que yo, aunque él desde Sevilla, camino de Madrid, y yo entonces desde Segovia, camino de Beas. Y no acababan ahí las diferencias entre su viaje y el mío: no es igual haber viajado en mulo allá por 1575 que hacerlo en autobús en 1964. Pero ya he dicho que yo respondía a mis imaginaciones, lo cual me permitía asemejar las incomodidades de aquel autobús de nuestro tiempo a las de un mulo del pasado y llevar conmigo a Gracián por dentro, y que desde dentro, con las voces interiores que me poseen, la suya entre otras, me hiciera de guía, muy a su pesar: no se va uno a los cielos para desde la gloria de

Dios Padre ponerse a recontar historias terrenas a un curioso que lleva dentro a un diablillo amable y juguetón haciéndole preguntas unas veces y otras haciéndole ver una cosa donde hay otra. Así que al fin ya estaba yo en Beas de Segura en busca de la pareja que perseguía: Jerónimo y Teresa.

Tan pronto llegué al pueblo, me fui rápido al convento de las carmelitas, San José del Salvador, tan distinto ahora del de aquellos tiempos, e hice sonar la campanilla del torno de las monjas. La voz oculta y gastada de una vieja religiosa me dijo «Ave María purísima», que era lo que correspondía. «Sin pecado concebida», le contesté yo para cumplir la norma, no faltaba más. Después le pregunté con toda naturalidad por la madre Teresa de Jesús, un poco en broma, como un juego, aunque sin querer burlarme de la viejecita, quizá ingenua, que me dijo con toda devoción que hacía ya tiempo que la madre Teresa se hallaba en el cielo y no en su celda.

A mí no me extrañó el reconocimiento de esa ausencia, como es natural, lo que me sorprendió fue que, tomándose en serio la pregunta en su simpleza, como era lógico, me respondiera como si la propia Teresa de Jesús hubiera salido para la gloria celestial anteayer mismo.

Pero la monja estaba más en sus cabales que yo, que soy un fantasioso y llevaba mi cabeza puesta en el siglo xvi, y sin dejar de reírme de mí mismo por esta facilidad para trasladarme en los tiempos con la imaginación que Dios me ha dado. Preguntaba por la misma santa Teresa, que era la mujer que a mí me hubiera gustado ser de haber sido mujer, ocurrencia que nunca había contado a fray Humberto; ni pensaba contársela, más que porque fuera pecado grande por no crearle nuevos problemas a él si quería seguir en la Orden del Carmelo en la que con la misma precipitación y descuido con que lo hago todo ya había ingresado yo sin pensármelo dos veces.

Lo cierto fue que al decirme la monja que la madre Teresa estaba en el cielo, lugar en el que yo no dudaba que pudiera encontrarse la santa, después de haber luchado tanto por eso, lo que quería decirme ella es que una de las tantas monjas, llamada Teresa, probablemente nacida y muerta en el siglo XX, una religiosa cualquiera, que sospechaba que era por la que yo preguntaba, había muerto sin más. Yo, por seguir en el juego de mi imaginación, para mi confesor un juego peligroso y por tanto diabólico, qué duda cabe, le pregunté si sabía ella algo del padre Gracián, y me respondió que ninguno de los frailes que les prestaban servicio de capellanía en aquel convento respondía al nombre de Gracián ni había pasado por allí uno de ellos que así se llamara.

No sé si Gracián hubiera dado por buena esta ignorancia de la monja, fuera el tiempo que había transcurrido de su paso por este mundo tanto o cuanto, que era mucho, naturalmente, pero de Gracián tenía que haber oído ella hablar en algún momento, y más viviendo en Beas, por más que lo negara o lo hubiera olvidado por la edad.

No obstante, lejos estaba de sospechar aquella pobre religiosa que yo la estuviera sometiendo a un juego gratuito y que el diablillo que llevo dentro esperara de una humilde criatura como ella, dedicada al cuidado de la portería, que supiera algo de un fraile que enamoró a Teresa de Jesús en los principios de aquella casa en la que la hermana Olga, que Olga de San Juan de la Cruz dijo llamarse la monja, vivía su vida contemplativa.

Yo, insistiendo, como si la hermana Olga tuviera la cabeza perdida y no acertara a recordar, empecé a darle datos del padre Jerónimo Gracián de la Madre de Dios, hablándole naturalmente de la juventud y la guapura del fraile, primero, cuando la monja, extrañada y confusa seguramente, empezó a darme excusas para que no siguiera mi perorata, con sus disculpas de que tenía que abandonar el torno para rezar y no podía seguir escuchándome por más tiempo.

A punto estaba de pedirme que marchara en paz, algo confundida, supongo, si no quería comprarle unos pasteles o dejarle una limosna, que eso era, debió de pensar, para lo mejor que se podía llamar allí en aquella mañana de día de labor.

Así que para no abrumarla más, ni escandalizarla, después de haberme entretenido más de lo conveniente en la descripción de la belleza del fraile, pues hasta me atreví a decirle que había puesto en serio compromiso el amor de una monja por Dios, refiriéndome a Teresa de Jesús, sin que ella llegara ni de lejos a sospecharlo, sino más bien a asombrarse, me apresuré a resaltar sus virtudes y sus méritos para la santidad por encima de la capacidad que poseía para seducir a las mujeres. Supongo que así tranquilicé a aquella humilde sierva del Señor que tenía razones más que sobradas para pensar que al otro lado del torno tenía a un loco en toda regla. Sobre todo cuando me empeñé sin venir a cuento en darle detalles de la buena cabeza que tenía Gracián, lo culto que era y lo fino que resultaba en el trato.

Ni para bien ni para mal parecía haberme escuchado la monja, que debía de tener más condiciones para las labores primarias del convento y para el rezo que para la lectura o la escritura, ya que por una carmelita bien letrada y de buena pluma que hubiera en aquellos años de mi visita, que las había, por cientos se contaban las que tenían terror a las letras o mal manejo de ellas.

No sabiendo cómo deshacerse de mí, sin ningún interés

en lo que le contaba, y después de insistir en que a ningún padre Gracián, ya fuera de la Madre de Dios o de San José bendito, había visto ella por aquel claustro, volvió al principio de nuestra conversación para recordarme que la tal madre Teresa, en busca de la cual pensaba ella que iba yo, que era de la que ella hablaba y que en verdad se llamaba Teresa de la Cruz, no de Jesús, y de la que llegó a creer que yo era sobrino o cosa parecida, fue una mujer de gran carácter, varias veces priora, y una santa, como era de esperar de quien tantas veces tuvo el gobierno del convento a su cargo.

Tuve que volver pues del siglo XVI a aquellos días de los sesenta del XX en los que me encontraba, muy a mi pesar, que andaba yo más por dentro de mí que por fuera, y pedirle que llamara a la priora para cumplir con mi deseo de volver al siglo XVI de su mano en busca del lugar donde santa Teresa recibió a un fraile joven que vino de Sevilla, del que ya tenía noticias muy favorables y del que quedó prendada.

Y para eso fue necesario que me identificara yo ante la monja del torno como el joven y travieso carmelita que ya era.

—Y dice que se llama... —me preguntó por tercera vez—. ¿Cómo dice que se llama usted? —insistió.

Por tres veces le respondí que me llamaba fray Casto del Niño Jesús. Y por tres veces más me volvió a preguntar, creo yo que sin dar crédito a que me llamara así.

El nombre no era una broma, o tal vez sí lo fuera; decidí hacerme fraile porque la castidad era más fácil para mí que la lujuria, más tranquilizante. No porque me gustara menos la lujuria sino porque más dificultosa y enredada era la particular lujuria a la que yo era dado, más complicada, además, en aquellos tiempos en los que viajé a Beas. Por eso decidí, según mandaban las reglas de la orden, llamarme

Casto en religión, como una apropiación de la virtud de la castidad, al cambiar mi nombre en el mundo, que era simplemente el de Julio Weyler. Lo del Niño Jesús iba de añadido, como si de un apellido se tratara, porque también era exigencia de la regla, y la proclamación de inocencia que implicaba la infancia del Señor me recordaba siempre mi obstinada impostura, que casi la tenía por enfermedad. Y tal vez por la imagen del Niño Jesús que santa Teresa llevaba en sus carretas como quien lleva un hijo en todos sus trajines de andariega o como quien no se desprende de su propio muñeco de juegos infantiles.

En estas estaba, identificándome con la hermana portera, y callándome lo del muñeco por si acaso, cuando escuché detrás de mí, llegada por los pasillos del claustro, entre vapores de humedades, como quien surge de muy viejos espacios o cerrados baúles, la voz de la joven priora de Beas; una voz la de aquella religiosa bien enérgica y segura, afable sin embargo, a la que tuve que explicar que pretendía escribir una novela sobre la santa con el fin de que supiera ella con exactitud de la curiosidad que me llevaba al convento.

—¿Otra novela sobre nuestra madre? Ya hay muchas —dijo, como quien aconseja no perder el tiempo en más fantasías—. Y me fío yo más —añadió— de los historiadores piadosos y los biógrafos que de los novelistas y sus ocurrencias.

Su sonrisa, que el velo que le tapaba la cara me había impedido verificar hasta ese momento, confirmaba aquella afabilidad que pude percibir incluso con su rostro cubierto. Parecía resistirse a los juegos de ficción con la santa por medio. No obstante, me hizo pasar por unos angostos pasillos con las paredes cuarteadas hasta llegar a un locutorio con rejas tras las cuales se situó ella, como queriendo marcar las distancias que le imponía su regla, primero con la cara cubierta con el velo, como he dicho, y después con este alzado y el rostro al descubierto.

Debió encontrarme tan joven como a Gracián lo viera santa Teresa y con la cabeza pelada como los frailes descalzos de su orden, impecable mi escapulario y, seguramente, con un aire frívolo por mis ademanes que no eran de esperar en quienes han de hacer profesión del recato. Ella era alta, de piel muy oscura, agradables facciones, los ojos muy pequeños, más bien achinados, decidido el gesto y la palabra fácil.

—¿Y en qué puedo serle útil para su novela? —me preguntó con evidente retranca.

Le respondí que iba expresamente a por Teresa de Jesús y a por Gracián y creo que vio venir enseguida que yo iba a lo que iba. Y no iba a confirmar, naturalmente, que el espíritu de la madre seguía presente entre ellas, como me dijo, cruzando piadosamente las manos sobre su pecho, y tal como esperaba yo que me dijera, que el espíritu de la madre en todo caso yo lo tenía más a mano en Ávila, hallándose como se hallaba mi convento en Segovia, y en la propia Segovia, tan teresiana. Pero nada podía gustarme más en aquel momento que sorprender a una priora con una especie de trance mío, juntando las manos piadosamente primero, metiendo después mi cabeza entre ellas con mucha teatralidad y alzándome al fin como un iluminado para, con arrebato de predicador, dejarla con la boca abierta al describir a Teresa con las mismas palabras del médico de Burgos con que ya había asombrado yo a fray Humberto en su día. Sin embargo no era a eso a lo que iba hasta allí, sino a imaginar el cruce de aquellas dos miradas, las de Gracián y Teresa, en un concreto escenario.

—Poco queda de aquel escenario, como habrá visto; con los avatares sufridos por la guerra de la Independencia se fue todo al traste. Y lo que queda de él, con algunas cosillas estimables, pide no pocos sacrificios para mantenerlo.

Dije yo que por más que hubiera cambiado la escena ya la recrearía yo con las mañas de mi imaginación.

—El problema de la imaginación —se atrevió a advertirme la reverenda, viéndome venir— es que, con frecuencia, la maneja el diablo.

Le repuse que quitarle a Dios el reino del sueño era limitar su poderío. Y la dejé sin palabra.

—Pregúntele si no a santa Teresa —le sugerí.

Así que cuando le solicité que me llevara al lugar del flechazo entre Teresa y Gracián —flechazo dije, así, a las claras y sin pararme en barras— simuló primero no entenderme; luego, después de haber insistido yo en el flechazo una y otra vez, ya dio pruebas con remilgos o, más bien, con resignación de que me había entendido, pero no se abstuvo de reprocharme entonces que, siendo yo fraile del Carmelo, hablara con tanta ligereza y que con palabras ordinarias de ahora me refiriera a aquel tiempo. Se empeñó en decirme, por su parte, cómo tenía que ver a la santa madre si quería imaginarla: el rostro cubierto y entre rejas, poco más o menos, oyendo a Gracián del otro lado, como ella a mí ahora, a continuación del compás y antes de la clausura, y subyugada por su palabra.

Al fin me dijo, no sé si viéndome venir o por quitar importancia a aquel encuentro, que en cualquier espacio del convento donde estábamos pudo fascinarse la madre Teresa ante Gracián y Gracián ante la madre, porque aquella casa era muy otra en sus momentos fundacionales —«ya ve en lo que ha quedado, le repito»—, y que además, habiéndose mantenido el fraile allí por más de veinte días, en todo rincón pudieron hablar y entenderse.

Hablaba yo a la priora como un verdadero atrevido, como

si fuera alguien que hubiera estado allí, vigilante, compro-
bándolo todo desde fuera en 1575. No como Gracián, si acaso como Ana de Jesús, otra monja de mucho fuste que estaba al tanto de todo; inteligente, letrada y fisgona, no dejaba
a la madre ni a sol ni a sombra. Teresa la había llevado de
primera priora a aquel convento y allí estaba, sin quitarle
ojo a Gracián por lo que sé, siempre al acecho. Y lo que la
religiosa no acababa de entender era que yo tratara de so-
meterla a ella a un repaso histórico, como si de un examen
se tratara. No parecía dispuesta a eso ni tenía por qué.

Pero yo escucho esas voces, que para mi confesor no son
las de un demonio asilvestrado. Si así fuera dice él que ya
me habría mandado al exorcista. Son las voces de un diablillo juguetón. Por eso se hizo un silencio entre nosotros
que Juliana de la Inmaculada, que ese era su nombre, quiso
aprovechar para despedirme. Después de ese silencio, que
se me había hecho muy largo, le pedí que por favor se detuviera. Le pregunté:

—¿Y de qué hablaron?

—¿Que de qué hablaron? Hablarían de todo, pero especialmente de Dios.

—¿Y del amor no hablaron?

Ella, que parecía mujer de buen humor como la madre
Teresa, y no falta de inteligencia, a semejanza de su propia
fundadora, estudiosa también del alma y tentada por la escritura lo mismo que Teresa, me respondió como quien se
dirige a un tonto que no es importante hablar del amor
cuando el amor se siente y más cuando uno se empeña en
él para cosas de Dios.

—No hace falta —dijo. Y añadió—: No hay más amor
que el amor; el amor de Dios y el que una pueda sentir por
cualquier criatura nacen de la misma fuente.

—¿De qué fuente? —me atreví a preguntarle.

—Supongo que habrá leído usted a la madre.

—¿He de molestarme porque lo ponga en duda?

La fuente no era otra para ella que aquella agua de vida: la oración mental. He de confesar que entonces no había leído yo *Camino de perfección* y que de haberlo hecho sabría que la oración mental era para Teresa el fundamento. Que ella exigía «una grande y muy determinada determinación» de no parar hasta llegar a esa fuente.

—Venga lo que viniere, suceda lo que sucediere, trabaje lo que se trabajare, murmure quien murmurare —se puso a hablar la monja con voz de la propia Teresa y dejó sus palabras en el aire...

—Pase lo que pase, ¿qué?

—Pues que pase lo que pase —siguió ella— dijo la santa que aun a riesgo de morir en el camino, aunque se hunda el mundo, hay que llegar a esa fuente de la oración mental.

—Buena memoria la suya —la alabé.

—Mire si la tengo en cosas de la madre de tanto leerla que siempre recuerdo lo que sobre este asunto dejó escrito, y además con gracia. Y en relación con este camino hacia la fuente de la oración mental dejó bien clarito no hacer caso de los que advertían de que había peligro, «de que si fulano se cayó y el otro que rezaba cayó también, que si dañan la virtud o no es para mujeres que le vienen ilusiones, mejor será que hilen, no han menester esas delicadezas; basta con el padrenuestro y el avemaría...».

Me dejó atónito, no sólo con lo que dijo sino con las resonancias de lo que dijo. Luego me miró fijamente, con apariencia de confundida, como si en una sola pregunta le hubiera mezclado yo antes muchas cosas y no hubiera alcanzado todavía su mente a ponerlas en orden. Pero no se guardó de ilustrarme sobre la oración mental, que no era otra cosa, al parecer de Teresa, que tratar de amistad.

—«Estando muchas veces tratando a solas con quien sabemos nos ama» —citó a la fundadora con aires de redicha—. Así que tanta no debió ser la sorpresa de nuestra santa madre al ver por primera vez al padre Gracián —me dijo— porque ya tenía pruebas de su talento y su virtud, y tampoco le faltó nunca la información de las hermanas que la ponían al tanto de los buenos manejos de su reverencia y de sus mejores modales y conocimientos.

A Isabel de Santo Domingo nombré yo como una de las informantes más insistentes desde Pastrana en tener por excepcionales las virtudes del fraile y sus atractivos, pero con saber de él, y mucho saber de él, no bastó para que aquel arrebato de la monja vieja ante el joven fraile fuera, más que una comprobación, un descubrimiento.

La priora, abandonando inesperadamente su renuencia a mantener la conversación a la que se había resistido en cierto modo, quizá porque pensara de pronto que podría hacerme algún bien, me rogó que abandonara la mundanidad que me estaba poseyendo si lo que quería ver era a una mujer mayor, tan entregada a Dios, encandilarse con humano desatino ante un siervo del Señor a quien Dios había dotado de un atractivo de hombre recio y viril que pudiera inducir al pecado.

Y como me quedara apagado, sorprendido por sus palabras —«recio» y «viril», palabras poco de monja—, incapaz de revelarle a la religiosa lo que por mis adentros me iba contando Gracián, aprovechó ella mi silencio para advertirme, como si intuyera más de mí que lo que yo pudiera suponer, que habría de tener buen cuidado con mi ligereza, no fuera a caer en la calumnia que tanto prodigaron sus enemigos al buen padre Gracián.

Me disgustó lo que Juliana de la Inmaculada me insinuaba. Más que porque le faltara razón porque quizá le sobrara. Al diablillo que se albergaba en mí no es que le gustara la calumnia, que la calumnia es más bien servidora de la venganza y de la envidia, y nada de eso podría yo experimentar en relación con una santa de la que había aprendido a hablar por dentro, y más, muerta esta ya y superadas todas las calumnias y hasta lo que quizá no lo fueran y ella tuviera por tales. Y menos se iba a interesar mi diablillo en calumniar a Gracián del que no sólo estaba enamorado el mismo diablillo sino que, a veces, se convertía en el propio Gracián, enamorado de sí mismo, y hablándome al oído como si estuviera yo enamorado del descalzo.

Porque a mí Gracián me dijo, quejándose, que fue para su desgracia que la madre Teresa pusiera sus ojos en él. Y dije de pronto, como sin venir a cuento, aunque a cuento sí venía:

—El fin del alma es amar.

Y la priora, que ignoraba que hablaba yo esta vez con palabras de Juan de la Cruz, o las conocía y las había olvidado, me miró con recelo y contestó que el alma se debe a Dios y que lo que yo buscaba en el encuentro de Teresa con Gracián bien parecía otra cosa.

Cualquiera iba a hablarle del impulso de Eros. Pero Eros trasegaba en medio de aquellas dos criaturas y viajó con ellas lo supieran o no.

De esto, sin embargo, nada le dije por lo pronto, y cuando volví a hablar con ella después de un silencio que se me había hecho largo le pregunté de nuevo a Juliana de la Inmaculada:

—¿Y del amor no hablaron?

Me miró, reprochándome la insistencia, y se mantuvo en silencio.

—A Gracián no le disgustaba que Teresa se prendara de sus cualidades (se sabía seductor por más que lo disimulara haciéndose el pobre diablo), sino que temía a lo que sentía Teresa a su decir en lo más hondo de sí misma: algo que no había sentido nunca antes por nadie, afirmaba ella, una y otra vez. Él, no sin razón, se lo tenía muy creído.

—No habrá nadie que se lo pueda negar, y menos yo, si así lo confesó y lo dejó escrito nuestra santa madre, sin andarse por las ramas ni con miedos o reparos. Pero estamos hablando de lo que ya está escrito y si lo que ha venido a comprobar aquí es el escenario, tome su cuaderno y apunte lo que ve.

—O lo que no veo —le dije.

—Allá usted, si quiere escribir como los ciegos.

Pero yo seguí en lo mío, como si esperara de ella la confirmación de lo que ya tenía leído o recabara su complicidad. Por eso le dije que no se podía olvidar la manera en que llegó Gracián, cuando aún no tenía treinta años, a tanta autoridad.

—Lo cierto es que a Beas vino —quiso simplificar Juliana de la Inmaculada, sin querer entrar en otros conflictos— en tiempo de mucha tribulación para nuestra santa madre. Para ella era la persona que Dios le enviaba para poner *orden* en la orden; se lamentaba incluso de que los hombres de la *descalcez* tuvieran su rama; no de que no hubiera llegado a tiempo Gracián de ponerla en marcha por su cuenta.

—Sí, sí, aquí estuvo con la dolorida Teresa en el convento de la complicación.

Que yo le diera al convento el nombre de la complicación provocó la risa fresca de la priora.

—Aunque luego —dijo ella— se convirtiera esta casa en el lugar de su dicha tan pronto llegó el padre Gracián.

—Y tanto contento y consuelo tenía la santa madre

—añadí yo, comprobando de qué modo se iba poniendo la priora de mi parte— que le parecía demasiado. Hasta ella misma, como ha dejado escrito, se espantaba de ella. ¿O no dijo eso? —le pregunté.

—Eso dijo, padre —me contestó ella, poniendo cara de no dar crédito a aquel repaso a la historia que para la monja no venía a cuento. Y escribió más: dijo que podía parecer algo impertinente que él le confesara tantas particularidades de su alma, que se las confesó.

—Puso sus ojos en él —le dije a bocajarro.

A bocajarro me respondió ella, con tono de hallarse harta de la conversación o de faltarle paciencia:

—Puso los ojos de una esposa del Señor y no los de una mujer esclava de los hombres.

—Gracián percibió que puso los ojos en él.

—Pues si eso dijo el padre —comentó esta vez en voz baja, sin que yo le hubiera dicho que fueran suyas mis palabras—, cierto es lo que le digo: que les pudo más lo que en ellos había de letras y de saberes que otros encantamientos de hombres y mujeres que al mirarse no tienen en cuenta que Dios está de por medio. La gracia divina —dijo, después de hablar de dónde venían los carmelitas verdaderos con evidente alarde de docta y con largura— eleva la mente con sus afectos y su voluntad hasta la unión con el origen de esta mente, que es Dios. ¿Lo entiende, fray Casto?

Claro que lo entendía, aunque ella más que solicitar que la entendiera me estaba pidiendo que la dejara en paz. Pero en la empresa de la reforma de la orden que se proponían Teresa y Gracián el amor era el motivo y Eros su impulso.

—¿Eros? —se preguntó. Y se escuchó un suspiro suyo que expresaba cierta molestia.

No me negó que también Gracián y Teresa jugaran al

modo que la santa madre quería, más allá de la perfección en la que se empeñaban, para darse al regocijo en los ratos de esparcimiento que buscaban para sus conventos.

—Dijo tener a Gracián en lugar de Dios exterior e interiormente.

No supe bien lo que quiso decirme con aquello, seguramente una cita de la santa. Yo, por dentro, por donde las voces me llegaban, y así se lo dije, los estaba oyendo jugar en aquellas estancias y oía las risas del uno y de la otra; ni a Teresa ni a Gracián les faltaba el humor.

—A usted tampoco —celebró la priora, burlándose de mis voces interiores. Y eso que nunca le expliqué bien de dónde me venían.

—Dijo la propia Teresa de Jesús que está en nuestra mano divertirnos, como callar cuando hablamos.

—Sí, padre, sí.

Y en esos recuerdos andaba yo, callado después, cuando el diablillo me pidió que hablara y puso en mis labios lo que dijo mi voz (la de Gracián hablando esta vez por mis adentros): que ciega de amor le pareció ver a Teresa allí, en Beas, donde es roja la tierra y verdes los campos.

—Y tan verdes y tan rojos siguen siendo ahora como puede ver —me siguió la monja—. El paisaje es lo que ha cambiado menos de entonces a acá.

—Tan rojos y tan verdes —dije— como no he visto otros.

—¿Para todo es usted tan exagerado, fray Casto?

—No, madre, es que he viajado poco.

—En su *Libro de las fundaciones* —me recordó la priora, aprovechando quizá que el diablillo me había dejado tranquilo hacía ya largo rato—, cuenta nuestra santa madre que alabó mucho al Señor por la gracia concedida al traerle al padre Gracián. Por mucho que ella hubiera querido pedirle a Dios una persona para que pusiera en orden todas las cosas del Carmelo en aquellos momentos, dijo, no hubiera acertado a pedir tanto como el Señor le había dado con su padre Gracián.

Pero aunque en Beas se hubieran visto por primera vez, y en Beas se produjera el encantamiento de Teresa con Gracián, ya ha quedado dicho que antes había tenido buenas noticias de él. Y fue para su desgracia, como ya me había contado Gracián en aquel viaje mío con él, insisto en que él por dentro de mí y yo por fuera, que allí y en día de primavera pusiera ella sus ojos en él. Aunque yo diría que aquella primera vez que se vieron pecó de precipitada Teresa al mostrar su complacencia en Gracián antes de cualquier examen más detenido. Y tal como lo pensé, se lo dije a Gracián, hablando con él y hablando al mismo tiempo con nadie, que yo, repito, soy mucho de hablar y hablar y no pierdo esa costumbre, y menos la costumbre de ser sincero.

No hacía falta ya que el diablillo que me acompañaba me confirmara que aquello fue un flechazo, ni necesitaba una revelación divina para convencerme de tal enamoramiento. No se había encontrado Teresa con un desconocido el día en que él le agitó en Beas los sentimientos como en una tormenta que le trajo luego la más deseada placidez y no poca obsesión.

—El amor es obsesivo, madre.

—Constante y empeñado, no confunda.

Pero Gracián era poco amigo de imaginaciones, insisto, y por eso cuando yo lo requería por dentro era tan parco conmigo. Por eso y por si no quedaba bien él en mis retratos, aunque Dios me libre de tenerlo por poco virtuoso, que con tenerlo por ambicioso hasta decir basta, y que no me oyera, tenía de sobra. De preguntarle a Gracián por sus ambiciones no creo que me hubiera dado una justa respuesta, sino más bien que aspirara a que en mi novela lo dejara en buen lugar, no tanto ante Dios, que todo lo sabe, como ante la historia, que es donde quiso estar él y en ella está.

No hacía falta ya que el diablillo que me acompañaba me confirmara que aquello fue un flechazo, ni necesitaba una revelación divina para convencerme de tal enamoramiento.

Cuando ya Juliana de la Inmaculada empleaba palabras de cortesía para despedirme —en el refectorio la esperaban sus monjas y no podía detenerse más—, le dije:

—El padre Gracián tenía una espiritualidad muy intensa, además de una dulzura y una vivacidad peligrosas para cualquier mujer. Aunque como hombre...

—Como hombre, ¿qué?

—Como hombre, poca cosa pudo ver aquel joven fraile de treinta años en la mujer que pasaba de los sesenta y renqueaba ya.

Y fue ahí donde ella quiso ponerme de nuevo en mi sitio, afeándome que sólo diera importancia a los cuerpos y poca a la sabiduría, que de esto tenía mucho la madre, dijo, y lo que le faltaba, lo que le faltaba —puso mucho calor en lo que decía, acercándose a la reja—, le venía, además de sus muchas lecturas de tantos santos padres, de la oración y de las revelaciones, y de sus indagaciones en los vericuetos del alma y la oración por dentro.

Me dio toda una plática, como si con un seglar ignorante hablara, sobre la oración interior que tanto interesara a Teresa hasta el punto de ser el núcleo de su escritura, como yo no ignoraba, y, por supuesto, el impulso de su reforma.

—Y bien que lo pagó —dijo la monja—, con la Inquisición vigilándola y haciéndola sufrir. Todo lo nuevo olía a herejía. Y más, en este caso, con una mujer por medio.

Seria la vi, y esta vez hasta sorprendentemente enfadada, sin paciencia, pero no me callé; elevé mi voz como si en un púlpito me encontrara y en tono muy severo le pedí que oyera al padre Gracián en mi propia voz. Y como si el mismo padre Gracián fuera, dije:

—Feliz la hice, según contó a sus propias monjas, al nombrar los días de aquel primer encuentro en Beas como el tiempo más luminoso de su vida. (Además le oí decir a Gracián que algo tan especial había en ella que le pareció una mujer sin edad.) Fue así como la vi de pronto —me dijo— y mejor la vería al paso de las horas, tantas horas juntos, tantas horas viviendo las ausencias, más gozosa su compañía cada vez y la vida más plena. Y ahí no acaba la cosa: ella le comunicó además su espíritu sin encubrirle nada y también él le declaró todo su interior y acordaron estar siempre conformes en todos los negocios.

Me miró la monja fijamente, con alguna desconfianza. Le dije:

—¿Cómo se llama eso, madre?

—Estar de acuerdo.

—Eran felices.

—No seré yo quien lo niegue, así lo dijo nuestra santa madre.

—Ella no cabía en sí de gozo.

—De gozo espiritual —puntualizó la priora, por si hablaba yo de alguna holganza reñida con el espíritu—. La oración interior es puro afecto, deseo amoroso. Teresa lo sabe porque lee.

—De gozo pleno, que para el sufrimiento siempre tuvo tiempo. También Teresa había escrito de él que era cabal en sus ojos. Y contándoselo Teresa misma a la monja de Pastrana a la que le hablaba de la dicha de haber conocido a Jerónimo, no le dijo poco; le dijo que los días pasados con él en Beas («sin encarecimiento», así, como suena) fueron a su parecer los mejores de su vida.

La priora movió las manos en el aire para dar por concluida la conversación. No me preguntó si iba a seguir de viaje ni hacia dónde. Dio por supuesto que permanecería en Beas unos días, indagando por mi cuenta, y que a la mañana siguiente podría continuar nuestra conversación.

—Hasta mañana —dijo.

Y quedó oculta.

—Cansada llegó la madre Teresa a Beas —le comenté de un modo apresurado a la priora, nada más apareció ella tras las rejas del locutorio, sin haberle dado aún los buenos días ni permitir que ella me los diera con aquella alegría suya, tan de agradecer, aunque para mí algo desmesurada.

—Cansada llegó la madre, sí, después de un largo viaje, pero en bendita hora vino —suspiró.

—En bendita hora —repetí como en jaculatoria—, bendita hora. —Y añadí—: Llamó deleitosa a esta ciudad.

—Sí, deleitosa. Lo era más que ahora.

Aunque no tan deleitosa le parecía a Teresa la beata que la llamó para fundar aquí, me recordó el diablillo mientras yo volvía a callar, a pesar de mi poca costumbre de silencio.

El diablillo se ocupó entonces de contarme que a la santa madre no se le pasó por alto que era una locura responder a la invitación a fundar de doña Catalina Godínez de Sandoval y sus amigas beatas, tan estrafalarias. La misma Catalina se empeñó en profundizar su vida de beata, beata, muy beata, y renunció al matrimonio e hizo lo posible y lo imposible por afearse hasta parecer un poco repugnante. Le tocó a Teresa ponerle freno a tanto deterioro voluntario y convencerla de que no se hiciera monja lega atormentada o monja de velo negro, que saliera de aquella tristeza y amargura, y que se dejara de manías y tomara sin más el hábito, tal y como haría finalmente aquella atolondrada, después de renegar, para pasar a llamarse desde entonces Catalina de Jesús.

Pero para qué recordarle a aquella priora la mala gana con que nació su convento si de la mujer ensimismada que llamó a Teresa a fundarlo no había dicho ella una sola palabra, sino de las malas condiciones en que llegó la fundadora hasta allí. Porque cansada estaba Teresa, la andariega, levantando conventos aquí y allá, y con muchos tropiezos, dejando de escribir muchas veces, con el placer que la escritura le traía, para hacer tratos y dirigir albañiles y metida de nuevo a escribir para dar gusto al alma, escuchar a Dios en su oración mental y emprender los vuelos que emprendía imaginando. Y todo eso era lo que en los conservadores hacía crecer la desconfianza hacia ella.

Lo que sí le recordé fue que Teresa no sólo llegó cansada del viaje y con no pocas preocupaciones en su cabeza. Iba camino de Calatrava para fundar, con verdaderas ganas de hacerlo y terminó fundando en Calatrava por medio de otras, sin estar ella presente. Y lo peor fue que no supiera siquiera en dónde estaba; había hecho poco caso de los que la advirtieron que Beas no era territorio de Castilla a efectos eclesiásticos, sino de Andalucía, y sólo de Castilla lo era para cosa de seglares. Así que de empeñarse en fundar aquí se lo afearía su padre general. Y por si fueran pocos sus quebrantos ya se enfrentaba a un nuevo conflicto con él, su muy amado padre Juan Bautista Rubeo, el superior general de los carmelitas, que desde Roma tanta confianza había puesto en ella y la tuvo por amiga.

No dio a Beas por andaluza, sin embargo, hasta que Gracián la hizo caer en la cuenta, que también a él le había costado llegar a saberlo; como si por testaruda, que lo era, sólo Gracián consiguiera bajarla del carro.

Claro que no hay mal que por bien no venga, debió decirse a sí misma Teresa o escuchar la voz que se lo decía, porque ahora era ya súbdita de Gracián, me recordó a mí la priora, sin que fuera necesario el recordatorio.

Fray Jerónimo Gracián de la Madre de Dios no sólo era fraile de grandes atractivos, sino ya en ese momento, cuando se vieron, el mismísimo visitador de la Orden del Carmen en Andalucía. Dicho con palabras de este siglo: el gran jefe del Carmelo en tierras andaluzas. Contento quedó de que estando Teresa en Andalucía pudiera ya tenerla por súbdita suya sin quebrantar la norma.

Y si antes de encontrarse los dos por primera vez había tenido buenas noticias de él, también las tuvo malas: en muchas tribulaciones la metió la misión de él en Sevilla, antes de los días de Beas, que, tal como habíamos comentado ya fray Humberto y yo, fue dificultosa. Y, por supuesto, los líos de Pastrana.

Y una vez había pensado lo que pensé, intenté transmitírselo a Juliana de la Inmaculada.

—¿Va a seguir usted contándome lo que ya sé bien? —dijo jactanciosa la priora, interrumpiéndome, acaso algo molesta e ignorando el respeto que debía al sacerdote de su orden que, al fin y al cabo, yo no era (aunque como llevara hábito ella me tuviera por tal), sino un humilde lego.

Razón tendría quizá para faltarme al respeto de aquella manera si por mi manía de hablar y hablar estaba insistiendo sobre lo que quería yo rememorar por mis adentros. Para oír a Gracián quejarse de que acabando de profesar lo cargaran con la dura misión de reformar a los carmelitas calzados de Andalucía, cuyos conventos eran jaulas de locos, animales y matones, algo de lo que mucho teníamos hablado fray Humberto y yo a aquellas alturas.

—Nadie duda, digo —recobró la priora la conversación—, de que el padre Gracián le contara a la madre sus propias penurias y miserias en Sevilla antes de que recibiera ayuda del buen arzobispo. Así que no sé lo que le diría, pero yo que usted contaría en esa novela que se propone escribir que en los meses que pasaron en el convento del Carmen de Sevilla a Gracián y a sus frailes, antes de que él le propusiera a la madre Teresa ir allí como le propuso, les pasó de todo y nada bueno.

—Ya lo sé y lo tengo escrito. Se animarían mucho el uno al otro.

—Teresa lo necesitaba para su reforma.

—Eso es lo que parece más claro.

—Y tanto... No olvide además que ella admiraba el poder y se acercaba a él de un modo interesado —le advertí a la monja—. Y Gracián tenía cerca el poder: su padre era hijo del secretario del emperador Carlos V y de la hija del embajador polaco, pero sobre todo, de no mala casta venía y de muy buena situación, y en el tiempo en el que se vieron, el hermano de Gracián era secretario de Felipe II y estaba a cada rato a la vera del rey, lo cual a Teresa le venía de perlas para los líos de sus fundaciones y hasta para el alivio de los temores que la acechaban porque la Inquisición perseguía sus escritos.

Fue nombrar la Inquisición y me confesó la priora que se le ponían los pelos de punta por los muchos temores que la madre tenía en aquellos días de Beas. Y aún en otros.

—Hay una bruja en esa historia —evocó, refiriéndose esta vez a la princesa de Éboli, de la que no sé por qué fray Humberto no había querido que habláramos— que me hace pedirle a Dios paciencia al recordarla. Ella fue la que entregó al Santo Oficio el manuscrito del *Libro de la vida* y ella misma la que la acusó de visionaria porque nuestra santa madre no había accedido a sus gustos. Rio bastante del libro y lo dio a las criadas para la mofa que ella propiciaba; comparaban a la madre con la visionaria Magdalena de la Cruz y sus embelecos, y hasta Madrid llegaron las burlas y al inquisidor general las denuncias en medio de las risotadas que aquella maldita profería.

Ni siquiera dijo el nombre de la mala mujer de la que hablaba, pero lanzaba improperios contra ella al tiempo que pedía a Dios perdón para sí misma por poco misericordiosa.

Teresa no vio con menos coraje a aquella zorra de Ana de Mendoza, mujer endemoniada donde las hubiera, que después de haberle sido infiel al marido, tomando por amante al secretario del rey, el truhan de Antonio Pérez, un golfo de relumbrón, gran intrigante, y una vez muerto el marido, le entró a la muy pecadora la repentina gana de ingresar en el Carmelo casi rompiendo la puerta del convento de Pastrana, y con una barriga de cinco meses se metió allí con su madre en cómoda celda. La priora de Pastrana, que la vio llegar preñada, dio por recibido al mismísimo demonio y por acabado el convento. Y aquella demente, que cambió la carroza por un carro para ir a Pastrana a hacerse monja y le pidió al fraile que la acompañaba el andrajoso hábito que vestía para ponérselo ella, que de tantos lujos y brillos había sido siempre, nada más llegar al convento empezó a tratar a las monjas como criadas, a dar órdenes con gran señorío, a pedirles a las religiosas que le hablaran de rodillas y a solicitar hábitos para dos doncellas que llevaba con ella y las quería monjas. Todo en una noche. Le mudaron el hábito asqueroso que traía y, ya con uno limpio, como si de siempre hubiera estado allí, quiso llamarse sor Ana de la Madre de Dios. Así se llamó porque así quiso. Recibía a sus amistades en el convento, violaba la clausura, por allí se paseaban los criados sin que fueran posibles ni el silencio ni la oración para las monjas...

—Un capítulo más de las locuras que tuvo que sufrir la santa madre —me dijo la priora.

—Hasta el punto de que se vio obligada a escribir al rey y al Consejo de Castilla para implorarles que pidieran cordura a aquella insensata que, vengativa y malvada hasta el extremo, acabó retirándose con su preñez, su madre y sus doncellas a una ermita en la huerta del convento y le abrió puerta para entrar y salir a la calle a su gusto.

—Mala bruja aquella y hasta asesina —me dijo muy bajito la priora, casi murmurando, para pedir después a Dios que la perdonara.

—Y tanto, que por asesina de Juan de Austria —puse de mi parte—, ayudada por su amante el siniestro Antonio Pérez, acabó en durísima prisión en la torre de Pinto, amargada, sin ver luego la luz en la fortaleza de Santorcaz, prisionera más tarde en Pastrana, muerta de frío, emparedada, casi sin respirar. Así murió al fin.

—De tal modo lo cuenta que parece usted vengativo, fray Casto. Me olvidaba de que está novelando. Y menos mal, porque quizá no sea cristiano que un fraile hable con tanto placer de la tortura de una mujer por vil que fuera.

—En Pastrana murió, como le he dicho, hecha un adefesio —recordé yo. Y le pregunté a la priora—: ¿Cómo no iban a hablar de aquello Gracián y Teresa en los veinte días de Beas? ¿Cómo no iban a hacerlo si Gracián no se vio libre de aquella desmesura?

—De la muerte de la princesa poco pudieron hablar aquí porque aún vivía ella en ese momento y seguía ejerciendo su poder y su maldad —precisó la priora.

—Hablaron de Éboli en ese tiempo, sin embargo, porque, como usted dice, aún tenía poder y lo ejercía con las más torcidas intenciones. Y Gracián tampoco le hacía ascos al poder —le dije a la madre con no poco retintín.

—La santa supo hacerle frente al poder o supo muy bien cómo entrar en tratos con él —dijo ella.

—La santa, sí o no, según le conviniera, que del poder nunca estuvo lejos; Gracián, no. Gracián se había agarrado en Pastrana a su compañero, el padre Mariano, para preguntarse los dos qué hacían ante aquello: la irrupción diabólica de la princesa en el convento.

El diablillo no me dijo si fue la propia Teresa la que por carta le había aconsejado encomendar a Dios el negocio de la princesa y las monjas, que parecía imposible que terminara bien, y cogiera un nuevo camino. Lo cierto fue que Gracián y Mariano tomaron el hatillo y de Pastrana partieron para Andalucía. Tampoco me dijo el diablillo cómo justificó Gracián esa cobardía ante Teresa, a la que por entonces no había visto aún y por cartas se hablaban.

—Tal vez nuestra madre le preguntó al padre Gracián por qué lo hizo —apuntó la priora de Beas—. ¿Sabe usted acaso, fray Casto, qué le contestó el padre?

Retuve mi contestación durante un rato, de tal modo transpuesto que pareciera que esperara a que mi voz interior me dictara la respuesta. Luego dije:

—Mire, madre, lo que quizá le contestara fuera que, ante el dilema de que poniéndose de parte de la priora, favoreciéndola, quedara mal él con la de Éboli, es decir, con el poder, o poniéndose de parte de la princesa hiciera mal a la perfección y la observancia, que era virtud a la que estaba obligado, lo mejor era desaparecer de allí y, ni con una ni con la otra, terminar en Andalucía. Y porque acabó en Andalucía aquí estaba ahora, en Beas, de comisario apostólico y visitador. Y con Teresa a sus órdenes. O a sus pies.

—No lo dude. Y seguramente eso tuvo algo que ver con lo que ocurrió cuando a punto estaba Gracián de partir para Madrid.

Soñaba la santa madre con fundar en la capital de la corte y quiso él romperle el sueño con el argumento de que no interesaba a la orden hacerse notar donde tanta gente había, y, además, notoria, y exponerse a la vista de negociantes que acabaran con la fortaleza que dan el silencio y la esperanza, como se decía en la regla.

—Tenía un piquito de oro el padre.

—Lo tenía —sonrió la priora.

En los últimos días de Beas estaba Teresa, más que preocupada, confundida: Gracián no sólo trataba de disuadirla de que fundara en Madrid sino que quería que, olvidando a Rubeo, su tan amado padre general, y con la protección del nuncio y el rey, que eran los que le daban apoyo a él, fundara en Sevilla.

Conociéndola como la conocía ya, después de veinte días sin dejarse el uno al otro, le pidió que consultara con el Señor antes de tomar la determinación que él le aconsejaba, si no imponía, que no sé si se lo dijo con alguna sorna, y la dejó entregarse a la oración.

Teresa, después de haber orado, regresó al huerto donde se hallaba Gracián.

—¿Y dónde está ese huerto? —pregunté a la priora.

—Que se lo cuente su imaginación... A los huertos también se les acaba la vida.

—Bueno, pues regresó al huerto con la respuesta que el padre Gracián no esperaba ni quería, tal vez porque confiara en que el Señor le iba a dar a ella la contestación que le convenía a él. Y recibió por respuesta la contraria: fundaría en Madrid.

A mí el diablillo me sopló enseguida que la cara de enfado de Gracián no pudo pasarle inadvertida.

Los dos quedaron en ese instante en silencio, y ella, mirando a Gracián, pensó otra vez que el Señor había visto bien la necesidad que tenía su obra de persona semejante a él, al que no quería disgustar.

—Ella le había prometido obediencia.

—Claro, además del voto de religión hizo un particular voto de obedecerle a él toda la vida. ¿Qué le parece?

Se encogió de hombros la priora como preguntándose: ¿Qué me va a parecer?

Unos días después, Jerónimo Gracián tomaría sus bártulos y se encaminaría a Madrid sin saber lo que le esperaba.

Lo mismo que hice yo, unos siglos más tarde, emulándolo, después de aquella visita.

Y cuando ya me iba, la priora de Beas me recordó a Teresa con afabilidad en nuestra despedida:

—Él es cabal en mis ojos... —impuso la satisfacción de la que presumía otra vez de buena memoria al citar a la santa—. Él es cabal en mis ojos —repitió muy sonriente—, que perfección con tanta suavidad yo no la he visto —completó la cita lentamente, como si quisiera alargar las palabras, altanera ella. Y la repitió otras dos veces.

—¿Se llama amor a eso o no se llama amor, madre?

La priora guardó silencio y me miró frunciendo el ceño esta vez, como la que se interroga.

—Nadie duda de ese enamoramiento de Beas que usted se propone relatar —comentó—. Si dice él que nada de su interior dejó de depositar en ella y ella dice otro tanto, qué voy a decir yo...

—Le dijo todo lo que de ella se podía decir, ya fuera de su cuerpo o de su alma, que es lo que el amor ha de procurar siempre, complicidades.

Me acompañó luego la priora hasta la puerta del convento y, a modo de despedida, después de un Dios lo bendiga, como si ella también se hubiera mudado al siglo XVI en sus imaginaciones, me pidió:

—Dígale al padre Gracián que no abandone a su monja.

# III
## EL RASTRO DE UNA MIRADA

El amor perfecto tiene esta fuerza:
que olvidamos nuestro contento
para contentar a quienes amamos.

TERESA DE JESÚS

Paseábamos fray Humberto y yo, los dos en silencio, por un huerto del convento segoviano; aunque él menos locuaz de lo que lo era comúnmente, silencioso y cabizbajo. No sé en qué pensaba aquella tarde; parecía tener la cabeza en otro lado y totalmente ausente de la conversación lo encontré de pronto. No obstante, más que de mis entrevistas con fray Humberto en el claustro o sus alrededores, desconfiaban los frailes de Segovia de aquellas más íntimas reuniones en la casa de mi tío, que si bien era tenido Ronald por hombre piadoso, su reputación intacta era a veces sometida a sospechas. Y no sólo por las euforias del alcohol, que con ellas en lo único que molestaba era en las grandes parrafadas sobre la Segovia antigua con las que obsequiaba a la parroquia con la mucha reiteración de un pesado, sino por una nunca demostrada inclinación a poner los ojos en los hombres, y más en los hombres jóvenes, que en las mujeres.

Y en una de esas primeras reuniones, recordando lo que la priora de Beas me comentara sobre la propuesta de Gra-

77

cián a Teresa de que se fuera a Sevilla y la preferencia de ella por fundar en Madrid, me dijo el fraile:

—No es de extrañar que Gracián tuviera, en principio, y a pesar de sus artes para embaucar, algunas dificultades para convencer a Teresa de que fuera a fundar a Sevilla en lugar de hacerlo en Madrid, que era donde a ella le gustaba y para lo que tenía licencia.

—¿Y cree usted que Teresa le iba a llevar la contraria a su adorado padre Gracián, negándose a la propuesta de Sevilla, tan entregada como estaba a él?

—Pues si «la voz» le había dicho en su interior que mejor a Madrid que a Sevilla, digo yo que el Señor estaría para ella antes que Gracián —se advirtió la ironía en fray Humberto. Y añadió—: Va a tener que conocer usted mejor a Gracián, si sigue empeñándose en esa novela.

—O a Teresa.

—Tal vez.

A continuación se detuvo a aclararme que ella, después de haberse negado a fundar en Sevilla, tardó pocos días en cambiar de opinión para aparente asombro del padre Gracián y le anunció que se iría allí con sus monjas sin dudarlo.

—No sé si en broma —me dijo— le preguntó él a ella cómo se había atrevido a anteponer los deseos de su humilde persona a lo que el Señor le había dicho.

—¿Y qué le respondió Teresa?

—Le contestó que no tenía claro que fuera voluntad de Dios, que estaba más segura de que lo que le mandaba su prelado, o sea él, Gracián, era lo que le mandaba Dios.

—Quedaría contento...

—Supongo que sí, no era para menos. Pero no sé si por ponerla a prueba o por jugar, por presumir que Teresa confundía a veces a Dios con sus imaginaciones, o que para ella eran lo mismo; tampoco sé si en serio u otra vez en broma, le dijo que consultase de nuevo con el Señor. Y de esa nueva consulta salió ella con la respuesta definitiva de Dios de que...

—Se fuera a Sevilla, claro...

—Sí. Le aconsejó el Señor, según ella, que obedeciera a su padre Gracián. Estaba convencida de que era lo que Dios le mandaba, insisto, aunque segura ya de que la fundación de Sevilla les iba a costar muchos trabajos.

Había sido de gran disgusto para Teresa que el padre Mariano y el padre Gracián contravinieran al padre general saliendo de Castilla para fundar abajo. No olvidaba las preocupaciones que le sobrevinieron a ella en las noticias que había recibido por todo lo que pasaba en Sevilla, donde siempre había algún muerto o muy herido y no faltaban las deshonestidades y menos las murmuraciones y las calumnias. Fundar un convento de descalzas en Sevilla, con sus ciento y pico mil habitantes, la mayor ciudad de España y una de las más populosas de Europa, el lugar en el que desembarcaba la riqueza de América, valía la pena, sin embargo. Era la obligada base de partida para extender el Carmelo descalzo por América y la ciudad más rica; un lugar donde el dinero circulaba abundantemente, atractivo para las órdenes mendicantes que acudían allí.

—El Carmelo descalzo —apeló a su erudición el tío Ronald en uno de sus desvelos— era obra de inspiración burguesa y a Teresa le interesaban fundaciones en lugares ricos para poder mantener otros conventos que vivían de limosna. A ella le gustaba entenderse con la mesocracia laboriosa de comerciantes, banqueros, profesionales liberales, gente la mayoría que, como ella, no lo olvidéis —advertía mi tío Ronald—, procedía de un turbio origen converso. Teresa consideraba a esa gente su clase. Y el pueblo bajo y la aristocracia no eran santos de su devoción.

Aclarado esto, y añadido que Gracián debía de tener claro que por testaruda que fuera la madre la voz que sentía por dentro cambiaba de opinión a veces, y según ella quisiera, mi diablillo me devolvió a Beas en la imaginación para ver partir al fraile en su asno camino de la corte y, unos días más tarde, a Teresa, obediente y fascinada, en dirección a Sevilla.

—Mejor suerte que ella tuvo Gracián en su viaje a Madrid —dije.

—Sí, con sus luces y sus sombras, pero no fue la misma la suerte de Teresa en su viaje a Sevilla —comentó fray Humberto.

—No, no fue la misma. Mientras Teresa viajaba a Sevilla, preocupada, Gracián llegaba a Madrid bien relajado, más bien satisfecho de ir a lo que iba y contento de que Teresa caminara a donde le había pedido, afrontando la dificultad.

—Gracián en aquel viaje —volvió a decir— tuvo suerte. Teresa, no; no la tuvo. Pero por lo que va contando usted —arguyó fray Humberto a continuación— no es una novela sobre Gracián o sobre Gracián y Teresa lo que se propone escribir, sino otra novela sobre Teresa de Jesús, y de esas ya hay muchas.

Algo parecido me había dicho ya la priora de Beas.

—O sea —respondí—, usted cree que eso no interesa en mi novela, como si el amor como toda empresa no llevara a estas dificultades en las que se ven involucrados dos. Y como si estas dificultades, en caso de que fueran cosas de la imaginación, no precisaran de un relato. Pues añádale a esos tormentos, padre, las preocupaciones sobre Sevilla que llevaba aquella mujer a cuestas, porque si en el caso de Beas pudo quedar ante su general como ignorante de que aquella ciudad fuera Andalucía para la Iglesia, y no Castilla, como ella había creído, ahora con Sevilla no iba a tener disculpas, y nada más lejos de su querencia que meterse en complicaciones jurídicas y en enfrentamientos con su querido padre Rubeo, el general.

—No olvide, fray Casto, que Rubeo le había dado a Teresa unos años antes, con gran confianza, licencia para fundar donde le viniera en gana y que ella tenía esa licencia bien guardada para cuando conviniera. Lejos de la madre además poner en duda lo que Gracián le dijo para animarla, y menos sabiendo de la experiencia sevillana de él con no pocas dificultades; aunque él se lo pusiera todo de color rosa, sin embargo, incitándola mucho a la aventura de Sevilla. Pero Teresa sabía bien de la ciudad a la que iba, demasiado bulliciosa y licenciosa al máximo. Y la temía.

—Sí, la temía; a lo que no temía era al amor.

—¿De qué me habla? —inquirió fray Humberto, aparentemente sorprendido, con indisimulada malicia, como si no estuviéramos hablando de lo que él perseguía.

—«El perfecto amor quita el temor» —cité a Francisco de Osuna, ocultando la referencia—. Y ella pedía a Dios por Gracián.

—No pedía a Dios por Gracián —matizó mi tío—. Pedía a Dios por su Eliseo.

—A lo mejor es que no ha llegado el momento de la novela —explicó fray Humberto; un poco de paciencia, pidió— en que tenga que contar usted a sus lectores que corrían malos tiempos para nombrar a las personas por sus nombres en los escritos, tan sometidos a vigilancia, y que por eso cuando ella escribía a Gracián se llamaba a sí misma Lorencia o Ángela y a él lo mismo lo nombraba Eliseo que le ponía los otros nombres de Paulo o Pablo. Aunque el nombre de Pablo creo que fue siempre su preferido.

—Como más le gustaba llamarlo era Eliseo, mi Eliseo.

Tocaba risas entre fray Humberto y yo por lo de los nombres cambiados y por los motes que Teresa empleaba en los escritos: Matusalén llamaba al nuncio, gatos a los frailes calzados, águilas a los descalzos, cigarras a las monjas calzadas y mariposas a las suyas, las descalzas; con la misma frecuencia, cuando se refería a Jesús en sus cartas a Gracián por las cosas que el Señor le revelaba, tenía también el buen cuidado de llamar a Jesús José.

—Buen gusto para elegir los nombres y no como usted, fray Casto, que a la hora de elegir el suyo de religión bien pudo llamarse Eliseo.

—¿Para qué?... Yo nunca he sido objeto del amor de nadie.

—Eso es lo que usted cree —me dijo fray Humberto con una mirada ambigua.

Y al ver una pregunta en mi manera de mirar, algo extrañado, añadió:

—Y no es del amor de Dios de lo que hablo.

—El de Dios es un amor, padre, que no le falta a nadie.

—Tampoco esté seguro de eso.

Como la curiosidad le podía a fray Humberto, sobre todo, por el modo que yo tenía para él de contar las cosas, aquella otra tarde, en el gabinete segoviano de mi tío, suspendiendo las especulaciones que entre whisky y whisky hacía Ronald sobre la construcción de una torre de Segovia que mandara a construir un Peñalosa, volviendo a lo mismo de rato en rato con detalles estrafalarios, se quitó el hábito, y quedándose en pantalones bien holgados, con una camisa blanca que no brillaba por su limpieza, me preguntó cómo iba a empezar a contar la aventura sevillana de Teresa en su atribulado viaje.

—No tiene claro usted, por lo que veo, que Gracián fuera el verdadero culpable de que Teresa viviera semejante aventura.

—No —sonrió.

—Ni quizá necesite que yo tenga que contar lo que les pasó en un cruce de camino al que llegaron la madre y sus monjas por equivocación y se encontraron en una venta a unos soldados y arrieros acuchillándose, mientras ellas morían por falta de agua que beber y encontraron para comer unas sardinas que les aumentaron la sed.

—Tampoco necesito esa información —no abandonó la sonrisa, mirándome con complacencia.

—Todo eso entre gente perdida y furiosa que gritaba juramentos, reniegos y abominaciones donde había más de cuarenta espadas y oyeron disparar arcabuces nuestros viajeros.

—Veo que se anima en su relato —bromeó el fraile.

Sí. Me animaba en la crónica. Camino de Sevilla la estaba viendo yo, con sus monjas, María de San José entre ellas, que iba para priora, y a la que llamó la fundadora «monja letrera». Y con buenas razones, porque sus libros, sus poemas y sus muchos escritos, llenos de agudeza, lo confirman. Eran cinco las monjas y de todas ellas dijo Teresa que eran mujeres «de hartos buenos talentos y la que va para priora, harto para ello». Y bien dijo, porque María de San José habría de ser fundamental cabeza de su reforma. Con ellas iba también el padre Julián de Ávila y, al menos, un recién llegado que pretendía hacer el noviciado en Sevilla.

—Por cierto, pobre chico el de los hábitos nuevos —comenté a fray Humberto.

Mi diablillo me acababa de meter con su particular información en una taberna de Linares donde el novicio tuvo que oír lo que no está escrito de unos mamarrachos que se estaban emborrachando y que pasaban de una provocación a otra con sus insultos, sus groserías, sus amenazas, llenos de cólera y sin que nadie consiguiera callarlos ni evitar que le levantaran el hábito y tocaran por donde no debían, ya fuera con rabia o con burla.

—Así les fue —le dije a fray Humberto—. Y no les fue mejor, que esto también tendré que contarlo yo en la novela, antes de llegar a Córdoba, que allí entraron en una venta porque a Teresa le dio una calentura inmensa, que así lo describió luego María de San José, y empezó a desvariar. Y se queja la monja de que sólo tenían allí lo que se dice una cochinera chica, de techo bajísimo, y sol y más sol entrando por todas partes y el calor agravando la situación.

—Teresa también se queja en sus escritos —se decidió Ronald a intervenir— de que la hicieran echarse en una cama cuando mejor hubiera estado ella en el suelo; con la calentura que tenía se encontraba casi sin sentido. Por lo visto, ni rogándole ni pagándole a aquella gentuza había manera de acabar con los gritos, los juramentos y el tormento para la enferma de los bailes y panderos, tan impropios para unas religiosas que huían de las tentaciones del mundo. «Si no lo viéramos no pudiéramos creer que tan abominables gentes había entre cristianos. No podían oír nuestros oídos los juramentos, reniegos y abominaciones que decía aquella gente perdida.» Para colmo —añadía— cerca de ellas las maritornes, medio criadas, medio prostitutas, que no faltaban en aquellas ventas.

—No parece la mejor manera de iniciar un buen viaje —me afloró la guasa.

No lo era ciertamente, y no sólo por eso, que el calor resultaba insoportable y la sed mayor que el calor. Se cuenta además que cada jarrito de agua tenía en esa taberna un precio desmesurado y mejor era tomar vino que agua. La bota de agua que llevaba Teresa se les había acabado para más fastidio.

—No les faltó siquiera río que cruzar ni barcaza que se fuera a la deriva en Espeluy con unos cuantos carros de los que llevaban monjas dentro, arrastrados por las aguas —insistió fray Humberto en la desdicha.

—Bueno, además, ya en Córdoba —Ronald se detuvo en una anécdota—, les pararon los carros nada menos que bajo las almenas de la Inquisición y, después de muchas dificultades y pasadas dos horas (a Teresa se le hicieron años), consiguieron que el corregidor les diera licencia para seguir.

—No les faltó de nada —siguió fray Humberto—: ni problemas con los carros ni dificultades para que Julián pudiera decir misa por culpa de un cura gruñón. Y, sin embargo, Teresa, que había pasado bastante miedo al parecer, terminó poniendo buena cara a la tormenta y diciendo que aquellos sobresaltos le habían quitado la calentura del todo.

—Y tanto... —dije—. Aquel viaje a una tierra que para Teresa era desconocida y que no sólo no estimó nunca, sino que incluso llegó a repudiar, y muchas veces, fue para ella inolvidable a la fuerza. Y digo fue y no debió ser porque la misma Teresa lo dejó escrito. Irse a Andalucía en tiempo de calor, que ya por mayo lo hacía, en las condiciones en que viajaban aquellas monjas, y pasar por el camino no pocos contratiempos, no es algo que alguien pueda dar después por placentero, precisamente. Llegó a escribir que aquel sol no era como el de Castilla, sino mucho más inoportuno.

—Y si además viajaba por obediencia —añadió fray Humberto—, ya me dirá si un viaje cuesta abajo no se le hace a cualquiera un viaje cuesta arriba.

—Gracián era el culpable, sí, de aquella aventura y a ella la cegaba la obediencia a aquel al que había prometido no encubrir ninguna cosa de falta o pecado.

—Entrega total se llama a eso. —El fraile me guiñó un ojo.

—Fíjese hasta qué punto que ella misma cuenta cómo en ese viaje oyeron misa en una ermita de Écija, allí descansaron a la siesta, y con las monjas en la ermita, pero ella, metida en una sacristía que encontró, empezó a pensar en el regalo que le había hecho el Espíritu Santo en las vísperas de Pentecostés, y queriendo servirle especialmente, pero sin saber cómo hacerlo, porque todo lo que se le pudiera ocurrir ya estaba hecho, decidió que, cumplido el voto de la obediencia, lo que sería agradable prometer ahora era lo que ya se tenía propuesto con el padre Gracián como compromiso. Así que se puso de rodillas y prometió hacer todo lo que Gracián le dijese por toda su vida. ¿Se puede pedir más?

—Eso es el amor, fray Casto; la pérdida de toda libertad.

—Debe serlo, pero después de aquello, dijo haberse sentido alegre y satisfecha. Aunque no sé si temerosa de que alguien lo mal viera o tratara de entrar en falso en su intimidad, porque añadió a su escrito que nadie lo leyera, aunque ella hubiera muerto, y que se le diera personalmente al padre maestro Jerónimo Gracián de la Madre de Dios para que lo guardara en secreto.

Ronald intervino, aparentemente como si viniese a cuento, recordando las promesas de obediencia, como las de Teresa a Gracián y las de muchas beatas de la época a sus confesores, para nombrar a fray Luis de Granada, quien por ahora no contaba nada en la novela ni creía yo que fuera a contar. Ronald lo sacó a relucir para, imitándolo, como quien reproduce un sermón de fray Luis con la retórica ampulosa que ignorábamos si pudo ponerles alguna vez el agustino a sus sermones, venir a decirnos a fray Humberto y a mí lo que afirmaba sobre esas obediencias. Y lo que fray Luis decía es que, por lo general, toda obediencia es buena, pero algunas, no, algunas —citaba Ronald de memoria— eran muy peligrosas. Nacía de ellas una amistad muy familiar entre el penitente y su padre espiritual que el demonio solía atizar de tal manera que esa amistad se transformaba y acababa en amistad carnal.

—Eso que su tío Ronald ha sugerido con tanta malicia como verdad —me advirtió fray Humberto, que seguía preocupado por los derroteros de mi novela— se carga el argumento de una historia si lo cuenta a destiempo y no lo deja para el final de una aventura de amor con más averiguaciones; que el amor, fray Casto, requiere mucho de ellas, y unas veces es claro, otras tiene medias tintas y, a veces, engaña.

—Quizá desde Écija, donde pasaron tres días, siguiera el camino a Sevilla con más contento, digo yo, porque «la voz» la animaba a sostener aquella obediencia a Gracián, hasta el punto de que esa voz llegó a prometerle un día en el que ella estaba pidiendo a Dios por Gracián que este era su verdadero hijo y no dejaría de ayudarle.

—¿Se puede pedir más?

—Se puede.

Fray Humberto de San Luis repasaba ya mi proyecto de novela como si fuera suyo, como si se viera inevitablemente obligado a dirigir mi trabajo y aportar datos allí donde pudieran darse lagunas o desvariar yo en exceso con mi diablillo. Disfrutaba con el repaso que los dos hacíamos a la historia de Teresa y Gracián a nuestra particular manera, complaciendo a la vez algunas curiosidades suyas en nuestros diálogos, sin que como bien dijera él fuéramos ninguno de los dos Cirilo o Anastasio.

Para entonces ya era tanta mi afición a las confesiones con fray Humberto, de las que nació una amistad profunda entre los dos, tan profunda como inesperada y acaso inquietante, que ya mi imaginación no salía de los conventos de noche ni de día y, estuviera donde estuviera, y más si andaba con mi tío Ronald dándole al vino por los mesones de Segovia, que era cuando a mi tío se le despertaba el religioso erudito que era y que sin vino llevaba contenido; con la abundancia del vino la erudición se le convertía en fantasías y a todas ellas trataba de ponerles freno fray Humberto. Lo que no significaba que en otras ocasiones fuera el propio fraile el que me incitaba a cultivar mis suposiciones. Y cada vez hablábamos más de mi posible novela. Con más frecuencia que en ningún otro sitio lo hacíamos en la casa de mi

89

tío Ronald, con él por medio y metiendo baza. Y en una de aquellas, no se me ocurrió otra cosa que comentar algo al buen tuntún para retomar el hilo de la historia que me proponía contar. Era al fin y al cabo el trabajo que para nuestro deleite nos habíamos propuesto en la casa de Ronald. Ya no sé si simplemente jugando al disfrute con la historia o inventando la novela de la que yo quería ser autor. En ese intento hablamos de Sevilla aquella tarde. No era para fray Humberto lo más desconocido, ni mucho menos, la llegada de la madre a aquella ciudad por la que él sentía la misma antipatía que dominaba a Teresa. Ya había contado de sobra con qué pocas ganas, desmayos y tribulaciones había hecho la madre el camino desde Beas, ofreciéndoselo a Gracián o a Dios por Gracián. Pero como de eso ya habíamos hablado él y yo, ahora era mi tío Ronald el que metía baza, que no en vano me ayudaba con frecuencia a recordar lo sucedido cuando el alcohol lo dejaba libre o cuando le trastabillaba los datos o lo inspiraba. Ronald sostenía que de intentar contar la llegada a Sevilla de Teresa de Jesús bueno era que empezáramos por tener en cuenta que fue en el día de la Magdalena cuando empezó aquel tiempo de tormentos para ella.

A fray Humberto, para quien la liturgia del día 22 de julio sobraba en la novela, no le parecía tal escenario un buen comienzo de este episodio. Sin embargo, con una sonrisilla malévola, dijo Ronald que dejar escapar lo mucho que Teresa admiraba a la Magdalena por su capacidad de amar suponía un desperdicio para la obra literaria que me proponía conseguir.

Y por esa oposición a la propuesta de Ronald la descripción preferida de aquella llegada era para fray Humberto esta:

—El padre Mariano le había asegurado a Teresa que en

una ciudad tan rica como Sevilla, llena de familias católicas adineradas y por donde transitaba el oro de las Indias, por mucho que tuvieran que andar por las calles entre la mierda, no le iban a faltar muchachas ricas con voluntad de hacerse descalzas que podrían aliviar la miseria que soportaban las monjas. Es más: él sabía de muchas mujeres que se lo habían prometido a Gracián y estaban dispuestas a dar las casas que tenían para entrar en el convento. Pero si bien el nombre de Gracián le traía a Teresa la fe en que todo cambiaría, ni siquiera eso le quitaba las ganas que por entonces sentía de dar media vuelta y volverse rauda a Castilla.

—Que buen enfado no le faltaba y quizá nunca se la viera tan colérica —interrumpió mi tío Ronald, acabando con un ronquido y empezando otro a continuación.

—Enfadada estaba, sí señor, y no sin razón —comentó fray Humberto, que siguió hablándome de que tanta confianza tenía la madre en Gracián como poca en Mariano, al que consideraba un cuentista, tan apresurado como a veces terco e inconsciente. Porque si, como él había dicho a Teresa, tantas eran las ricas que iban a acompañarles en aquel convento, que ella ya había bautizado como San José del Carmen, por allí no aparecía ninguna. Bueno, sí, al principio fueron a darles la bienvenida dos señoras bien peripuestas que, después de fisgar a las monjas recién llegadas, mostrando mucha disposición a ayudarlas y facilitarles la vida en la ciudad desconocida, se despidieron de ellas por la noche sin que las visitantes volvieran a aparecer nunca más. Como si se las hubiera tragado la tierra. Se consoló Teresa pensando que, una de dos, o no servían para descalzas o les parecía la orden de mucho rigor y tenían miedo a dejar el mundo. Claro que, si a las improvisaciones del padre Mariano atribuía la madre las carencias en que andaba metida,

Mariano estaba convencido de que a la antipatía de Teresa en Sevilla, tan despectiva con el lugar, tan quejosa, fría y reticente con las que se habían acercado hasta allí, se debía la hostilidad que recibía a cambio.

Mi tío se encogió de hombros, como diciendo allá ustedes. Después se amodorró en un sofá mientras fray Humberto y yo, sin ninguna participación de mi diablillo, nos aplicábamos a repasar lo que habíamos leído sobre el desconsuelo que a Teresa le trajo que ni Gracián ni Mariano le hubieran contado las cosas como eran y se hubieran andado con verdades a medias, ocultándole lo que en realidad se iba a encontrar: una casa de mala muerte y de poca acogida, llena de humedades y desconchones, pequeña, muy pequeña, casi una ruina que no servía para convento.

—Por no tener ni tenían colchones para dormir o aparejos para la cocina. Los calderos, los jarros y los platos que les trajo Mariano duraron poco allí. Los vecinos que le habían hecho préstamos al fraile de todo aquello, sin que él dijera a la madre que los dueños de los enseres eran otros, empezaron, poco a poco, a pedir que se les repusiera lo prestado. Hubo que devolverles hasta la soga del pozo.

—Al contrario que en Castilla —dije por mi cuenta—, donde además de librarse del solajero y no notar diferencias en la lengua le daban de todo.

—Sí, allí nadie estaba dispuesto a prestarle a la madre ni un clavo —dijo Ronald.

—Ni para comer tenían, que, por lo que se cuenta, sólo comieron manzanas —comentó fray Humberto—. Cuando el padre Mariano consiguió llevarles unos huevos tuvieron que improvisar un fuego con las sogas viejas del pozo para freírlos y comerlos.

Poniendo cara de visionario, dije:

—Estoy viendo ahora a María de San José.

Fray Humberto recibió mi repentino anuncio con una cara de cachondeo no compartida por Ronald.

—¿Y qué? —me preguntó, sabiendo que estaba ya escuchando a mi diablillo.

Seguramente esperaba que hablara de los celos entre Teresa y la priora, que esta, por su mucho carácter, se enfrentaba con frecuencia a la fundadora. Y como nada dije de María de San José habló él:

—Teresa no entendía cómo con los disgustos que le daba la priora, que conste que son sus palabras, no podía otra cosa que quererla mucho. Decía que después de enfadarse con ella, se le pasaba todo y la quería aún más.

Mi visión de la monja joven, muy activa y algo metomentodo, no servía en este caso para otra cosa, sin embargo, que para poner oído a la madre, que echaba en falta a Gracián y acaso se sentía abandonada por él. También María de San José pensaba en lo necesitadas que se hallaban de que Gracián estuviera allí para favorecerlas. Y Teresa le confesó, dolorida, que lo que le pasaba era que no se conocía a sí misma en aquella situación, que tenía el convencimiento de que no estaba de Dios que fundaran en Sevilla. Y volvió a quejarse con angustia de aquel clima y aquella gente que acababan con su paciencia. Estaba confundida. Y hasta desesperada.

# IV
## LA CIUDAD DE LA TORTURA

Hay que amar mucho a una persona para arriesgarse a padecer.
Tengo que amarte mucho para ser capaz de padecerte.

MARGUERITE YOURCENAR

—¿Estamos hablando de mayo de 1575? —me preguntó fray Humberto, refiriéndose a la llegada de Gracián a Madrid cuando viajó desde Beas.

—Yo no soy historiador —le respondí con retintín—, pero si estaba reciente el encuentro con Teresa, y de eso sí guardo la fecha, más o menos por mayo de 1575 llegaría Gracián a Madrid.

—Había pasado en Piacenza lo que seguramente ni él ni el nuncio ni el rey hubieran querido.

—¿Y fue...?

—Fue lo que allí se celebró: la gran reunión capitular del padre general, Rubeo, que siempre puso oído a las protestas de los calzados andaluces, a los que seguramente también él tenía pánico. A los que no estuvieron allí los declararon carmelitas rebeldes y los amenazaron con acabar con ellos. Tres días dieron de plazo para cerrar los conventos andaluces levantados por Gracián contra la voluntad de Rubeo y que los descalzos de Castilla a Castilla se volvieran.

Prohibieron también que se llamara descalzos a unos y a otros calzados e impusieron que todos debían llevar algo en los pies, siquiera fueran unas alpargatas. Algo dijeron de la liturgia de la regla primitiva que debían seguir los frailes y las monjas.

Lo más gracioso de todo, que no es cosa que se invente mi diablillo, es que los contemplativos, que es como tenían que empezar a llamarse los descalzos, contemplativos o primitivos, no podían llevar bastones sino en viajes largos o en casos de enfermedad. Le pregunté a Gracián por mis adentros si no se partió de risa con la ocurrencia de los bastones, como fray Humberto y yo nos habíamos reído en nuestro paseo del atardecer por la alameda del río Eresma. No obtuve respuesta y me sumí en silencio.

Fray Humberto atribuyó ese silencio a que yo estaba dejando secar mi imaginación y la voz que llevaba dentro se me iba apagando. Él me escuchaba como si ya le estuviera leyendo la novela que yo quería escribir y se reafirmó en que los miedos de Gracián le restaban importancia al personaje, para él, un poco cobarde.

—A usted le debo mi interés por Gracián.

—Yo sólo le di un nombre —me dijo él—: Jerónimo Gracián de la Madre de Dios. Y le aconsejé un escenario: Beas de Segura.

—También me ha dicho que ninguna historia de amor se queda en el flechazo y los miramientos, que tiene sus alrededores y el mundo somete al amor a muchas peripecias.

—Ese es un dicho más suyo que mío. Pero seguro que no le falta razón, aunque cuando usted la perdía más porque Gracián le contaba sus cosas desde dentro o el diablillo se ponía a hurgar en su mente y sentía usted una voz como Teresa la sentía, uno podía esperar más de esa novela que se propone. A Gracián no le faltaba de nada en Madrid —dijo el fraile quitándole méritos al padre, como si él mismo fuera ahora un calzado de los que lo calumniaban con frecuencia, decían de él lo que no era y, no contentos con negarle virtud, lo acusaban de desmanes y vicios que nunca había conocido. Afrentas e infamias a montones no le habían faltado de aquellos descabellados.

Sin embargo, el nuncio Ormaneto, con Gracián ya en Madrid y por tres meses, tenía otra opinión: prudente, callado y bastante apacible, con ser mozo y moderno en la religión, Gracián era para él la persona que buscaba para visitar, reformar, castigar y meter en vereda a los frailes observantes de Andalucía. Y no sólo a los calzados, sino también a los descalzos y descalzas que se desmadraran. Y no sólo de Andalucía, también de Castilla. Aunque para no darle más trabajo, que ya era mucho el del padre Gracián, el buen nuncio, que tenía gran interés en la reforma de los frailes, no quiso encomendarle la visita a los calzados de Castilla, que también se las traían; prefirió hacerlo él mismo y le dejó a Gracián los descalzos. Le gustó mucho al padre esa facultad para dirigir solamente a los descalzos y poder fundar, sin tener que ver con los calzados. No era para menos. A los calzados les temía como al fuego porque sabía bien que de ellos podía esperar la muerte. Así que anduvo de un lado para otro pidiendo que el rey, del que su hermano Antonio era secretario, le quitara esa otra cruz de encima, la de los calzados de Andalucía, pero todos aquellos a los que acudió en Madrid le reconvinieron y obligaron a aceptar el encargo del nuncio con la convicción, por su parte, de que no iba a salir vivo de tal empeño.

De modo que facultades le dio muchas el nuncio con un breve que dictó a conciencia, y con ese breve se fue Gracián a ver a su hermano Antonio, que le tenía preparadas ya las cartas y provisiones de Felipe II para los prelados y justicias de Andalucía. Él no les dio mucha importancia a aquellos documentos porque no sabía cuánto habría de necesitarlos. Fue Antonio Gracián, que sí sabía que iban a serle de mucha ayuda, el que quedó disgustado con que su hermano se tuviera que ver envuelto en la lucha con los calzados andaluces.

Asombrado estaba fray Humberto conmigo por lo que ya había leído por mi cuenta sobre Gracián, pero aunque su voz no me respondiera esta vez por mis adentros ya se sabía que él se fue tan manso como solía a visitar los conventos descalzos de Castilla, sólo los de los descalzos, y a librarse así por el momento de los calores que en agosto y septiembre no se podían soportar en Sevilla.

—Diré en defensa de Gracián —intervino fray Humberto, gozando a veces con llevarme la contraria— que no sólo a librarse del calor se empeñó en Castilla, sino a poner en razón a los inmoderados penitentes que por allí se daban entre frailes de la reforma. No así en las monjas, que obedecían más a la madre Teresa. Pidió que se diera vino y pan a los enfermos y prohibió las carnavaladas que se celebraban en Pastrana con los novicios que iban por el pueblo exhibiendo sus penitencias ante el público como payasos. Otro tanto tuvo que hacer en La Peñuela, ya de vuelta para Sevilla, a finales del verano, donde morían muchos frailes por alimentarse sólo con hierbas. Tuvo que poner orden en los ayunos exagerados, recomendarles que bebieran agua con un poco de vino y que no faltara el aceite en la olla. Pero aquellos religiosos, por muy humildes que fueran, que más bien parecían de poca cabeza, no estaban por perderse los placeres de la penitencia, aunque la obediencia los llevara a cumplir las órdenes. Le pareció a Gracián que allí había muchos novicios y los repartió por otros conventos, después de dar el mandato bien tajante de que no se admitiera ni a uno más.

—En cualquier caso —dije—, no todo fue honra para él en aquel viaje a Madrid. Para humillarlo, tan pronto llegó, cuando acudió a hospedarse al convento del Carmen calzado, que de los descalzos no había casa allí, le cerraron la puerta no sin antes decirle que por lo que había pasado en Piacenza no podía poner los pies en aquel claustro un excomulgado.

—Así me gusta, que mienta. Al fin y al cabo, usted quiere escribir una novela y no un libro de historia.

—Que mi diablillo me auxilie y me dé memoria cuando la pierdo no quiere decir que yo mienta. En los libros podrá ver usted cómo el nuncio llamó al tal provincial, lo puso firme o le procuró embarazo con la energía de su autoridad y le dijo que el padre Gracián, aquel fraile ejemplar y santo, iba a dormir en su convento, lo quisiera él o no, por las bravas, y que de excomulgado nada.

—¿Y le hicieron caso?...

—Bueno, en el Carmen vivió y de allí salía a predicar en la corte y dejaba a los fieles tan boquiabiertos como en Sevilla, sí...

—Veo que a su diablillo le resulta muy simpático Gracián —rio fray Humberto.

—No lo tiene, desde luego, por tan pusilánime como usted —le respondí.

—Ni quizá por tan atrevido como lo tuvo Juan de la Cruz.

—Sí, porque en Ávila también estuvo Gracián por entonces y fue en ese viaje cuando conoció a san Juan, no se le escape.

—No se me escapa que a san Juan le produjo mejor impresión que la que esperaba. Ahora bien, por más que Teresa dijera que fray Juan se puso contentísimo al verlo, no creo yo que echara las campanas al vuelo; tenía sus reservas.

—El que no las echó al vuelo, desde luego, esté usted seguro, fue Gracián.

—¿Y por qué?

—¿Le he hablado alguna vez de los celos?

—Algo me ha insinuado, pero hablar, hablar, nunca.

—Déjelo estar —quiso acabar el fraile.

—A todas estas, no lo olvide, de Piacenza le había llegado a la madre Teresa un rabioso mandamiento del general Rubeo para que escogiera una casa en la que quedarse para siempre, sin salir de ella, totalmente recluida, presa de verdad, callada, y por supuesto sin fundar ni un solo convento.

—No era poca cosa el castigo —admitió fray Humberto.

—No, no era poca cosa que la quisiera detenida y presa.

—Buena era ella para aceptar una condena así a la primera y sin la aprobación de Gracián.

—Buena era ella —asentí—. Y más para quedar encerrada.

—Así las cosas, que muy bien las cuenta —siguió fray Humberto—, no fue visto el visitador Gracián con muy buenos ojos por los que reconocían en él al ejecutor de las ideas de la madre Teresa y desechaban esa relajación del espíritu primitivo.

Añadí yo que de contar eso de aquel viaje no podríamos callar que en medio de las murmuraciones que sobre Gracián se daban entre los frailes no escaseaban los que vieran falta en que fuera preso de las ideas de una mujer.

—Y no sólo de las ideas —arguyó con malicia fray Humberto.

Su mirada pícara me suscitó alguna duda. Y acaso intuyéndolo quiso llevar la conversación por otro lado.

—Ah, Gracián, Gracián... —ironizó.

No solía yo quedar con fray Humberto para hablar de mi novela únicamente; hablábamos mucho y con placer de todo lo que se nos ocurriera. Y cada vez más. También de nosotros dos, mirándonos mucho el uno al otro, no sé si con lascivia. Bastaba con que nos encontráramos a la salida del refectorio, de la iglesia o por cualquier pasillo del convento, fuera cual fuera nuestro camino, que trabábamos la hebra y salíamos después por Segovia. Hacia la Vera Cruz si se terciaba o hacia San Marcos, y otras veces nos metíamos por San Lorenzo o por las tierras lindantes con el monasterio de los jerónimos, hasta sentarnos en cualquier muro para un breve descanso o a la sombra de un olmo sin parar de hablar. Digo que hablábamos y hablábamos sin dejar de mirarnos y puede que con frecuencia nuestras miradas alcanzaran a decir lo que no nos atrevíamos a nombrar.

No nos volvimos a ver hasta la tarde y, en silencio, marchamos a casa de Ronald, dispuestos a seguir los pasos de Teresa por Sevilla. Allí, sin parar de hablar, me propuse desmentirle que Gracián no estuviera muy preocupado por lo mal que lo pasaba Teresa allí, mientras él seguía en Madrid en aquel verano de 1575, no falto de complicaciones.

—Lo menos que pudo hacer Gracián —me dijo fray Humberto— era haberle escrito al arzobispo, su amigo, para que diera a la madre licencia para fundar en Sevilla y no tenerla atribulada con un convento sin aprobación.

—Y le escribió —le aclaré.

—No sin tardanza —me replicó.

El que tardaba en responder era el arzobispo, que para disgusto del padre Gracián ya le había dicho a Teresa con toda rotundidad que le sobraban conventos de monjas pobres y prefería reformar los muchos que tenía.

Gracián insistía ante el arzobispo y mandaba al padre Mariano a suplicarle, mientras Teresa se sentía enferma y veía enfermar a sus monjas hambrientas y débiles sin que nadie les hiciera caso. Todos les daban de lado, no había quien tocara a la puerta de aquel cuchitril que había ido adecentando.

Mientras tanto, oculta bajo su velo, revisaba el bazar de la ciudad moruna que se mantenía entre las iglesias y los conventos. Contemplaba los productos exóticos y buscaba la sombra anhelada que disfrutaban los adinerados. Se deslumbraba con las tiendas de seda y las mercaderías importadas de Flandes, Portugal, Inglaterra y América; pasaba por el callejón de las platerías, donde los artífices inclinados sobre sus bancos de trabajo cincelaban a la vista de los clientes los aguamaniles y las jarras que lucirían en las mesas de los grandes comerciantes y de los banqueros. Y soñaba con encargarles un cáliz de plata para su capilla. Se detenía ante las piedras preciosas, los carbunclos, las perlas, las ramas de coral, los brocados, las redomillas de cristal que contenían perfumes de Oriente, las cajitas de caras especias, los hacecillos de maderas olorosas, los mil géneros o sustancias que tanto valían.

El padre Mariano le pedía paciencia; Teresa la tenía perdida.

—Y, para colmo de males —recordó fray Humberto—,

allí donde nadie tocaba fue a tocar el prior de los calzados y vio a Teresa, con su velo por la cara, pero serena. No iba el prior naturalmente a darle una ayuda, tal como estaban las cosas, con aquellos frailes calzados embravecidos con los descalzos y descalzas, sino dispuesto a echarlas de Sevilla. Empezó por pedirle la licencia para fundar con cara de pocos amigos. Ella le sacó la autorización que el padre general Rubeo le había dado cuatro años antes para fundar en todas partes, y que había guardado muy bien, no se sabe si presintiendo situaciones como aquella. Fray Vicente de la Trinidad, que era este el superior de los calzados y que esperaba que los poderes que le iba a enseñar la madre fueran los de Gracián, tuvo que aplacarse y leer con mucha atención el breve del general que Teresa le mostraba al otro lado de la reja y sin soltarlo. Luego, viendo al fraile desconcertado, le pidió que no armara pleitos y lo vio salir con su acompañante con el rabo entre las piernas. Pero no sabía el fraile calzado, y era lo que ella temía, que el arzobispo seguía sin darle licencia para fundar por más que Gracián se lo rogara.

—Recuerde —me dijo fray Humberto, como si los dos hubiéramos estado allí en el mismísimo siglo XVI— que el arzobispo, que le dio largas lo que pudo hasta que la tuvo enfrente, fue muy enérgico con ella.

—Sí —dije yo, como si siguiéramos recordando que aquello de lo que hablábamos ahora había pasado unos días antes—. La cortesía y las buenas maneras no le faltaron a don Cristóbal de Rojas, que, además de arzobispo, era un caballero.

—Ni abandonó la madre sus mejores modos, incluso un poco aduladores —dijo el fraile—, para tratar de meterse al arzobispo en el bolsillo.

—El arzobispo no estaba, sin embargo, por dar su brazo

a torcer, y cuando se obstinaba en que más monjas de la pobreza no quería por allí abandonaba la suavidad de su trato y al ponerse tozudo se ponía enérgico.

Intervino Ronald:

—Con la madre estaba la priora, María de San José, y no sé si alguna monja más, pero María de San José sí que estaba porque gracias a ella sé, por sus escritos, no sólo que el arzobispo dijo que estaba por ayudar a los descalzos para poner remedio al desbarajuste de los calzados, sino que dijo también que le sobraban monjas a las que no podía mantener a raya.

—Motivos no le faltaban, fray Casto, que en el convento de la Encarnación, cerca de la Macarena, en los Cuatro Cantillos, habitaban unas viciosas con hábito que si no andaban por la calle con galanuras tenían el convento hecho un burdel y la regla de la orden totalmente olvidada. Tanto, que al arzobispo le parecía mentira que habiendo estado por allí mucho tiempo antes el general, el padre Rubeo, no supiera de las veleidades de la sobrina de la priora, que todo se le iba en organizar bailes y mascaradas. Se llamaba doña Blanca de Guzmán, vivía en el convento con esclava y criada y ya se hacía llamar «doña» cuando sólo era novicia, así que con más razón hizo lo mismo pasado el tiempo.

—Teresa se quedó a cuadros —dije por mi parte—. Pudo haber tenido el arzobispo la impresión de que la madre entraba en trance cuando sólo se mostró algo ensimismada al venirle el recuerdo del convento de la Encarnación de Ávila el día en que ella llegó allí de monja nueva y se encontró con aquellas religiosas que entraban y salían a su antojo, recibían visitas que convertían el locutorio en un lugar animado y de jolgorio y, si eran ricas, que al parecer es lo mismo que sucedía con aquellas desvergonzadas de Sevilla, tenían con ellas toda clase de objetos personales, pagaban por la celda más cómoda y agradable, llevaban buenos zapatos, vestían con las telas más suaves que pudieran darse y también tenían con ellas criadas y esclavas. Además, no les faltaba permiso para andar todos los días en la calle e ignorar la clausura.

—Ese recordatorio de lo que la llevó a ella a la reforma, entre otros asuntos del espíritu —dijo fray Humberto—, bien podría servir para convencer al arzobispo de que no se cambiaban las cosas resistiéndose a que las que venían a cambiarlas no pudieran hacerlo.

—Y me va a decir usted, padre, que el arzobispo le leyó el pensamiento.

—No le diré tal cosa. Le diré que con el carácter que tenía Teresa bien pudo discutirle al arzobispo y, sin embargo, optó por emplear los modos suaves que le convenían si pretendía conseguir algo. Más que vehemente, lo que con seguridad le hubiera salido de natural en el estado de desasosiego en el que estaba, decidió expresarle al prelado con mesura una necesidad, y no de ella, sino en la que ella se empeñaba por revelación divina.

Dijera lo que dijera fray Humberto, le costó convencer al arzobispo. Por eso, le hablaba yo otra vez al fraile, como si estuviera viendo la resistencia en la cara del prelado, que decía no y no con la cabeza, a pesar de que ella lo ponía sobre aviso de que los calzados querían seguir relajados y estaban contra el Concilio de Trento, contra el rey y, por supuesto, contra él mismo.

—Ya ve usted —me dijo fray Humberto, entrando en mi juego de verlo todo como si allí hubiera estado—, ya ve usted que con esa advertencia de que los calzados podrían rebelarse contra él no lo hizo bajarse del burro y darle la licencia.

—Ya lo sé; lo que al bueno de don Cristóbal, el arzobispo, lo movió a condescender al fin fueron los lamentos de la madre, además de la invocación del padre Gracián, que la estaba iluminando. Lo convenció cuando le dijo, llorosa, que si los calzados la vieran salir derrotada del palacio episcopal se iba a enterar él de qué modo conseguirían envalentonarse para el mal de todos. El arzobispo la encontró decidida. Estaba al tanto de que Teresa entendía mucho del espíritu y lo cuidaba, y le mostró su admiración por lo mucho que sabía de la vida. Le dijo que la fortaleza que en ella había visto era buena para el alma, también para los negocios. Luego, le pidió prudencia de un modo insistente.

Salió de allí Teresa con su licencia para fundar en Sevilla.

Un problema menos.

De mujeres hablamos aquella tarde Ronald y yo con fray Humberto en nuestra reunión habitual.

Empezó el fraile por recordar cómo Beatriz de Chaves tocó a las puertas de aquel destartalado convento de Sevilla, que no tenía aún ni locutorio para las visitas. Confesó ante la madre Teresa que sólo era una humilde sierva del Señor a la que había ayudado mucho el padre Gracián. Buena carta de recomendación para Teresa, que observaba los rasgos poco gratos de aquella mujer que se le presentaba mal vestida, o medio vestida de monja, indecisa y llena de temores.

—Y más si le decía como le dijo que había recibido mucha ayuda de Gracián —intervino fray Humberto.

—Y aún más cuando bendijo a Dios —añadí— por que llegara aquel día en el que estaban, un día que el padre Gracián (en ese nombre se reiteraba) le había anunciado ya como el mejor de su vida.

—Además, Gracián le había ordenado a Teresa que fuese ella, Beatriz, la primera a la que recibiese porque estaba muy satisfecho de su alma. Y lo estaba, porque después de haberse negado mucho a confesarla, más de doce veces, y según Teresa porque tendría la moza unos veintisiete años, y siendo ella entonces de buen parecer (muy recatado era el padre con semejantes personas), una feligresa del convento de Triana, que la vio llorando y encogida por el rechazo de Gracián y a la que pidió Beatriz que intermediara, logró convencer al padre para que atendiera a la doncella.

Aunque Teresa era mujer acostumbrada a escrutar y a escrutar hasta confirmar la verdad de las palabras de toda aquella mujer que quisiera acatar la regla de la orden y aceptarla, sabía esta vez con quién hablaba.

—Justamente lo que quería oír de Beatriz era lo que le estaba diciendo la joven para la conformidad de la fundadora: que conocía bien la regla y que quería vivir de acuerdo con ella. —Volvía a nombrar a Gracián, y cuando lo nombraba lo hacía entre suspiros; ardía en deseos ella de ser descalza, insistía.

—Esos suspiros de Beatriz de Chaves algunos celos le traerían a la santa madre —se atrevió fray Humberto a más de lo que me estuviera diciendo mi diablillo.

Porque lo que mi voz interior decía, a pesar de que Teresa escuchara con complacencia lo que Beatriz le declaraba, de que Gracián la había advertido de la mucha virtud que había en la madre, y de que cualquier mención a Gracián convenciera a Teresa de lo que fuera, lo que mi diablillo repetía, insistente, es que la madre no acababa de tenerlas todas consigo.

—Diga de una vez —me pidió fray Humberto— que ninguna de las dos estaba conformada con la otra. Diga que también a Beatriz le decepcionó Teresa, y la encontró más vulgar que aquella que Gracián le había pintado; que a Teresa Beatriz no acababa de gustarle. Le gustó menos cuando le pidió que sus padres, que hasta habían intentado ahorcarla por no querer casar con quien ellos querían, no se enteraran de que iba a entrar en el convento. Y menos todavía cuando empezó a contarle toda una larga historia familiar de muchas complicaciones, rarezas, torturas y hasta martirios increíbles que asombraron a la fundadora y le hicieron temer que aquella mujer delirara, convencida de que era un puro problema.

—Lo era. Estaba Teresa muy confundida con las complicaciones que acompañaban el ingreso en las descalzas de la misteriosa Beatriz.

—Diga que su misericordia —habló fray Humberto—, la obediencia a Gracián y el gusto de él por que la recién llegada se metiera allí para cambiar de vida la llevaron a invitarla a que fuera el domingo a la misa del convento y tratara de pasar desapercibida para introducirse luego en la clausura.

—Así fue —dijo Ronald—. Y acudió el domingo a aquella cochera convertida en capilla, escondida entre un grupo de mujeres fervorosas. A la hora de la consagración, cuando todas estaban ensimismadas, se deslizó hacia el convento por una puertecilla con las pocas pertenencias que llevaba en un hatillo.

—Lo que pasó después sí tendría yo que contarlo en la novela —dije a fray Humberto—. No es poca cosa que en medio de la misa en un convento maltrecho que acababa de abrirse, y con todas las miradas puestas para la crítica de aquellas monjas recién llegadas, entrara una loca vociferante reclamando a Beatriz y que esa fuera la voz de su madre. En medio de gran escándalo reclamaba a la hija de sus entrañas como si se la hubieran robado.

—Pues no veo que ese episodio sea de gran interés —replicó fray Humberto— por mucho que a cualquier lector pueda gustarle un enredo de esos y llegue a pensar que a Teresa se le acumulaban los problemas, es decir, que a los enredos que tenía sin querer sumaba los que se buscaba.

—Es posible que así sea, padre, pero por amor uno acaba en cualquier desbarajuste y siendo cosa de Gracián que

Beatriz entrara allí por las buenas o por las malas no puede extrañarnos que Teresa asumiera aquella escandalera como cosa que quería el Señor y que «la voz», con toda seguridad, le había dictado.

—Noto en usted, fray Casto, no poca ironía. Pero, mire, voy a darle la razón: ese episodio ha de ser contado. ¿Y sabe por qué?

Me encogí de hombros dando a entender que lo ignoraba.

—Es necesario contar que sin actuar como una milagrera, sino con esa capacidad de convicción que tenía Teresa, llegó a convencer a Juana Gómez, la madre de Beatriz, una histérica, para que cayera de rodillas, desolada, sin saber por entonces que a la muerte de su marido, el padre que Beatriz decía odiar sin reparos, ella también se haría descalza y acabaría cediendo sus muchas pertenencias para levantar convento nuevo. En todo caso escriba —mandaba fray Humberto a este humilde servidor— que también recibió a Beatriz de Chaves por hacer caso de María de San José, la priora, que la convenció de que había que rebajar las exigencias para ser novicias si quería que el convento fuera a más.

—También conviene recordar —dije— lo que escribió María de San José tiempo después: «Venían muchas a querer ser monjas con diversos intentos y diversas condiciones, ninguna buena para nosotras».

—Fuera como fuera —añadió fray Humberto—, convenció a Teresa. A pesar de la tirantez que había entre ellas desde hacía cierto tiempo, de lo poco que se confiaba la monja joven en la fundadora y de cómo a veces procedía la priora por su cuenta a fin de arreglar algo la casa. O la manera en que una ocupaba el lugar de la otra y viceversa.

—Sí, sí, pero siguiendo con esta historia de mujeres, si es que le interesa hablar en su novela de lo complicadas que eran algunas de las que por allí pasaron, a lo mejor por esas blanduras que María de San José le pedía a la madre, consintieron en que doña María del Corro, amiga de clérigos que pregonaban sus virtudes, toda una gran señora, entrara en el convento en mala hora. Llegó allí con un hábito religioso que se había inventado, parecido al de todas las llamadas beatas y con un rostro desmejorado apareciéndole por la toca. Era de mediana estatura y trataba de ocultar una dentadura algo estropeada. La desconfianza se la reconoció Teresa enseguida en el rostro desagradable, y la actitud despectiva con que se dirigía a las monjas le molestaba profundamente a María de San José. Ahora bien, toda Sevilla la tenía por santa y la conocía toda la gente principal, que la estimaba mucho.

—Meter a una santa en el convento, ya tan santa, bromeaba Teresa, suponía la obligación de que no pudiera aumentar allí la santidad y se perdiera la estima por la orden y se las denigrara.

—La respetable señora María del Corro —puntualizó fray Humberto—, tan bien vista entre «los espirituales» de la ciudad, con nadie hablaba que no fuera con Teresa, de tan altanera; quería que las descalzas la distinguieran como en la ciudad se la distinguía. No había comida que le gustara ni trabajo que aceptara ni compañeras de su gusto y se resistía a cumplir las normas necesarias para convivir en un pobre conventillo. Y si encontraba a Teresa hablando con una de sus monjas, por allí pasaba ella, como quien no quiere la cosa, y ponía el oído para estar al tanto de lo que se hablaba con la actitud de una experimentada intrigante. Y que lo que había viajado la santa, «la santa, dicen» (ponía en cuestión la buena reputación de Teresa, imponía su retintín de envidiosa con burla, que había viajado mucho la santa, sí, demasiado), era para encubrir negocios de los que no quería hablar, que si ella hablara... Pero hablaba luego de las ventas de los caminos por los que había pasado Teresa y no se privaba de sugerir maldades, que asombraban a cualquiera de aquellas a las que ella se hubiera dignado hablar con tanta maledicencia. Parecía conocer la vida de las posadas de los caminos al detalle y las trastiendas de las mismas también. Que si mal le parecían las fundaciones a semejante bruja («tanta mujer joven al mando de una monja vieja», decía a las que se le pusieran por delante), un muladar le parecía el convento donde estaban. Y si todas esas correrías de Teresa, que para ella de santa nada, le parecían mala cosa, para qué hablar de lo que decía de las cartas que escribía y a quienes o de las visitas que recibía la fundadora, que, según ella, eran muchas.

Lo que yo no entendía, y por eso le pregunté a fray Humberto, era cómo unas mujeres de tanto carácter como Teresa y María de San José aguantaron a semejante extravagante. Y menos lo entendía si en aquella ocasión no estaba Gracián por medio.

—Miedo —dijo fray Humberto—. Miedo le tenían. Y más miedo daba cuando se hartaba de darse azotes con la espalda en carne viva, ensangrentada, y con mucho grito.

—El caso de aquella loca de María del Corro —recordé— no fue el único, que también se las trajo una noble de familia, confundidísima en cosas del espíritu, una tal doña Ventura. Ida de la cabeza, aunque bordaba bien y al menos dio algunos dineros al convento (lo mismo que los entregó de su dote Beatriz de Chaves, después convertida en Beatriz de la Madre de Dios), no cabía tener confianza en ella.

La del Corro no hablaba con ninguna hasta que hablaba, y quizá porque la tal doña Ventura era noble se acercaba a ella para decirle cosas de la madre con mucha malicia. Para nombrarle con maldad a Teresa y rebajarle la buena fama, insinuar que de santa tenía poco y que el dinero que había en el conventillo no se sabía de dónde procedía. Y para añadir, además, que al convento venían chicas de las que se desconocía quiénes eran los padres.

De todo esto, tal como se enteró doña Ventura, se enteraron Teresa y María de San José.

De lo que no sé si se enteró la priora es que lo que perseguía María del Corro era ocupar su puesto en aquel convento. Para eso nada mejor que levantar calumnias a María de San José, que no era sevillana, cuando lo que María del Corro estimaba digno para mandar en aquella casa era que la priora fuera natural de Sevilla y, de ser tal, ella era la que tenía merecimientos para ser priora.

A fray Humberto le extrañaba como a mí que Teresa le hubiera aguantado tanto a aquel bicho; él sabía tan bien como yo que la tal María del Corro fue otra de las buenas cargas sevillanas que le habían caído a la madre, según presintió que iba a pasar nada más llegara a Sevilla.

—Por eso le pidió Teresa a María del Corro con energía, desafiante —comentó Ronald—, que le dijera a ella y a su cara todo lo que tenía que decir, todo lo que andaba contando por ahí a sus espaldas. Y se lo pidió con ira, ira leve, pero ira, y la Del Corro le vino a decir, claramente amenazante, algo así como que si ella hablara, muchas cosas iban a saberse. Comportándose de esa manera, le aseguró Teresa, no iba a llegar a ser jamás una descalza. María del Corro la miró con desprecio.

—A María de San José no fue preciso que Teresa le contara nada de todo aquello —añadió fray Humberto—: ya veía la priora el disgusto en la cara de la fundadora. Lo que dijo la priora entonces, reclamando el rigor que antes le había faltado, es que a aquella mujer había que echarla del convento.

—En cambio, Teresa le pidió prudencia, y le advirtió que si ponían en la calle a una mujer que Sevilla había canonizado ya originarían otro escándalo, y de escándalos harta estaba ella hasta por encima de la toca.

—No pudo evitar el escándalo, fray Casto: tanto María del Corro como doña Ventura llamaron a un sacerdote que vino a buscarlas en respuesta a la demanda de ellas de que acudiera a sacarlas de aquel miserable convento en el que no podían vivir.

—Claro que a Teresa no le extrañó la forma de actuar de María del Corro y, a decir verdad, tampoco la de doña Ventura, de la que sabía ya que iba a durar poco allí, y que llevaba la cabeza gacha ante la madre con intranquilidad de conciencia o por reconocerse falsa.

Este nuevo problema, añadido a los que tenían los descalzos y descalzas con las excomuniones de Piacenza, disgustó tanto al padre Mariano que fue a contarle a Teresa con enfado la que se había armado en Sevilla con la salida del convento de las malas mujeres y que, según él, se podía haber evitado.

Miró Teresa con compasión al padre Mariano o con algo de burla, con el poco aprecio que por él sentía, y cada día menos, viéndolo más burdo según pasaba el tiempo, y le dijo que pensaba que él había venido a verla para otra cosa; no para defender a María del Corro, sino para traerle cartas del padre Gracián.

Y no, no había venido a eso, no las tenía.

—Pues era eso y no otra cosa lo que a Teresa verdaderamente le habría importado —comentó fray Humberto.

Mi tío Ronald, de acuerdo con el fraile en lo mismo, y entrando en las preocupaciones de Teresa por Gracián, que razones tenía según él para eso, sacó a relucir la llegada del padre con algunos de los suyos a una venta del camino, a unas leguas de Almodóvar, cuando se encaminaban a Sevilla, y el encuentro con un tuerto que miraba a Gracián con mucha intensidad. Y tanta era la emoción que Ronald ponía en el relato que al oírlo me parecía estar escuchando a mi diablillo; tan intensa su mirada, digo, que tuvo que preguntarle Gracián si quería algo de él y si lo quería que lo dijera pronto.

Lo que quería el desconocido era cerciorarse de que tenía enfrente al mismísimo padre Gracián, visitador del Carmelo de Andalucía. Tan pronto estuvo seguro de eso por la respuesta afirmativa de Gracián, le entregó una carta que decía ser del prior de Córdoba, cuando ni la letra ni la firma de la carta se correspondían con las de aquel.

El miedo de los acompañantes de Gracián, que ya lo traían puesto, crecía tanto como el entusiasmo de mi diablillo en esta historia. Pero Gracián, que volvió a hablar por mis adentros, hasta el punto de que se difuminaron las voces de Ronald y fray Humberto, sin que consiguiera yo descifrar lo que decían, le quitó importancia al asunto.

Ya estaba acostumbrado Gracián a que lo persiguieran para matarlo y aquel hombre de aspecto tan rudo como enigmático no podía ser más que un recadero que buscaba averiguar el camino elegido por el fraile: si el de siempre, el de Despeñaperros, o el otro, atravesar Sierra Morena por el norte de Córdoba.

Lo cierto es que en mi interior se cruzaron las voces de Gracián y las del diablillo superponiéndose de tal manera que por ellos no supe cómo se salvó al fin Jerónimo de aquella emboscada.

De que despistaron al enviado con algunas artes, entre las que estaban la comida y el dinero que le dieron, estoy seguro. Incluso creo que le hicieron un encargo para despistarlo aún más y desviar su camino, pero cómo consiguió

Gracián llegar a Sevilla, vivito, sigue siendo para mí un misterio.

—Veo que está pensando usted en escribir una novela de aventuras —me despertó de mi ensoñación fray Humberto con sus risas.

—Con frailes bandoleros —sonreí.

—Todas las historias tienen sus adversidades —dijo Ronald con innecesaria picardía—. Y cómo no, sus aventuras.

Y fray Humberto añadió, por su parte, que en el caso de Teresa y de Gracián la historia de amor era una empresa común llena de afinidades e impulsada por unos mismos sentimientos.

—Y por un mismo coraje —dije.

No fue extraño que los frailes de nuestro convento de Segovia declararan sus sospechas ante tanta amistad y poco recogimiento entre fray Humberto y yo, que se instalara en ellos la malicia por tanto afecto y complicidad, sin lograr conocer en qué nos empeñábamos. No nos llamó pues la atención a ninguno de los dos que el prior le insinuara a fray Humberto que en la comunidad se daban a habladurías que no le quiso concretar. A mí, sin darme más razones, con gravedad, me recriminó el abandono de la sacristía, la falta de orden en los ornamentos y un cierto descuido en los altares, que eran los trabajos que me estaban encomendados y con los que yo cumplía con cierta ligereza, para andarme con fantasías, según él, «que es usted, fray Casto —me dijo—, de más sueños que de oración, y habrá que ver —me amenazó—, qué cosas anda usted escribiendo».

Me sentí santa Teresa misma y vi en el prior al inquisidor actual, pero me guardé de explicarle de qué cosas escribía. «No será de mundanidades», dijo él, y yo, negando con la cabeza, sólo dije que no escribía de Dios porque Dios no lo necesitaba y me bastaba a mí vivir con Dios más que contar lo que Dios me contaba.

No pareció que me prestara mucha atención, quizá por el poco interés que yo le suscitara, de modo que me miró con algún desdén, diría que con desprecio, y me volvió la espalda como si considerara inútil cualquier contestación a un lego.

A la mañana siguiente, repuesto de la reprimenda, desperezándome aún, me di a escribir por mi cuenta y en mi celda de lo que pasaba en las vísperas de la Navidad de 1575 en el Carmen de Sevilla.

Cierto es que al fin, recordé, había llegado el padre Gracián al convento del Carmen de aquella ciudad, acompañado por dos de sus frailes, para reunir a toda la comunidad y leerles el breve del nuncio Ormaneto en el que le daba a Jerónimo autoridad apostólica para visitar, reformar, castigar y hacer todo lo que fuera necesario a los frailes observantes de Andalucía para meterlos en vereda. Y también plena potestad sobre los descalzos y descalzas. Todos en el mismo saco. Tenía el mandato del nuncio Ormaneto de quitar todo abuso sin miramientos, y además, cargaba sobre la conciencia de Gracián la obligación de hacerlo. A Teresa le pareció que Jerónimo no debía ser muy duro ni atrevido en la misión encomendada y le recomendó que se detuviese y que, aunque no le obedecieran los frailes, se guardara de poner cartas de descomunión. «Querría que no pareciese les dan mate ahogado.» Por otro lado, estaba contenta de volver a tener cerca a Gracián, que era tener a alguien con quien hablar y con quien discutir. Un hombre que leía mucho y con el que podía hablar de libros. Estaba muy preocupada por él, por su carácter, por verlo liado entre los calzados que lo rechazaban y muchos descalzos que no le tenían aprecio. Veía venir las dificultades en aquellos días y sabía que a su amado Gracián le esperaban muchas otras. «Hartos años ha —escribió Teresa— que no tuve tanto trabajo como después que andan estas reformas; que allá y acá siempre digo más de lo que querría y no todo lo que deseo.»

A todas estas, los frailes calzados, alterados, querían que Gracián les entregara el breve, su patente de visitador, y fray Jerónimo se negaba a desprenderse de él. Se armó la marimorena y las palabras soeces se hicieron jaculatorias.

Así que dieron por acabada la reunión, con los frailes rebelados, amenazantes y sin obedecerle. Gracián, vencido. Escribe Teresa que «como yo estuviese con grandísima atención, que me tenía toda turbada, que aun rezar no podía, porque habían venido a decir que nuestro padre estaba en gran aprieto, porque no le dejaban salir y había gran ruido, entendí estas palabras: "¡Oh, mujer de poca fe!; sosiégate, que muy bien se va haciendo"».

Y, tal como temía Teresa, cuando estaban ya en el patio Gracián y los suyos, toda una turba de violentos con hábito se hizo sobre ellos, cerradas las puertas, con el ánimo de que no se advirtiera desde la calle lo que dice mi diablillo que ya se oía por toda Sevilla.

Allí sí se percibían voces de todos los infiernos con las peores palabras y amenazas y se oían ruidos de cuchillos y sables y algunas vecinas decían que los muertos caían por las escaleras, que estaban las cabezas perdidas y el honor de todos por los suelos. Y habían escapado los espíritus benignos y en aquella escandalera detectaban no sólo el mal olor de la poca higiene de los frailes haraganes para el aseo sino una podredumbre inmensa que podía asolar toda Sevilla.

Sé que exagero, pero de todo lo que me dictaba mi diablillo buena parte era verdad y el temor a las muertes en aquella reyerta conventual cundió por toda la ciudad.

Gracián, tendido en el suelo y acosado, tuvo que acordarse en medio de aquel alboroto, aunque sólo fuera del modo fugaz en que se lo permitiera la sensación de que de aquella no saldría, y no era para menos, de lo que había pasado en Cataluña, donde unos frailes habían matado a un reformador y al fraile que lo acompañaba atravesándolos con una espada.

No en vano Gracián ya les había advertido que de esos rigores podían venir estos peligros. Él sabía muy bien que de tal manera de actuar no se iba a hacer provecho sino daño. Y recordándoles lo que habían hecho los calzados con el reformador de Cataluña les vino a decir a los suyos que al fin y al cabo lo de los catalanes había sido sólo un pecado de homicidio y que las desvergüenzas de los calzados y las falsedades y las mentiras que cada día decían aquellas criaturas sevillanas llenas de vileza eran peor que el asesinato: tan innumerables como lo eran sus pecados.

Unos calzados decían de Gracián que había robado a la casa de Sevilla seis mil ducados para casar a sus hermanas; otros levantaban falsos testimonios sobre su linaje; otros le atribuían deshonestidades o que andaba con una ropa de martas y que encontraron un costal de huesos y capones que comía a escondidas cuando estaba en la visita del Carmen. Luego se detenían en menudencias que alimentaban las murmuraciones entre la gente de la calle. Entre esas malicias, como cuenta la misma Teresa, estaban las que más llegaron al corazón de ella y de él, y que eran las suciedades y torpezas que decían de la madre y de Gracián, a los que veían desde la mentira revolcándose en camastros, y con algunas de las monjas descalzas, «que eran con tan gran desvergüenza y con nombres tan feos y torpes —escribió Teresa— que no se pueden decir».

Y escribió más: «Todo esto nació de la rabia que tenían y el trato peligroso con sus monjas, y de la costumbre antigua de los deshonestos de que todos piensan que tratan como ellos, y de la envidia que tenían de ver el amor con que la madre Teresa de Jesús trataba al padre Gracián recatando a sus monjas de cualquier género de pláticas o trato con cualquier calzado o descalzo».

Yo me ponía de parte de Teresa y de Gracián, que los dos sufrían por lo mismo, por que se tuviera que hacer lo que no querían, pero mi diablillo juguetón se fijaba en los malos: lo animaban mucho no sólo las desbordadas lenguas de los calzados frailes rebelados, sino otras malas artes, de modo que pocas cosas podían divertirle más en esa novela mía, que tomó también como cosa suya, que las travesuras a las que era sometido Gracián en el calvario de sus visitas.

Una de ellas fue que tuviera que andarse con cuidado a la hora de comer, como aquel día en que barruntó que una ensalada que le sirvieron podía acabar con su vida y después de haber renunciado a engullirla vio cómo al compañero que no había tenido reparo en saborearla le vinieron unos vómitos de muerte y por milagro salvó la vida. No fue la única ocasión en la que el veneno se mezclaba con la comida en aquellas visitas, con lo que librara Dios a Gracián de pedir nada especial y no bastarse con lo que la comunidad comiera para ganar en seguridad. Hasta en un cántaro de agua de una de las celdas en que se alojó descubrió una salamanquesa y no por casualidad.

Que fueran ministros del Señor aquellos malvados exaltaba demasiado a mi diablillo y su regocijo me ponía alerta por si yo, ajeno por el momento a los dictados, recomendaciones y recordatorios de fray Humberto o de mi tío Ronald, podía sucumbir en demasía al atractivo de unos frailes especializados en romper el himen de las doncellas castas que arribaban a los conventos, y seguir gozando de ellas con exageración, lo mismo que algunas de ellas con ellos, disfrutándolos apasionadamente. Tal era el caso del mismísimo provincial de los calzados y el del prior de Utrera y el de Gibraleón, que fueron de celda en celda cebándose en los cuerpos castos, y sobre ellos intentó Gracián hacer caer la mano de su disciplina, no sólo retirándoles los objetos de placer sino tratando de hacerles pagar sus culpas. Y tuvo algún éxito con ellos: prendió a dos y sólo se le escapó uno, el de Utrera, que consiguió huir por piernas. En cambio, a las monjas de la Encarnación de Sevilla les aplicó dulzura y las introdujo en la oración mental al tiempo que les puso un doble enrejado y las hizo acabar con el trajín y los festines que allí se traían. Mi diablillo se empeñaba en que Gracián era más comprensivo con las debilidades de la carne y las mundanidades de las monjas que con las de los frailes. Y por más que me empeñaba yo en dejar para otro momento el caso de las calzadas de Paterna del Campo me contradijo él e insistió en que había que hablar de cómo casi se desnudan del todo ante Gracián las veinte que no pasaban de veinticinco años para tratar de demostrar al visitador que no estaban preñadas, suplicándole, para que quedara claro que todo era un infundio, que trajera una comadrona. Quise escribir enseguida en reparo de aquellas desgraciadas que Gracián castigó al fraile calzado que había levantado el falso testimonio. Mi diablillo se empeñó, en cambio, en que dijera también que las paredes del convento eran tan bajas que más de una vez las habían saltado hombres deseosos de hembra virgen. Y que por aquellas paredes algunos se habían colado en el convento no lo negaban ellas, sino que explicaban, disculpando lo ocurrido, que de eso hacía ya mucho tiempo como para haber quedado preñadas de ellos recientemente. Tuve que tratar de defender a Gracián de los infundios de los calzados y de las monjas a las que libró de la infamia, porque mi diablillo los hacía propios, y le argumenté que había llevado allí desde Sevilla a unas descalzas de su confianza para que las hicieran monjas de verdad, que de ser monjas sabían poco aquellas de Paterna. Y sí, ellas sabrían poco de ser monjas y poco aprendieron. Mi diablillo, un experto en lo más oscuro de esta historia, me hizo escribir que las monjas de confianza que trataban de imponer la decencia a las depravadas pasaron hambre porque ni les daban de comer ni les ofrecían espacio para dormir. Nombraba el diablillo las palabrotas de aquellas calzadas y no me atrevo a repetir las que eran, de tan desvergonzadas e insultonas. «Tienes que decir —me obligaba— que las amenazaban de muerte.» A continuación reía el diablillo. Su risa era esa risa interior que a mí me ocupa cada vez que acabo de reseñar un episodio como este. Que si el episodio de estas monjas era de sexo y de desidia, los abusos contra la pobreza en el convento del Carmen de Sevilla, donde cada fraile tenía el dinero que quería y lo gastaba en lo que le venía en gana, eran iguales o peores. Gracián le quitó a uno las escrituras de veinte mil ducados que tenía en Indias y se armó la de San Quintín con escándalos y murmuraciones, que me decía mi diablillo que le parecía estar oyéndolas. Lo cierto era que Gracián, viendo de qué manera rechazaban la oración mental, que del trabajo ni querían oír hablar y que la castidad les debía parecer un castigo del que deseaban librarse, les echaba una maldición: «Merecerían estar remando». Algunos cambios hizo, recordé, y procuró deshacer los bandos al tiempo que suavizó los modos de imponerles la obediencia.

La guerra no acababa y ni en sus amigos, que eran muchos y con poder, encontraba Gracián comprensión y ayuda a aquellas horas.

A todas estas, y siguiendo con Gracián atropellado por los calzados aquella noche de Sevilla, había que recordar que al convento de Teresa llegaban las noticias más inquietantes. Ella, sin sosiego para la oración, entregada al rezo con María de San José y sus monjas, temía lo peor.

Fray Antonio de Jesús, uno de los acompañantes de Gracián en la reyerta sevillana, no tuvo tiempo de pensar en que el padre visitador ya les había advertido de que así, por las malas, no se iba a conseguir de los calzados otra cosa que la muerte, y que la madre Teresa coincidía en eso con él, porque estaba sufriendo las consecuencias que podían derivarse de ese temor, imaginándose las puntas de las espadas en el patio.

El padre Mariano, tan intransigente, burro a no decir más, negándose a usar la blandura o los métodos más suaves por los que apostaban Gracián y Teresa, daba por bueno cualquier martirio desde fuera y, sin temer por su vida, seguía implacable.

Teresa lamentaba que Gracián no hubiera escuchado sus súplicas de que no pusiera las cartas de descomunión, como las puso. Su desprecio por la intransigencia de Mariano y sus modos de proceder crecía tanto como su angustia ante lo que pudiera estar pasando con Gracián en el infierno del convento del Carmen durante aquella noche aciaga de Sevilla que fue para ella una de las de mayor tormento.

Y más por la inquietud ante lo mucho que María de San José, a quien ella quería tanto, nombraba a Gracián. O por las noticias que daba a entender que tenía de él y que Teresa desconocía. Ante el encierro desesperante del que Gracián era víctima, no soportaba los llantos de María de San José, hacia la que, a pesar de haberla querido tanto, sentía, si no desconfianza, algún tipo de recelo; lágrimas las suyas que sólo contribuían a que la desesperación la amenazara.

Y así era, en efecto. Porque en aquel momento supo, por sorpresa, de la propia boca de la priora, que Gracián había muerto.

Era la peor de cuantas noticias hubieran podido llegarle, oscurecida su alma por la amargura que le traía aquella desoladora información, rendida por el dolor. Sin embargo, en lugar de encontrar apoyo y consuelo en María de San José, que era lo que esperaba, tuvo que pasar además por la dura prueba de comprobar lo que había sospechado de ella: que alguna vez había sido carnal el deseo que tuvo la joven priora por el padre Gracián. Eso era lo que le confesaba ahora con toda claridad la propia monja entre sollozos desesperados.

No sólo lloraba la muerte de su amado, y quién sabe si sentía el temor de que el Señor lo juzgara a él por lo mismo que a ella, decía, sino que le desvelaba su pecado a la fundadora en medio de una gran desolación, tal vez dando por terminada aquella tensión que la había llevado muchas veces a ocultarse de la madre, a mirarla con miedo y poca confianza y acabando con el temor de ser descubierta.

Recordó Teresa entonces, desolada, la noche en que, llena de pena, porque hacía mucho que no sabía de su padre Gracián, que aún estaba enfermo cuando le escribió por última vez, se le representó en lo interior una luz y vio que Gracián venía por el camino con el rostro alegre y blanco, aunque fue aquella luz que vio, pensaba ella, la que le debió dar la blancura al rostro, que así le parecía que debían estar todos los que estaban en el cielo porque el resplandor y la luz del Señor los hacía estar blancos. Y debió ser entonces cuando oyó «la voz» que le mandaba decirle a Gracián que empezara sin temor su trabajo porque suya sería la victoria.

Volvió Teresa del recuerdo, contempló a María de San José, derrotada en el llanto, y la miró con misericordia o con compasión; también con desengaño y no se sabe si con rabia.

Rezó por ella y después encomendó vivamente al Señor el alma de su amado Jerónimo Gracián de la Madre de Dios, que en paz descanse.

Había soñado yo aquella noche que los frailes de mi convento de Segovia acudían con hachones encendidos a mi celda, dispuestos a darle fuego conmigo dentro. Aún los oía vociferantes en mi interior, como si aquel griterío me persiguiera, cuando al despertar, mi diablillo puso las cosas en orden en mi interior.

A fray Humberto no le quedó otro remedio que reiterarme el consejo de que aquello que tuviera escrito de mi novela no lo entregara al prior por si, en lo que de inquisidor había en él, lo llevara a ver algo malo en mis conjeturas y dar al fuego mis papeles. Ningún lugar como la casa de mi tío Ronald para guardar lo que ya tenía escrito en el convento. De otro modo, correría el riesgo, me advirtió fray Humberto, de que entrara el prior en la celda en mi ausencia y se hiciera con lo que encontrara de mi libro.

Me lo dijo compadeciéndose de mí, mirándome con ternura y acariciándome levemente el rostro.

No sabía yo si el consejo le venía ahora a fray Humberto sólo de un presentimiento, porque él hubiera oído algún nuevo comentario o porque el prior le exigiera más explicaciones sobre nuestros encuentros.

—Eso de dar al fuego lo escrito —dije— sería peor que

la decisión de destinarme a otro convento, lejos de Segovia, lejos de usted, o ponerme en la calle.

Se proponía Ronald ilustrarnos aquella tarde, en su casa, a fray Humberto y a mí no sé si sobre las experiencias místicas de Teresa de Jesús o sobre la Inquisición, que ni para una cosa ni para la otra le faltaba a él la documentación de la que presumía, aunque le frenara el tino la bebida. Fray Humberto le calló para seguir imponiendo un orden a mi novela y Ronald quedó adormecido con algo de enfado ante el rechazo de su participación en este juego.

Lo que quería fray Humberto ahora es que pusiera yo mi imaginación a las puertas del convento sevillano para ver al inquisidor entrar allí, dispuesto a arrestar a Teresa. Me invitó a verlo en su carruaje a las puertas del cenobio para incitarme a contar la soledad de aquella santa mujer que echaba en falta el apoyo cercano de Jerónimo Gracián, de cuya inteligencia y comprensión podía fiarse, cuando caían sobre ella duras acusaciones de las que yo ya había escrito someramente. Le daba tranquilidad que gobernara la orden un hombre con el que coincidía en sus ideas. Temía, sin embargo, por su *Libro de la vida*, que estaba en manos de la Inquisición. Todo dependía de quiénes fueran las personas que lo leyeran para argumentar una acusación. La experiencia mística estaba sometida a discusión y unos admitían que Dios pudiese hablar a los seres humanos, incluidas las mujeres, y otros que era obra del demonio que alguien, y más si era mujer, pudiera dar por logradas algunas gracias en la oración.

—No se trataba de nada nuevo, ya llevaba a Sevilla la preocupación por su *Libro de la vida*, del que había dado copia a la princesa de Éboli en mala hora y que su amigo el obispo de Palencia había tenido que entregar a los inquisidores. Además tenga en cuenta que circulaban otras copias en manos de mala gente que mal la quería.

Ya tenía yo leído, sin embargo, que poco miedo sentía Teresa de las graves acusaciones que se hacían a su *Libro de la vida*, porque todo aquello que decía en él lo había discutido con teólogos como Juan de Ávila y era fiel a lo que le habían enseñado verdaderos maestros universalmente reconocidos. Nombró para defenderse a Francisco de Borja, duque de Gandía, y a Pedro de Alcántara, el franciscano reformador, y como el destinatario de la declaración escrita que se le había pedido como acusada era un jesuita, llamado Rodrigo Álvarez, acostumbrado a indagar los errores y las imaginaciones de «los espirituales», puso en primera fila al comisario de la Compañía de Jesús, el padre Araoz, como uno de los garantes. No se guardó de expresar su miedo de que pudiera estar tan engañada como «los espirituales» y dijo en su descargo, por si acaso, que había hablado con muchos letrados dominicos a los que hizo consulta sobre la oración mental. Quería, eso sí, defender su experiencia religiosa, que era el sentido de su vida, pero siempre como «hija de la Iglesia», aclaró, por si la daban por rebelde.

A fray Humberto no se le escapó recordarme entonces que, además, «los espirituales» de Sevilla andaban revueltos en aquellas horas, según tenía previsto Teresa, que lo veía venir.

El jesuita que recibió su declaración no quedó contento con eso porque le pidió más; le pidió que precisara esas experiencias excepcionales que tenía, y ella le contó, otra vez por escrito, que entendía por «oración sobrenatural lo que ni con industria ni diligencia —fue exactamente lo que dijo— se puede adquirir». Y se entretuvo en narrarle a su requirente las varias formas de experiencias místicas que había experimentado y que era lo que al parecer le envidiaban.

Lo que ahora llevaba al inquisidor a cumplir la misión de detener a la madre era, sin embargo, otra cosa: las acusaciones que había recibido de que aquellas descalzas se empleaban en prácticas religiosas nuevas y desconocidas, misteriosas, y que pretendían además acabar con las tradiciones de los ritos de la Iglesia.

—No poca cosa, supongo que le diría el inquisidor a la acusada al tenerla delante —intervine.

—No poca ni de mucha inteligencia —dijo fray Humberto—, como demuestra la ridiculez de acusar a sus monjas de la tontería de pasarse el velo de una a otra durante la comunión, porque les faltaban tocas y eran más las religiosas que los velos, o que se confesaran con la priora, que era una forma malintencionada de confundir la conversación con el sacramento de la confesión. No hacía falta que una de las monjas le aclarara al inquisidor, que iba dispuesto a ser severo y se sorprendió con la serenidad de Teresa, que ellas hablaban de su alma a la priora de acuerdo con la regla, sin que eso quisiera decir que la madre las absolviera. Pero todo aquello era para los acusadores cosas de alumbrados, además del hecho de que dedicaran muchas horas en la celda a la contemplación y sin salir de sí mismas.

—¿Alumbrados? —pregunté con curiosidad.

—¿Puedo decir algo de los alumbrados? —Levantó mi tío Ronald la cabeza, escapando nuevamente de su modorra, y pidiéndole turno a fray Humberto.

Asintió el fraile y Ronald dijo entonces para nuestra información, innecesaria en lo que tenía que ver con fray Humberto, que no se sabía muy bien lo que entendían por alumbrados y que todos los perseguidos por eso eran gentes que buscaban una relación personal e íntima con Dios por medio de la oración mental, que era lo que ponía a hervir de nervios a la Inquisición.

—No olviden que por eso —nos dijo fray Humberto— dieron muerte en la hoguera, quemándolo vivo, a uno de los más queridos discípulos del padre Ávila.

—Y por eso, señores —explicó Ronald con aires de sabidillo—, les recuerdo que fueron acusados, procesados y condenados hombres y mujeres del más diverso origen, muchos de ellos conversos, como era el caso de la familia de la que venía Teresa... Y entre esos condenados las mujeres eran muchas.

—Razones tenía la madre —dijo Ronald— para estar asustada. Y no sólo por ser mujer, que eso también le iba en contra.

—Y tanto...

—A María Bautista, su sobrina, la priora de Valladolid, cuya vanidad no soportaba, y de la que estaba bien harta —comentó Ronald—, le escribió una carta donde aludía a María del Corro como una de las vengativas acusadoras que al echarla de su convento se había ido a otro con el juicio perdido.

—Sí, señor —seguí yo a mi tío—; en esa carta fue donde se quejaba de las consecuencias de haber dejado entrar en su convento a una mujer tan mala como esa María del Corro. Tan perversa que, contaba Teresa, dijo al acusarlas ante el inquisidor que en su convento ataban a las monjas de pies y manos y las azotaban con mucha dureza.

—Ya fuera por lo bien que sabía defenderse Teresa o porque Gracián ponía de su parte escribiendo a los inquisidores para aclarar las cosas —añadió fray Humberto—, a María del Corro le salió mal su intento de perseguir a la madre y Teresa fue absuelta de toda acusación.

Miró fray Humberto fijamente al estante de los libros de la casa de Ronald y recordó:

—Al mayor de los tormentos que puede pensarse en un

alma, vino a decir Jerónimo Gracián, fue a lo que llegó en Sevilla la pobre Teresa.

Di por concluido el repaso de aquella tarde y volví al convento con mi fraile.

Al día siguiente, al despertar, cuando yo acababa de escribir lo comentado la tarde anterior como quien pone punto final a un episodio, y entraba ya por el ventanillo de la celda la luz del amanecer de Segovia, me impuso mi diablillo que escribiera que empezó Teresa a pensar en los solemnes funerales que merecía un hombre tan santo como Gracián y que se proponía tanto bien. Me instaba a que siguiera dando por muerto a Gracián en mi novela y dibujara a Teresa con desconsuelos de viuda, pero ya sabía yo que un viejo carmelita, que además era obispo, llegó a tiempo de entrar en el convento de Sevilla donde habían aprisionado a Gracián y en medio del griterío lo salvó a él y a los suyos de las garras de aquellos demonios enrabietados, con lo que la dramática noticia de la muerte del padre que había recibido Teresa quedó en falso rumor, y Gracián, con el apoyo del rey, el nuncio y el arzobispo, siguió cumpliendo con lo que le mandaban, que él era poco partidario de tantas revueltas y escándalos. Con la visita a sus descalzos le hubiera bastado, sin que le diera gusto reformar a los irreformables calzados. De todas partes, sin embargo, le pedían bravura y lo primero que hizo fue excomulgar rotundamente a los frailes empecinados en el desorden para seguir él con su tarea de visita, quisiera o no.

En medio de la preocupación de Teresa por la salud del padre —la repentina caída de Gracián de un asno, por ejemplo— o por la tardanza de sus cartas, sufría mucho con las acusaciones injustas, aunque ponía buena cara a quienes venían a juzgarla.

Se incrementaban ya las evidencias de la crecida persecución de los frailes a fray Humberto y a mí en nuestro convento de Segovia. De tal modo que por los corredores hube de soportar los gestos desabridos de mis hermanos en religión que me miraban con repugnancia o los comentarios jocosos de los que decían a mi paso que olía a azufre. Los más graves sólo comentaban que el hedor a pecado entre fray Humberto y yo era evidente. Desanimado me encontraba cuando menos. Igual que Teresa lo estaba por aquellos días de Sevilla de los que yo venía escribiendo. Prescindir de contar que en aquellas horas Teresa sentía las mismas ganas de morir que tuvo siempre y que las cambió por el deseo de no sucumbir tan pronto, pero que fue por lo que fue, que cualquier inconveniente lo daba por bueno si se le presentaba el recuerdo de Gracián, era para Ronald, cuya cara de pilluelo se alumbraba con una sonrisa de diablillo verdadero, más importante que entrar en barullos de intendencias y en problemas prácticos que, a buen seguro, iban a interesar menos a un lector que saberla embobada por Gracián. Fue entonces cuando escribió ella que estaba desanimada, con temores de persecuciones que no se fundaban sino en falsos testimonios y con la falta del ánimo que solía tener. Hacía lo que podía por animarse, pero el ánimo que solía acompañarla confesó que le faltaba. Habló de una guerra desabrida. Sentía una gran aflicción de verse sin Gracián, nos cuenta, «cómo no tenía a quien acudir con esta tribulación, que me parecía vivir en gran soledad, y ayudaba el ver que no hallaba ya quien me diese alivio sino él, y que lo más había de estar ausente, que me fue harto gran tormento».

—Mortificada en Sevilla muy de veras —dije.

—Teresa no hallaba consuelo sino en Gracián —repuso Ronald.

Y como si tuviéramos forzosamente que cambiar de capítulo en la novela, y con urgencia, nos anunció que por aquellos días de sus tribulaciones también tuvo Teresa en Sevilla buena noticia. Y la buena noticia consistía en que su hermano, Lorenzo de Cepeda, que estaba en Perú, había desembarcado cerca de allí y volvía rico. Y no es que la llegada del hermano no le trajera otras preocupaciones, se las trajo, pero no tardó en comprar una buena casa cerca del río con el dinero de Lorenzo y otras limosnas, y ponerla en condiciones para cenobio, con el fin de acabar con las muchas estrecheces y no poca miseria de aquel conventillo del abandono.

Contó luego cómo aparece entonces un personaje en la vida de Teresa, cuya significación nada tiene que ver con la de Gracián, al que llamaba el santo viejo, el padre Pantoja, y que lo hizo todo, según ella, para que no se perdiera aquel convento. Este personaje era un fraile cartujo, prior para más detalle, que se movía muy bien entre la gente principal de Sevilla y consiguió contagiarles la devoción que él sentía por Teresa y la santidad que veía en ella.

Ya había conseguido la madre que el arzobispo entregara a sus monjas la ermita de Nuestra Señora de Belén, y la nueva casa, en el centro de Sevilla, calle de la Pajería, junto al Arenal, no lejos de la catedral, era una buena casa. Lo único que no acababa de convencerla es que fuera paredaña del convento de los franciscanos, porque las monjas «todas son mozas y, créame, padre mío —le escribió a Gracián—, que lo más seguro es que no traten con frailes. Ninguna otra cosa he tanto miedo en estos monesterios como esto».

El padre Pantoja no sólo logró que la madre llegara a ser muy admirada en medio de tantas penurias y después de tantos ataques, sino que obtuvo para las descalzas las limosnas que completaban los dineros de Lorenzo y se necesitaban para la nueva casa.

Y mientras Teresa revisaba en las nuevas paredes conventuales las figuras que las adornaban, pintadas por fray Juan de la Miseria, su mediocre artista, preparando en aquellos días la bendición del convento nuevo, alguien le contó que de sigilo había entrado por allí, y se había alojado en casa de seglares, el mismísimo provincial de los calzados que, por su afición descarada a la lujuria, Gracián había ya recluido en Écija. Y por allí andaba también de tapadillo otro sinvergüenza: uno de los calzados que se había ido a Roma con el propósito de cargarse el breve que el nuncio le diera a Gracián para proceder contra ellos y, una vez vencido Gracián, volver a las andadas.

A eso se añadía lo que de sobra temía y sabía Teresa: que el padre general estaba enfurecido porque Jerónimo Gracián hacía y deshacía, sin tener en cuenta su autoridad y sin tenerlo al tanto, ninguneándolo, y que por mucho que le hubiera escrito ella, ponderando a Gracián y defendiéndolo, y defendiéndose a sí misma, el padre Juan Bautista Rubeo no hacía caso a nadie que no fueran los calzados enviados desde Sevilla para defender la putrefacción y acabar con Gracián.

—Mucho miedo tenían al Tostado —comentó fray Humberto.

No me hizo falta preguntarle quién era el Tostado, personaje que animaba mucho a mi diablillo. Ya sabía yo que cuando Teresa abandonaba Sevilla y Gracián acababa sus visitas a los conventos habían pasado meses desde que el padre Rubeo nombrara reformador y comisario general de la orden carmelita en España a fray Jerónimo Tostado, hasta entonces provincial de Cataluña. Vicario general de toda España, ponía en la patente de Tostado que un fraile había traído a Sevilla en medio del alboroto en el que, entre otras cosas, el golfo del provincial castigado en Écija suspendía en sus funciones, muy ufano y con satisfacción, a todos los priores nombrados por Gracián.

Así que cuando, más que contarle todo esto a Ronald, que sobraba que se lo contara, traté de poner orden en los datos que pudieran valer para mi novela, más que nada por ver de qué modo una sociedad puede cambiar de tener a una mujer cuando menos por oscura a considerarla una santa, va Ronald y empieza a emitir sonidos de música de banda y a imitar el estampido de los cohetes, dando saltos con una alegría insólita, como si de súbito hubiera entrado en una de sus borracheras.

Perseguía sugerirme con guasa o con ingenuidad el triunfo de Teresa aquel día en que se cambiaron a la casa nueva entre los clamores de los sevillanos. Las monjas pretendían cambiar de convento en silencio y se encontraron con toda una fiesta, como diría ella, «con tanta solemnidad y las calles tan aderezadas y con tanta música y ministriles». Todo lo había organizado el fraile Pantoja, él había llamado a la gente e invitado al mismo arzobispo.

Allí estaba Cristóbal de Rojas y Sandoval, prelado tan remiso en otra hora a otorgarle la licencia para fundar, esperándola a ella, a Teresa. No para darle su bendición episcopal, como la misma madre le contaría después a la priora de Beas en una carta, sino para recibir el propio arzobispo, arrodillado, la bendición de Teresa por petición del mitrado.

Llegados a este tramo de la historia, el simpático borracho de mi tío Ronald se puso a aplaudir para poner un supuesto punto final a las desgracias de la fundadora. Pero bien sabía yo, que me dispuse a beber con mi tío para celebrarlo, y a aplaudir con él como otro tonto, que las desventuras de Teresa en Sevilla no habían acabado con la conquista de una casa nueva ni el día en que Gracián volvió provisionalmente a la ciudad y alivió las soledades de ella.

—¿Saben lo que dijo la santa madre al despedirse de Sevilla? —intentó precisar fray Humberto en su deseo de acabar el capítulo—. Declaró que la gente de allí no era para ella y que deseaba verse ya en la tierra de promisión.

—Sevilla tuvo que resultarle un infierno —comenté, sin que hubiera novedad en lo que dije, más bien insistencia.

—Bueno, ya sabe que Teresa escribió que llegó a sentir envidia de los que estaban en los desiertos, como si no oyesen ni viesen nada. Aunque luego, claro, oyera «la voz» que le decía que se engañaba mucho con eso porque en el desierto tenían más fuertes tentaciones de los demonios que en Sevilla y que había que hacerse con paciencia.

Tenía preparados ya los bártulos para abandonar Sevilla tan pronto quedaran sus monjas a buen resguardo en el nuevo convento, cuando le apareció otra losa que cargar encima de ella por el camino: el padre Gracián había desaparecido hacía casi un mes y nada cierto se sabía de él. Se había quitado de en medio enseguida.

—Tengo la impresión de que llegó a perder la paciencia porque en una carta de las que escribió al padre general, mezclando la dulzura y la energía, arremetió contra los andaluces y le dijo que aquella gente no era para ella. Las injusticias eran muchas, insistió, y abundaban la poca bondad y las dobleces; con razón tenía aquella tierra la fama que tenía. Y le dijo además al padre Rubeo que no le disgustaría en absoluto volver a Castilla como le habían ordenado.

Y en marcha se puso, camino de Castilla.

# V
## TIEMPOS REVUELTOS

Con la audacia se cubren muchos miedos.

MARCO AURELIO

Con la misteriosa desaparición del padre Gracián en Sevilla los rumores se habían extendido muy pronto, y a las calumnias sobre él tan habituales en los calzados se añadió todo tipo de conjeturas. Unas semanas antes de que Teresa partiera de Sevilla ya se habían reunido los calzados en Castilla para aplicar los rotundos acuerdos de Piacenza que los obligaban a todos a ser una misma y única familia, calzados y descalzos, bajo la autoridad de un único general, con los mismos hábitos y residiendo en las mismas casas. Un modo clarísimo de engullirse a los descalzos, acabar con ellos y que los calzados siguieran en las mismas. Lo contrario a lo que pretendían Gracián y Teresa.

En los sermones de la iglesia sevillana del Carmen se maldecía a Gracián sin reparos, se le condenaba, se le insultaba. «Se decía que había sido quemado», me apuntaba mi diablillo. Pero me negué a admitir que se dijera eso y el diablillo añadió muy seguro: «Llegaron a prometer que mostrarían las cenizas para que hubiera constancia de que había sido dado al fuego».

—De haber admitido Teresa tal cosa como cierta —dije a fray Humberto—, otro hubiera sido su ánimo en el viaje hacia Castilla.

—¿Y cuál cree que era?

—No bueno, desde luego. La lejanía de Gracián la obsesionaba en la marcha que emprendió a Toledo para cumplir con el severo retiro que le fuera impuesto por su padre general. Le vendrían a la memoria en aquellos andares penosos de su salida de Sevilla las horas felices de Beas de Segura en su encuentro con Jerónimo: «Andaba en aquellos días con tan excesivo consuelo y contento que, en verdad, yo misma me espantaba de mí».

Sabía que Gracián no estaba muerto, claro, pero lo veía en peligro y se deshacía en oraciones por él y en solitarias exclamaciones; como si hablara con Dios y con Jerónimo al mismo tiempo, cosa en ella muy frecuente.

No hacía caso de las habladurías y no creía a Gracián en Madrid, que era donde en verdad estaba, mientras se lamentaba de la prisa que el nuncio se había dado en mandarle a Sevilla de vuelta. Ya empieza a barruntar que Gracián tiene poco tacto y le falta con frecuencia la perspicacia; bien que le había advertido por su parte que si no conseguía que los calzados andaluces aceptaran de buenas maneras su visita podrían sucederle tales cosas que ella, que tanto le amaba, las temía. Le pedía prudencia, pues comenzándose sin ruido y con suavidad, le decía en sus cartas, la mucha labor que se tenía que hacer no se podría hacer en un día. Y a Sevilla le escribe contándole su descontento por que ya esté donde están el padre Mariano y el prior descomulgados; viene a decirle algo así como que con esas excomuniones ya bastaba y que para qué lo querían a él. Y le dice más, le dice, por supuesto, que se cuide, que cuide su salud, que la tiene delicada; que se cuide también de gente tan apasionada como la que hay en Sevilla.

Le preocupaba la situación del Carmelo en aquella ciudad. Y le preocupaban sus monjas y temía los conflictos en los que pudiera meterse la priora, María de San José, tan joven como impetuosa. Y en los que pudiera meter a Gracián con ella. Y a ella, a la priora, también le escribió pronto. Primero, para preguntarle por Gracián; cómo ha llegado, cómo lo encuentra; después para rogarle que lo cuide, que no deje de mandarle noticias de él; que no dé de comer a nadie en el convento si no es a Gracián, le impone. A Gracián, sí, que tiene necesidad, le dice, y que lo entienda quien lo entienda y que quien no lo entienda pues que no lo entienda, pero que ellas necesitan de la salud de este padre. A los demás prelados, no; eso no, que eran las monjas capaces de quedarse sin comer por las pocas limosnas que había y, sin embargo, darles de comer a ellos. Y, además, le advertía a Gracián que todas las monjas de allí, bien mozas, lo más seguro era que no trataran con frailes.

Llegados a este punto, sin tener a mano a fray Humberto ni al tío Ronald para que me confirmaran si con tal franqueza se manifestaba Teresa, me di a pensar que fuera el diablillo el que me indujera a hablar de tentaciones entre monjas y frailes, y atribuirle a Teresa preocupaciones por lo que los hombres, y hombres eran los confesores y los superiores masculinos, pudieran despertar en las mujeres jóvenes. Era con ellos con quienes las religiosas trataban de lo más íntimo y secreto y «tratándose de eso —ahora sí habló el diablillo en nombre de Teresa— aparece el pecado y, con el gusto por el pecado de la carne, el fracaso de una monja».

Todo lo terminaba el diablillo con risas, esas risas que a veces afloraban en mí como si no respetaran el terreno interior donde de verdad sonaban.

Y reía el diablillo ahora porque monja no era, sin embargo, la mujer que invitaba con frecuencia a Gracián a su casa, y que Gracián visitaba, y sobre cuya pista me puso el diablillo.

Para él no era tan rara ni maliciosa como la veía Teresa, aunque, al parecer, había dicho aquella mujer que se carteaba con el demonio. A Teresa le parecía una peligrosa embustera y al demonio lo consideraba incapaz de cartearse con ella. Por eso le advirtió a Gracián que tenía que andarse con recato ante semejante individua, y no entrar y salir de su casa, si no quería que le pasara lo que a santa Marina, aunque Teresa dudó de que fuera a santa Marina a la que le ocurriera lo que ella tenía leído. Pero de santa Marina, o de la santa que fuera, dijeron que era suyo un niño que no era suyo y padeció mucho las consecuencias. Y aunque no era eso exactamente lo que Teresa pensaba que podía llegarle a pasar a Gracián, que nada tenía de santa Marina al menos, y «para que mejor se atajase», lo quería ver lejos de aquella embustera y de aquella casa.

Luego quiso disimular, quitarle importancia a la reprimenda, creyendo que se había pasado, y se llamó maliciosa a sí misma, y dijo que todo aquello era bobería, y añadió algo así como que en esta vida todo es necesario, y que bien sabía él lo que tenía que hacer, que no sólo era mayorcito sino de muchos saberes y virtudes. Le quedó una preocupación: que la Inquisición supiera de aquellos negocios y la tomara con su Gracián.

Y ahí creí yo que acababa el interés del diablillo por Gracián y las mujeres y por Teresa con las mujeres y Gracián. Muy preocupada había visto el diablillo a la madre Teresa por los atrevimientos de su priora sevillana y las posibles tentaciones de sus monjas mozas o de los frailes que las frecuentaran, y muy preocupada, a la vez, por Gracián entre ellas.

Fray Humberto, sin decidirse a hablarme de celos, como más de una vez los había sugerido, me habló de los celos de Teresa sin nombrarlos. Aunque los citó en cuanto pudo, tan pronto me vio levantar la cabeza del papel en actitud de estar pensando en escribir de otra cosa.

El prior de nuestro convento de Segovia no había encontrado respuesta clara en fray Humberto cuando le preguntaba con reiteración en qué escrituras andaba yo metido. Y puesto que de sus insistencias en las preguntas sobre este asunto no encontraba contestación convincente por parte del fraile pasó a querer saber, una vez más, qué nos movía a los dos a tanta conversación.

Como fray Humberto le respondiera que nos dedicábamos a conversar sobre cosas íntimas, del espíritu, harto ya de tanta evasiva, le dijo el prior claramente que lo que entre los frailes se rumoreaba es que sí, en efecto, se trataba de cosas íntimas, aunque no precisamente del espíritu.

Fray Humberto le contestó que de las calumnias conventuales habíamos hablado mucho, entre otras cosas, y el prior, ofendido, le dio a elegir entre aceptar él un destino en Canarias o echarme a mí de la orden sin más ni más.

Fray Humberto le dijo que se había hecho fraile para obedecer y no para elegir. O sea: que decidiera él lo que quisiera. Y lo dejó planchado.

El prior se dio la vuelta y de su decisión nada sabíamos aquella tarde en que volvimos a la casa de Ronald a «repasar la lección», como decía Ronald entre alharacas.

Pensé entonces en las razones que tuvo Teresa en su viaje para que el temor se apoderara de ella, aunque se aminoraran sus miedos cuando haciendo un alto en Malagón recibió noticia de Gracián con la confirmación de que el nuncio lo ratificaba en sus funciones y el rey le daba todo su apoyo. Había acudido a Madrid a buscar los respaldos y confirmaciones que necesitaba, se había ido con todos sus papeles a la capital del reino para ver a su querido nuncio Ormaneto y dar cuenta de su trabajo. Y por eso no estaba en Sevilla.

Ni su cuerpo era ceniza, como habían propalado allí otra vez, ni había escapado a lugar incierto, como igualmente rumoreaban.

Tuvo que avisarle Teresa de que, tratando con Jesucristo, al que en su carta llamó José en clave, igual que muchas otras veces, le había dicho que le avisase de que tenía muchos enemigos visibles e invisibles de los que tendría que guardarse. Uno de ellos era Tostado, regresado ya de Portugal, adonde había escapado, dispuesto a todo. Y no era el único.

—Y si el secretario del papa estaba hartísimo de las quejas de los malditos frailes andaluces —me apuntó fray Humberto— más harto estaba el nuncio Ormaneto, que en sintonía con el rey tanto apoyaba a Gracián y a Teresa, a los descalzos en general, del propio secretario del papa. Así que cuando este le pidió que sustituyera a Gracián por el Tostado, le dijo a su reverencia que el Tostado no había venido a otra cosa que a acabar con los descalzos y se extendió en el elogio de aquellos frailes de la reforma que trabajaban con sus manos y no iban de limosneros. Se deshizo en alabanzas a Gracián tanto por bueno como por inteligente. Así que fray Jerónimo siguió a lo suyo en Andalucía, de convento en convento, mal de salud unas veces y otras repuesto.

Y dicho esto pasé a recordarles uno de esos atrevimientos de Gracián en la guerra planteada entre el nuncio Ormaneto y el rey Felipe, de un lado, y el general de la orden y el papa, de otro, y entre los calzados y los descalzos también, porque el padre Gracián, que llegó de nuevo a Sevilla con poderes de visitador, ya había pasado por Pastrana. Y allí mismo, y en su condición de gran jefe de la Orden del Carmen de Andalucía y de Castilla, y en virtud de la condición que le había otorgado el nuncio de visitador de todas las religiones de los reinos de España, nada más y nada menos, erigió con toda energía la provincia carmelitana descalza y se quedó tan ancho.

—Teresa, encantada —comentó fray Humberto—, porque ese era su deseo y por que Gracián le hiciera caso. Lo que ella quería: las mismas constituciones para las descalzas y para los descalzos, una misma obediencia e igual manera de vivir. Ni órdenes ni visitas de un calzado que estuviera un poco por debajo del padre general de todos ellos.

—Claro que los descalzos tampoco las tenían todas consigo, sobre todo después de que en Piacenza la orden los declarara apóstatas —explicó Ronald—. Estaban muy nerviosos y los tuvo que tranquilizar Gracián.

—¿Y los calzados? —pregunté con simulada inocencia.

Ronald y fray Humberto se encogieron de hombros y quise atribuir a mi diablillo, esta vez en silencio, lo que yo bien sabía: que los calzados, que trataron a Gracián con mucha gracia y amor, y que, aunque aborrecían la visita, preferían que hubiera caído en las manos de Gracián y no en cualquier otro, estaban hechos una malva. Una malva, sí, y resignados, pero a la espera de que la situación cambiara.

Resaltaba mi tío Ronald la facilidad con que aquellos sevillanos pasaban de la incuria al entusiasmo y la sorpresa que causó la llegada de Gracián a Sevilla de nuevo cuando, de boca en boca, se extendió la noticia de que había vuelto, con su autoridad reforzada, y tenía a los calzados postrados a sus pies y agradecidos.

En la misma iglesia de la ciudad, desde cuyo altar se dio a Gracián por quemado y se prometió la exhibición de sus cenizas para aventarlas luego, estoy viendo ahora, al dictado de fray Humberto, a un padre Gracián pletórico que predica quizá a los mismos que gritaron contra él cuando lo dieron por vencido y malhechor escapado, y lo aclaman ahora como a un vencedor.

Dormía profundamente en mi celda conventual cuando sentí una mano acariciando mi rostro, me desvelé con susto y vi la cara de fray Humberto a la luz de una palmatoria que llevaba en la otra mano. Sentí su voz que decía algo así como que de toda mirada honda sale la luz que lleva a otro camino. Después desapareció la luz y, en la oscuridad, sentí los pasos del fraile y el cierre cuidadoso de la puerta de la celda. Seguí durmiendo en paz sin ninguna inquietud y a la mañana siguiente, al despertar, quise tomar por sueño lo que acaso había sido realidad.

Bajé a maitines y cuando salíamos de la iglesia se acercó a mí fray Humberto y me pidió al oído en voz baja, con cierta picardía: «Guarde memoria de los sueños».

No volví a pensar en aquello.

Lo mío esta vez consistía en describir el contento de Teresa en Toledo, bien acomodada en una celda apartada que le dieron para escribir a gusto, que en eso se empeñaba, liberada del clima angustioso de Sevilla y disfrutando de las buenas temperaturas de Toledo que eran las que bien le venían. La celda era amplia y con ventana al huerto, como le gustaba a ella, lo cual no obstaba para que tuviera aquel refugio por prisión; «como a manera de cárcel», dijo. Ahora que había abandonado en Sevilla otro hermoso ventanal desde el que veía las galeras pasar por el Guadalquivir; ahora que podría haber soportado mejor el calor sevillano por la hermosura de patio que tenía la buena casa que allí había dejado, la celda de Toledo, tan grata como propicia para escribir, le dio un alivio. Y a escribir se puso. A escribir sobre la vida de los conventos y sus visitadores y de otras cuestiones espirituales. Y a escribir de las cosas materiales, de los gastos y las cuentas, de dónde venía el dinero que les llegaba, adónde iba y cómo administrarlo bien. Por escribir escribió hasta de la manera de hablar que deberían tener las monjas, pidiéndoles sencillez y llaneza en la expresión y condenando los vocablos nuevos y los melindres. Las prefería groseras antes que muy cuidadas en el habla, es decir, sencillas.

Todo lo que escribió en aquellos días de Toledo más parecía manual de instrucciones que otra cosa, aunque siempre anduviera el espíritu por medio y el ingenio literario, por supuesto, con su buena prosa. Y no le faltó humor en lo que escribió sobre su tiempo en Sevilla ni detalle al contar la gran fiesta de la inauguración de aquella casa nueva hasta en los pormenores de un pequeño incendio que hubo y con anécdotas pintorescas.

Tan contenta estaba con lo escrito, narrando lo pasado y preocupada por el porvenir, que escribió a Gracián, cómo no, dándole cuenta de los resultados de su trabajo y calificó de «cosa sabrosa» aquellas escrituras.

El contacto con Gracián desde aquella «cárcel» era para ella el primero entre los otros contactos que mantenía y el más frecuente con diferencia. Preocupada siempre por la salud del fraile, pidiéndole que pusiera medida a sus trabajos, sintiendo no haber podido ella misma, su Ángela, darle de comer cuando pasaba hambre. No entendía para qué buscaba él más trabajos de los que Dios le daba, y le reñía, porque pareciendo tener siete almas él, quizá olvidaba que cuando se acaba una vida empieza otra. Toda una regañina.

—Sus regañinas alcanzaron también a María de San José porque las relaciones entre ellas se habían complicado —añadió no recuerdo bien si Ronald o fray Humberto—. Su experiencia con ella en Sevilla había sido dolorosa. Hablar hablaban de todo, pero no se fiaba de ella, no se franqueaban. Se quejaba Teresa a Gracián de los desaciertos de María.

Y en efecto, nada más partiera Teresa de Sevilla, le escribió María de San José pidiéndole perdón por haberla tenido bastante abandonada en aquellos meses que pasaron juntas.

—¿Y le respondió Teresa?

No recuerdo si alguien me contestó; doy por descontado que la perdonaría, aunque no estoy seguro de que Teresa tuviera superada la falta de cercanía y cariño de la priora sevillana. Lo que sí tenía leído es que María de San José, sintiéndose culpable, le mandaba frutas exquisitas y dulces desde Sevilla como regalos.

En realidad, Teresa no se fiaba de la priora ni de nadie, creía que los demás entendían menos que ella lo que era preciso hacer, que ni en lo grande ni en lo pequeño hacían lo que ella aconsejaba. Se lo había reprochado a Gracián, le advertía que no todo se puede decir a todos cuando uno gobierna una organización sometida a peligros.

En aquellos tiempos de zozobras, con la Inquisición al acecho y los rifirrafes del Carmelo por medio, que tanto le preocupaban, Teresa vivía malos momentos. Tuvo quizá la más fuerte crisis psíquica de su vida (había vivido muchas otras) y recibió de los médicos la recomendación de que limitara su escritura a las cartas más indispensables, dictándoselas a una secretaria. Estaba sobrecogida, temerosa, cansada. A pesar de todo, no le faltaba el buen humor. Cuando Juan de la Cruz le dijo que no se puede buscar a Dios sino cuando uno se ha muerto completamente para el mundo le respondió que «caro costaría, si no pudiésemos buscar a Dios sino cuando estuviésemos muertos al mundo. No lo estaba la Magdalena, ni la Samaritana, ni la Cananea. Dios me libre de gente tan espiritual que todo lo quiere hacer contemplación perfecta». En medio de todo aquel tiempo de sombras, una de las alegrías que tuvo en Toledo, además de la que le proporcionaba volver a escribir como nunca quiso dejar de hacerlo, fue conocer en aquel convento a doña Juana Dantisco, la madre de Gracián.

Llega a escribirle a Gracián que se entendían tanto que a ella le parecía como si se hubieran tratado toda la vida. Y elogia el talento, la llaneza y la claridad de doña Juana hasta decir algo parecido a que ha quedado deslumbrada con ella.

—¿Un poco exagerada o no? —ironizó Ronald.

Mi diablillo, que no se resistía a intervenir en una parte de la historia tan atractiva para él como esta, me sopló en mi interior que mucha fascinación le vino a Teresa de ver en la madre de Gracián al propio Gracián, de reconocer en ella las habilidades seductoras del hijo y parecida inteligencia.

—Y dándole la razón —añadí yo—, no poca admiración tuvo que sentir por la mujer que había parido al hombre que ella más admiraba.

Cuando el diablillo reía y yo me frotaba las manos ya sabía que algo de lo que viniera a continuación tenía que ver con enredos, maledicencias, aventuras o amores.

Y no fue necesario llevar el oído al interior para recordar a qué extremo llegó Teresa en el reclamo del cariño de Gracián; hasta tal punto que tuvo celos de la madre de su amado.

—Tanto fue así —dijo Ronald, como si hubiera leído mi pensamiento— que con toda franqueza le escribió a Gracián que había pensado a cuál de las dos querría él más y había llegado ella a la conclusión de que doña Juana Dantisco tenía marido y a otros hijos que querer, y la pobre Lorencia, es decir, ella, Teresa, no tenía otra cosa en la tierra que al padre Gracián.

—Preguntándome estoy —intervino fray Humberto— cómo se quedaría Gracián al leer esto.

—Pues igual que el día en el que él le pidió a Teresa que se levantara el velo y le mostrara la cara y ella le respondió sin sonrojo que parecía mentira que no la conociera cuando bien dispuesta estaba a abrirle sus entrañas.

Llegados a este instante me dijo el diablillo que para qué lo quería yo a él si ya tenía a mi tío para ejercer de tal. Y además, borracho.

Pero no era cosa de borracho lo que describiera mi tío, fue cosa cierta.

Fray Humberto recordó por su parte la alegría que le dio a Teresa una carta de Gracián en la que se mencionaba a sí mismo como su hijo querido y lo pronto que le respondió ella que sí, y lo dio por su heredero, porque la reforma era su herencia y mucho le holgaría verla en sus manos.

—Fue en esa misma carta de Teresa a Gracián —habló Ronald— cuando se puso nostálgica y empezó a recordar de nuevo, como tantas otras veces, sus días de Beas con él. Y le repitió que nunca en la vida iba a tener mejores días que aquellos que pasó allí con su Pablo.

—Veo que va usted por buen camino en su novela —me dijo fray Humberto con no poca sorna.

—El amor a veces da más dolor que felicidad.

—O lo uno por lo otro, fray Casto.

Entonces vino y me preguntó si me había olvidado de

cuando Teresa llegó a tirarle a Gracián de las orejas por haberse atrevido a leer en público a otras monjas algunas cartas de las que ella le había escrito.

—Como ciego es el amor —me dijo— lo tomó por ingenuo y sobrado de llaneza y se dio ella a sí misma por ruin y maliciosa. Le advirtió a Gracián de que no todo el mundo entiende las cosas del mismo modo y que nunca los prelados tenían que ser claros en algunos asuntos.

—Y le advirtió de más —añadí por mi cuenta—. Le aclaró que ella podría escribirle a él de una tercera persona o de ella misma lo que quisiera sin que tuviera que saberlo nadie, es decir, que no se fuera de la lengua. Le insistió además en la diferencia que había entre hablar con ella misma o hacerlo con otras personas, aunque se tratara de su propia hermana.

Y como me detuviera ahí, dando por acabado este leve reproche de Teresa a Jerónimo, para pasar a escribir de otro asunto, y sin saber el diablillo qué era aquello de lo que me disponía a escribir, me recriminó que no concluyera como estaba mandado, es decir, con las palabras con que Teresa cerraba su amonestación. Y lo que vino a decirle a Gracián fue que si no quería que nadie se enterase de lo suyo, de sus cosas, así porque sí, como ya había dicho, menos querría que nadie oyese lo que ella trataba con Dios o la estorbase a estar con Él a solas.

Por jugar un poco con mi diablillo hubiera concluido ahí lo que tenía escrito, pero lo que él perseguía que contara yo era que al final le dijo Teresa que lo mismo que con Dios podía sucederle con su Paulo.

En cuanto percibía una debilidad amorosa, una débil queja sentimental, mi diablillo encendía sus alarmas.

Iba siendo para mí cada vez más difícil escribir la novela que me proponía, y no porque me faltaran los desvelos de Teresa por Gracián, que ella no paraba de llorar por él, sino porque abandoné los últimos papeles escritos en mi celda para bajar a la colación y al rezo y al volver no había rastro de ellos en aquel cubículo. No sabía si repetir o no lo ya escrito, pero seguir hablando de esta historia con fray Humberto, dejándome llevar de su mano, no sólo me permitía distraer con él mi soledad sino que, compartiendo con Teresa los tormentos y las figuraciones, vivía con ella otra vida. O la vivía con el fraile y mi tío, que los dos eran, cada cual en su estilo, hombres que gustaban de los viejos tiempos más que de los nuevos como buenos eruditos o estaban convencidos de que la condición humana, con las monjas y los frailes metidos en el mismo saco, seguía siendo igual y así seguiría.

Lo mío era ahora, otra vez, lo que mi diablillo me pedía por su cuenta aquella tarde: que añadiera a mi novela el listado de vicios y deshonestidades de Gracián que los calzados enviaban a Roma, pero no caí en su trampa, porque de los homenajes festivos que fray Jerónimo se daba supuestamente con las monjas no hicieron memorial para el papa, sino para Felipe II, que conocía bien a aquellos frailes y tenía por entonces en buena estima a Gracián.

—Ya le conté a usted, para que viera desde el principio cómo se las gastaban los calzados —me dijo fray Humberto—, lo que sucedió en la prisión de Juan de la Cruz.

Y, en efecto, de la prisión de Juan de la Cruz y de la aflicción de Teresa y sus súplicas al rey a favor del que tenía por santo y sabio ya había contado algo en mi novela. De lo que no habíamos hablado, y nos urgía Ronald a hacerlo, era de la presunta indiferencia de Gracián ante el destino de Juan de la Cruz en aquellos malos momentos.

Ahora, sin embargo, las acechanzas —entró mi diablillo en acción para ponerme al tanto, crecido en mi interior por la sorpresa que me inquietaba— no venían sólo de los malditos calzados, sino también de los propios descalzos.

Di pues por recibida la amenaza de mi prior, y no sé si la amenaza fue un impulso, un estímulo del miedo, para decidir en aquel instante ver con toda claridad la hosca figura de fray Jerónimo Tostado. Felipe II no le había dado tregua y eso le impedía su visita a Castilla. Él sostenía, sin embargo, que no había otra jurisdicción sobre los carmelitas de España que no fuera la suya y que mal la podía tener fray Jerónimo Gracián cuando, como todos los descalzos, estaba excomulgado desde Vicenza. Así que ninguna protección mejor podían haber logrado de los calzados dos descalzos traidores que, entregados a la infamia, enviaron al rey todo un compendio de desmanes, que la de Jerónimo Tostado. El propio Tostado había ayudado por su parte a fray Baltasar Nieto y a fray Miguel de la Columna, los traidores descalzos, a redactar las calumnias groseras y las abominaciones que llegarían al rey para vergüenza de Gracián. Y a los dos les dio cobijo Tostado en el Carmen de Madrid. A Baltasar, que no cesaba de dar escándalos por sus desvergüenzas y vida de brabucón y al que por esa razón había confinado Gracián en Pastrana (y había huido del convento), y a Miguel, un albañil ignorante y tonto acreditado, que se dejaba llevar por imprecisos intereses y hacía de criado de cualquiera sin que se lo pidieran.

Los dos prestaron obediencia a Jerónimo Tostado y cambiaron sus hábitos de descalzos por los de los calzados para ayudar con sus lenguas a toda una retahíla de maledicencias.

—Sí, descalzos eran —aportó su información mi tío Ronald— los que pusieron sobre la mesa de Felipe II la denuncia de que Gracián comía y comía, como si fuera un obispo, las mejores carnes. Y consumía gallinas, gallos y perdices —hacía alardes de gozo en el paladar un Ronald burlón—. Y que en Sevilla esas comidas eran amenizadas por monjas que le cantaban y le bailaban y se regocijaban con él —se partía de risa mi tío—. Y que en uno de esos conventos le quitó el velo a la priora y se lo dio a una novicia para que fuese priora a su gusto durante unos días, hay que ver qué caprichos. Y que en Beas, una monja, más ramera que monja, vestida como fulana, moza y muy hermosa, había bailado para su gusto. Todavía más: que en Toledo se había ido a la reja del coro y después de levantar un andamio de bancos y poner la silla encima se dedicaba a contemplar desde allí a las monjas que le cantaban y bailaban. Estaría ágil y sin temor a darse un costalazo —añadía Ronald, divertido—. Pero tanto canto y baile de monjas no lo era todo, que cada vez que entraba en los monasterios —seguía mi tío— abundaban los grandes abrazos entre él y las monjas. Y besos de pies, que no eran poca cosa. Besos de pies... —se relamía impropiamente Ronald—. Encima vestía unas buenas camisas de lino y se acostaba en sábanas de lienzo que le regalaban las descalzas de Sevilla, y se regocijaba con las telas el buen padre Gracián. No le faltó de nada, porque para colmo se le acusaba de alumbrado por si la Inquisición se decidía a meterle mano.

El relato no era precisamente un cuento divertido, pero la manera de narrarlo Ronald, sí. Hasta fray Humberto rompió en carcajadas. No obstante, daba miedo lo que había descrito Ronald y a mi diablillo parecían divertirle tanto aquellas escenas de cantos y bailes y buen comer, cambiar de destino un velo de priora y verlo en una silla sobre un andamio, que sólo me incitaba a preguntarle qué pensaría Felipe II de aquellas extravagancias.

Gracián tenía a su favor de todos modos que su hermano Tomás, secretario del rey, ya muerto su otro hermano que desempeñara el mismo oficio, pidió al monarca protección para Jerónimo y puso en solfa a los calzados y sus deplorables estrategias.

Y Teresa también había acudido al rey para defender la inocencia de Gracián ante el memorial de agravios contra él que le habían hecho llegar aquellos malnacidos de los descalzos traidores conchabados con los calzados sin escrúpulos.

Y para defender a sus monjas.

Aquella otra mañana en la que miraba a Segovia, alzada frente a mí y luminosas las piedras de sus torres, tentado de coger mis pocas pertenencias y emprender el camino, sin despedirme siquiera de los frailes más jóvenes, que me miraban con simpatía, ni por supuesto de los más viejos, que eran numerosos y desconfiaban de mí, volví la espalda en mi celda y me di de bruces con el prior, que había entrado sin llamar y me encontró desnudo. Pude haberle visto rubor en la cara por encontrarse con un joven con todo su cuerpo al aire y ni siquiera un calzoncillo que me cubriera mis partes, pero mi desnudez, más que ruborizarlo, parece que le hubiera dado permiso para confirmar sus sospechas de que era yo fraile licencioso que gustaba de verse en su buen cuerpo, sin someterse a ningún recato. Me miró con fijeza y con más entretenimiento del que fuera aconsejable para un prior o para un fraile cualquiera. No dijo nada y yo seguí a lo mío. Subí a mi escritorio para ocuparme del momento en que Jerónimo Gracián de la Madre de Dios llega a Madrid de nuevo, después de su paso por Sevilla y sus visitas a los conventos de Beas y Caravaca, y apenas puede saludar al nuncio Ormaneto para su desgracia. Ya estaba muy enfermo el prelado, con fiebres y fatigas, y no consiguió Gracián que su buen protector leyera al fin los informes que le había enviado desde Jaén.

Con la gota y con la edad, preso de fiebres altas y mucha fatiga, se les había ido a Teresa y a Gracián aquel hombre que ella tuvo por el más importante apoyo de la reforma del Carmelo.

Y muerto el bondadoso y enérgico nuncio que le había dado tantos poderes, Gracián se vio obligado a acudir al rey para saber si con la muerte de Ormaneto se acababa su función o había de seguir con ella. Y a seguir con ella lo mandaron, si bien optó por quedarse con los descalzos de Castilla solamente y olvidarse por el momento de los dichosos calzados andaluces.

Teresa, preocupada como siempre por Gracián, y obsesionada con que tanto lío debía acabar con la constitución de una provincia separada para los descalzos, le escribió por entonces a la priora de Caravaca y le contó que había que dar gloria a Dios por que nuestro padre estuviera bueno y con muchos trabajos, que su función no hubiera acabado aunque hubiese muerto el nuncio y siguiera siendo visitador como antes.

Le dijo que creía que estaba en Pastrana en esos días. Y en Pastrana estaba, sí, recluido, retirado a la oración en una cueva y pensando en la advertencia que Teresa le había hecho sobre los enemigos visibles e invisibles que tenía. Le confirmó, por ejemplo, que el Tostado, vicario general que enviaba «nuestro reverendísimo», o sea, el general, estaba en Madrid para su disgusto.

Cuando hablé de esto en la casa de Ronald, llegada la tarde, me preguntó mi tío si no era en este punto cuando habría que relatar en mi novela la declaración de arrepentimiento de los descalzos traidores.

Y de eso me ocupé yo. Seguí el dictado de mi diablillo

y vi al hipócrita de Baltasar Nieto reconociendo que si había urdido aquella calumniosa lista de la venganza no había sido por otra cosa que por corresponder a la pasión que contra él tenía Gracián. Quería dar por acabada aquella tensión entre el uno y el otro y pedía, para gloria de nuestro Señor, que se juntaran los ánimos de los dos y salieran adelante.

El tonto del lego Miguel —fraile mozo, idiota y no sacerdote, se definía a sí mismo— se confesó culpable y juró que no había leído nada de aquel escrito y que lo había firmado forzado por el padre Tostado y por fray Baltasar Nieto y otros frailes. Todos ellos unas veces lo halagaban y otras lo amenazaban, y una vez que intentó hablar o leer aquellos papeles le dieron con un palo. Llegó a temer —declaró— que lo atravesaran a puñaladas si los enojaba y lo llamaban loco por no saber el bien que tenía al encontrarse entre ellos. Le dijeron también que ahora estaba en buena conciencia y que con los descalzos sufría de remordimientos y se hallaba descomulgado. Hubo un careo más tarde entre el fraile y el lego y Baltasar Nieto admitió sus mentiras y elogió las virtudes de Gracián.

Poca cabeza tenía el lego y al parecer perdió la poca que tenía, y el bandolero de Baltasar Nieto, seguramente entregado de lleno al vicio hasta la muerte, desapareció del panorama y, unos años después, acabó su vida en Lisboa.

Dijo mi diablillo que murió habiendo perdido mucho de la bravura que tuvo en los catres, que pasó con el tiempo de disfrutar de las vírgenes a pagar a las rameras, siempre ebrio. Pero esos eran disparates de diablillo.

Prefería oír en mis adentros la voz de Gracián que me decía que, a pesar de todo, y de la gran tristeza y mayor preocupación que le trajo la muerte de Ormaneto, había visto contenta a Teresa en Toledo cuando acudió a su encuentro y hablaron del *Libro de la vida*, en manos de la Inquisición, y de muchas cosas del espíritu, como de la conveniencia de que escribiera más. Fue entonces cuando ella empezó a escribir *Moradas del castillo interior*.

Intervino fray Humberto para advertir cómo habían cambiado las cosas en España para peor desde Lutero y lo nerviosas que estaban a aquellas alturas las altas jerarquías de la Iglesia con la oración interior, y más con las visiones y los éxtasis.

Recordó Ronald que la ascendencia judía de Teresa no era lo de menos para la Inquisición, ni para ella misma.

—Pero la mayor herejía —insistió fray Humberto— era para los inquisidores la oración interior de la monja andariega. Despertaba en ellos Teresa todas las desconfianzas.

Y en medio de aquellas tensiones, Teresa y Gracián en Toledo, frente a frente. Cuando aún no había muerto Ormaneto. Ella, al verle a él, a pesar de la fatiga de los dos, exclamó entonces con alegría: «Viene gordo y contento, bendito sea Dios».

# VI
## UNA BATALLA INCLEMENTE

Los malvados obedecen a sus pasiones como
los esclavos a sus dueños.

Diógenes

Ya había venido el nuevo nuncio desde Flandes en plan de
guerra. Se llamaba Felipe Sega, obispo de Piacenza, pariente
de un cardenal sobrino del papa que andaba empeñado en
proteger a los carmelitas a su manera. Por eso me di a recordar, sin nadie por medio que me dictara o sugiriera algo
ahora, tan sólo bajando a la biblioteca bien rica que poseía
el convento y hurgando en sus archivos, la desazón que
trajo a Gracián, y a Teresa con él, aquel nuncio nuevo,
hombre de mala uva y mucha jactancia y soberbia, que se
traía el enfado puesto y tenía de los descalzos, más que una
pésima opinión, un deseo profundo de acabar con ellos.
No estaba por apoyar a los descalzos y no se hallaba en consecuencia en la misma línea que el rey; quería que Gracián
le rindiera pleitesía, se le entregara y le hiciera caso. Y el
rey, que todavía estaba a favor de los descalzos y no sabía
bien aún qué quería el nuncio, mandó a Gracián que esperara respuesta de Roma.

El nuncio tuvo audiencia con el rey y salió de palacio
descontento con la recomendación de que fuera a ver al

presidente del Consejo de Castilla, cuando aún no había nuevo presidente nombrado que sustituyera al fallecido. Y cuando lo hubo, el nuevo presidente le mandó a Gracián lo contrario a lo que el nuncio deseaba: que volviera a la visita con todos los poderes, todos. Y para respaldar esto, Felipe II ordenó a todas las justicias el apoyo a Gracián en sus visitas a los monasterios de unos y de otros, de los calzados y de los descalzos.

Mi diablillo apareció dentro de mí tan pronto vio al nuncio bramando, y más cuando el papa le pidió que no se entrometiese en cosas de frailes sino cuando se lo pidiera el rey. Pero si bramaba antes, más bramaba ahora el nuncio irritado. Hasta tal punto, y ahí es cuando mi diablillo me clavaba el dedo por dentro para asombrarme, que dijo que si no le entregaban a Gracián para quemarlo por haber impedido su jurisdicción, es decir, el mando que le concernía, él se marchaba a Roma.

Y si para enrabietarse no le bastaba con eso daba encima acogida a las calumnias que los calzados le enviaban contra Gracián, que eran casi siempre las mismas, y por repetidas ya ni siquiera divertían a mi diablillo: venga con los bailes, los besos, las telas y las comidas. Y, bueno, no digo nada, si el nuncio tenía en cuenta lo que Gracián escribía al rey sobre los trastornos que producían entre los religiosos de España los breves que daban los nuncios contra las órdenes de sus superiores.

Así que, como eran días de tormento y Gracián no sólo estaba harto sino muy desmejorado y poco seguro de sí mismo, la historia de amor que yo quería escribir podía recuperar una escena: la de Teresa, que también andaba dolorida, tratando de explicar a Gracián que ella no estaba a salvo por el momento sino sólo en apariencia, y que era un dolor muy grande el que sentía por aquellos a los que amaba.

Nada nuevo en ella, porque una y otra vez, en medio del desconcierto, la madre repetía a Gracián que la salud de él era para ella un verdadero tesoro, que lo quería sano, íntegro y, bromeando en una carta, aunque no estuvieran los tiempos para bromas, le llegó a decir por aquellos días, mimándolo, que estaba su Paulo muy bobo con tantos escrúpulos, que lo tuviera en cuenta y que no habría que repetírselo.

Luego le salía la optimista, aunque la procesión fuera por dentro; le aconsejaba que no anduviera profetizando con sus pensamientos y le tranquilizaba diciéndole que Dios lo haría muy bien, que estuviera seguro de eso. Le sugería que se ocultara, aunque Gracián no estaba de acuerdo con ella ni en ese consejo ni en otras cosas. A veces le hacía poco caso por más que ella no se guardara de recordarle que buena vida era la suya comparándola con lo que le había pasado a fray Juan.

Pero ni eso gratificaba a Gracián, que tal comparación no era buen consuelo, sino acaso reproche y descontento. Se sentía amenazado por la desmedida antipatía y destemplanza del nuncio.

Aunque Teresa, mientras volvía a Ávila para cosas de intendencia, intentara darle alivio, Gracián sentía tanto temor ante la indignada compostura del nuevo representante papal que ya no le importaba morir, sino que lo que le afligía era morir quemado como el nuncio quería. Y no amenazaba aquella fiera en broma. Tan enfurecido estaba con él que llegó a manifestar con verdadera ira que no había dado mayor principio Lutero a las revoluciones de Alemania que el que Gracián daba en España.

A Teresa, escandalizada con Sega, que otorgaba tanto crédito a lo que decían los del paño, no le cabían en la cabeza los disparates del prelado bronquista y se asombraba de que dijera de ella que era una vagabunda e inquieta, como grandes denuestos, y que había fundado conventos a su antojo, sin licencia del papa y del padre general. Y otras cosas más que repetía con tanto descaro y de modo tan bárbaro y soez que parecía mentira que aquella lengua sirviera para consagrar.

Pero más que dolerse por lo que el nuncio dijera de ella, calumniándola, estaba dolida por las mentiras que tocaban a Gracián. Ese era su mayor dolor.

Mientras tanto, la maldad de Jerónimo Tostado iba a más: pasó de Gracián a Teresa y a Juan de la Cruz. Teresa fue otro de sus objetivos. Cuando la requirieron para que se presentara a unas elecciones a priora de un convento de calzadas como la Encarnación de Ávila, que tanto conocía, y donde había dos confesores descalzos, uno de ellos Juan de la Cruz, y todo parecía indicar en las encuestas que Teresa podía ser la elegida, fue Tostado y amenazó con excomunión a la que se atreviera a votar a una monja que no perteneciera a aquella casa. Ganó la votación Teresa en medio de un alboroto poco piadoso y más bien obsceno y entre los improperios de los frailes de Tostado. El resultado fue que el visitador general excomulgó a las votantes y echó a la calle a las díscolas.

Teresa se refugió en su convento de San José de la misma Ávila, huyendo de la trifulca, y fue ahí donde tuvo noticia de que Juan de la Cruz y su compañero, Germán de San Matías, habían sido apresados por aquellos bárbaros enfurecidos. No tenía ni idea de dónde podía estar fray Juan. Decían algunos que camino de Roma, pero no. Y aunque se lo habían llevado de noche y con los ojos tapados, y él mismo no sabía en principio dónde estaba, se hallaba en el convento de Toledo donde lo había juzgado el siniestro Tostado y donde lo dieron por rebelde.

Peleas tormentosas.

Y pasábamos ahora de un nuncio y un rey virtuosos que habían apoyado a Gracián en España frente a Roma y, muerto el nuncio favorable, sólo le quedaba a Gracián el rey, y el rey no se fiaba nada del nuncio que le habían mandado.

Ya sabía yo que lo mismo que las dificultades en la vida conducen con frecuencia a las parejas al desapego puede ocurrir lo contrario, que las cosas cuando van mal lleven a las parejas a estar más unidas.

—Una historia de amor muy dolorida, fray Casto —dijo nada más verme fray Humberto, a quien el prior de nuestro convento nada le había comentado de mis papeles y sí de mi desnudez, con lo que se alborozó más fray Humberto contando detalles sobre mi modo de estar en la celda que preocupado se encontrara por el daño que nuestro prior hiciera a mi novela rompiendo el breve texto.

—Sí, padre, una mala historia —intervino Ronald—, puesto que se trataba de una guerra que Gracián, que tan pretencioso era, querría haber dado por acabada hace tiempo y no tener que entenderse de nuevo con los calzados.

No es que esta vez fuera mi tío el que se propusiera poner en orden mi relato, sino que el desorden que le imponía el alcohol pudo llevarlo a recuperar la historia por donde él creía que la habíamos dejado.

Me preguntaron algunos frailecillos con sorna en el refectorio, al desayuno, si no había oído yo la noche anterior ruidos en el claustro ni había visto sombras, hombres sin hábito, que para unos se movían desnudos y para otros en algo así como en camisón. Algunos me preguntaron por el ruido de puertas en una celda, si no era la mía la que se abría y se cerraba. Decían los más que era la puerta de la celda de fray Humberto la que había movido el demonio en la noche y no el viento. Y jugaban a extrañarse de que fuera yo el único que no percibiera en la madrugada conventual cómo se movía el pecado a su aire, reían, sin que los pecadores vinieran de la calle.

Puse mi cabeza en otro sitio. Allí donde mi diablillo me invitó a ver a Gracián con tres frailes en una casa de Valladolid. Trataban de los trámites de fundación de un convento cuando rompieron su sosiego unos calzados con gente armada, organizando gran barullo —según él— y con un escribano que le notificó a Gracián que el nuncio Sega, mediante un contrabreve, le quitaba los poderes que tenía del rey, lo hacía desaparecer como visitador apostólico y el gobierno de los descalzos se lo reservaba para sí mismo. De paso lo excomulgaba y le daba seis días de plazo para que fuera a verle.

Teresa no acababa de creerse aquello que le vino por vía del rumor para angustiarla aún más.

Fray Humberto, en nuestra reunión de esa misma tarde, se decidió a darme más detalles de aquel desconcierto. Pero no dijo nada que al diablillo le divirtiera especialmente o que Ronald se hubiera callado. Dijo que Gracián caminaba a Madrid para esconderse en una casa, que no era la de sus padres, hasta conseguir ver al rey. Anduvo aquellos días por Salamanca y Valladolid, hizo estancia en Peñaranda y se detuvo en Ávila en conversación con Teresa.

—¿Y qué le dijo la una al otro? —pregunté.

Fray Humberto quiso que hablara Ronald y Ronald, con cortesía, propuso que lo hiciera el fraile.

—Le dijo, viéndolo tan contrariado como estaba —respondió fray Humberto—, que no tuviera pena por nada, que no peleaban por intereses de ellos dos, sino por honra y gloria de Dios. Y le pidió que siguiera el camino sin miedo ninguno.

—Cómo no iba a tener miedo Gracián —comenté— si sólo por la falsificación de unas bulas, y también lo habían acusado a él de falsificar bulas, el nuncio cruel acababa de hacer ahorcar a dos individuos en Madrid...

—Sí, sí —despertaba Ronald—, pero Teresa procuraba aliviarle. Unos días más tarde de haberse encontrado los dos le escribió que había sido mucha su ternura al verlo, mucha, y que se había pasado el día con el corazón afectado por verle tan apenado...

Interrumpí a Ronald para comunicar lo que en mis adentros me soplaba mi diablillo:

—Lo vi tan apenado —le dijo Teresa a Gracián—, y con mucha razón, porque lo vi en mucho peligro y lo vi andar como malhechor a sombra de tejados.

—¿Y vio al rey? —pregunté.

—No vio al rey —respondió fray Humberto—. El rey lo mandó a que se encontrara con el presidente del Consejo de Castilla y, una vez cumplido este trámite, sí que se presentó ante el nuncio y le entregó las actas y documentos de su visita. Pero el nuncio quería más: quería todos los papeles que Gracián ya no tenía. Y montó en cólera y le mandó que fuera recluido en un convento hasta que lo juzgaran.

Y al convento de Pastrana se fue Gracián. Y allí encontró, en manos del antes fiel padre Mariano, ya definitivamente rebelado contra él, una provisión real que ordenaba a todos los que mandaran algo en sus reinos y señoríos a recoger sin disculpas y llevar al Consejo de Castilla el contrabreve o mandato del nuncio que había dejado antes a Gracián sin poderes. Se los otorgaba el rey de nuevo, ahora, por medio de aquella provisión.

—Y en estas —seguía su narración fray Humberto— se presentaron en Pastrana dos calzados de Andalucía con su documento, el que a ellos les importaba realmente: el breve del nuncio que contradecía al del rey y desautorizaba a Gracián. Los descalzos de Pastrana, indignados, no querían que los del paño pusieran un pie en aquella casa, pero Gracián, que ya no podía más, rendido como estaba, los hizo pasar y les ofreció comida. Y comiendo estaban los frailes recién llegados cuando se presentó el corregidor de la villa con la provisión real que daba poderes a Gracián para enfrentarla al documento de los frailes.

—Y de documento a documento, ahora te quito, ahora te pongo, se armó la escandalera —balbuceó Ronald en un momento de escasa lucidez.

—No se armó nada porque Gracián invitó a marcharse al corregidor con su documento tal como había venido. No tenía ganas de pelea. No quería más revueltas —siguió fray Humberto— pero, sobre todo, no quería quedarse sin el favor del papa, que comprendió que era el que podía asentar la orden, y desobedecer por tanto al aborrecible nuncio no le convenía. Así que lo que tenía que hacer ahora era buscar la paz con el nuncio y abandonar al rey por la obediencia apostólica. De este modo pretendía conseguir lo que también quería Teresa: la independencia de los descalzos, una provincia aparte de los calzados.

—Sobra decir la gracia que le hizo al rey la decisión de Gracián —apuntó Ronald divertido.

—El rey se retiró de la contienda, harto de los frailes, queridos míos. No estaba a gusto, no.

—Y el nuncio, encantado.

—El nuncio nunca tuvo buen humor —dije yo— y lo de los descalzos, a los que no podía ver ni en pintura, apartados de los calzados, no le gustaba nada. Seguía furioso y con exageradas ínfulas de poder.

—Los amigos de Gracián y de Teresa, tristes, y la gente de la calle haciéndose lenguas y comentando vulgaridades —añadió Ronald.

—Los conventos —recordé yo—, para qué decir: turbados y divididos.

—Unos seguían al vencedor, otros procuraban no abandonar al vencido —apuntó uno de ellos.

—No eran menos crueles contra los descalzos —dijo Ronald— que el cuchillo furioso contra la vida. No se reparaba en nada.

—¿Y el nuncio? ¿Cómo andaba para entonces el nuncio?

—Igual de colérico o más —aclaró fray Humberto—. Cuando van a notificarle los acuerdos de los descalzos en Almodóvar, días más tarde, para constituirse en provincia aparte, en un capítulo del que Gracián había estado ausente por propia voluntad —describió el fraile—, las palabrotas salían a raudales por aquella mala boca y decían que la indignidad se mostraba en sus asquerosas palabras de insulto, sobre todo, con Teresa. Bueno, como que los excomulgó a todos y al primer definidor, un fraile viejo, lo encerró en un convento.

—Vaya panorama...

—Vaya panorama, sí, porque sometió a los descalzos y a las descalzas a la autoridad de los calzados —concluyó Ronald.

Ana de San Bartolomé, que era la secretaria de Teresa, es la que cuenta con detalle cómo lloraba la madre aquella noche de la víspera de Navidad al conocer la suerte de su padre Gracián. Por si no le bastara lo que estaba pasando con sus monjas de Sevilla y lo que ella misma sufriera en Ávila, a Gracián le acababan de leer la sentencia en el convento del Carmen de Madrid, donde había sido recluido de inmediato por el nuncio inclemente a la espera de juicio.

Privado en la sentencia de cualquier poder, que eso a aquellas alturas venía a ser para él lo de menos, disminuidas sus fuerzas y su osadía, Gracián tenía tres días de plazo para encerrarse en el convento de Alcalá de Henares y ni escribir cartas a nadie ni recibirlas se le permitía. Si acaso a su padre, a su madre y al nuncio, pero a nadie más, y menos a monjas, que de su relación con las monjas se desprendía lo más turbio de cuantos desmanes se le acusaba. Al menos le dejaban decir misa y predicar, que para él no era poco.

—Es verdad que Teresa lloraba sin consuelo por su padre Gracián —me autorizaba a escribirlo con su crecido énfasis mi tío Ronald, asintiendo a lo que yo contaba—, pero lloraba también por sus monjas de Sevilla. Sevilla volvía a amargarle la vida a Teresa...

Fray Humberto, como hacía casi siempre que tenía fresco un dato, no me dejó seguir hablando: se aprestó a recordar que la mano del nuncio era tan tenebrosa como larga y la había tendido hasta Sevilla con la ayuda de fray Diego Cárdenas, al que había nombrado provincial de los calzados para restablecer el orden en los monasterios de los descalzos. Y de las descalzas. Porque empezó por la casa sevillana que fundó Teresa y donde Teresa había dejado de priora a María de San José. Y nombrar a María de San José en las circunstancias en las que fue nombrada era para los calzados lo mismo que nombrar a Gracián; para sus enemigos no es que Gracián y aquella monja sólo se hubieran solazado en la cama, sino que al parecer no salían de ella. Así que lo primero que hizo Cárdenas fue cambiar de priora y donde habían puesto a la muy letrada María de San José colocaron a la bobalicona de Beatriz de Chaves, ya para entonces un títere indocumentado, tan devota de Gracián cuando llegó al convento y entregada por completo ahora a la furia de Cárdenas, que era la misma que la del nuncio. Aquella bellaca, toda una perturbada, había engañado a Teresa cuando la recibió en Sevilla, pero a la espabilada de María de San José, que tenía mejor olfato para las locas, no consiguió engañarla. Y el que también engañó a Teresa y no a María de San José ni a Gracián fue un clérigo desmadrado en el sexo y muy corto de entendederas, un tal García Álvarez, que había ayudado a la fundadora en sus tiempos de Sevilla a buscar otra casa para el nuevo convento y al que Cárdenas recuperó enseguida para que le ayudara en sus vilezas y lo hizo confesor de las monjas. María de San José lo había puesto en la calle porque estaba compinchado con la perturbada Beatriz de Chaves, a la que confesaba durante horas y horas para escuchar sus revelaciones falsas y, al tiempo, las quejas de las monjas de las que decía que la desnudaban para reírse de su cuerpecito gordo y blanco y burlarse de ella. Este simple de García Álvarez, guapo y altanero además de tonto, llamaba a las novicias y bajo amenaza les mandaba a que llevaran al provincial los cuentos que él mismo se inventaba sin que ellas supieran para qué. Y este mismo botarate enloquecido fue el que se inventó con la imbécil de Beatriz de Chaves, en medio de las alucinaciones a las que se entregaban los dos, todo el repertorio de infamias contra María de San José, ya recluida en la cárcel del convento sevillano para que la Inquisición le cayera encima.

—Lo cierto es —siguió fray Humberto su relato— que Teresa sabía bien que en Malagón, por ejemplo, les había dado a las monjas por abofetearse o pellizcarse haciéndose mucho daño y que ella misma había tenido que intervenir para que dejaran de mortificarse de aquella manera. Pero de eso a que su Gracián hubiera dormido en el Carmelo de Sevilla o se hubiera cambiado allí de ropa, y menos que hubiera bailado desnudo en medio de las monjas, abrazándolas y besándolas con regocijo, como decían, había un largo trecho de malas intenciones y mentiras demoníacas. Y no quería ni pensar en lo que habían dicho de ella y de Gracián, sobre sus relaciones, que ahí sí que se habían explayado los acusadores como los seres infames que eran. Escribió: «Ya que mienten, más vale que mientan de suerte que nadie los crea, y reírse».

Tengo que decir que así como a mi diablillo estas acusaciones solían excitarle, parecía ahora más bien compadecido por la amargura y la impotencia de Teresa y a mis labios llevó la misma lástima que por dentro me inspiraba.

Por eso, aproveché un respiro de fray Humberto para hacerle caer en la cuenta del desvalimiento de la siempre decidida Teresa para defender a sus monjas, para poder declarar y negar las asquerosas acusaciones, para admitir que si hubo monja que las diera por buenas es porque las había de poco entendimiento, y a esas, sometiéndolas a interrogatorios de seis horas, les hicieron firmar lo que les convenía a ellos. A gritos ensordecedores, que aquellos frailes lo hacían todo a gritos para que se oyeran los improperios en la calle, interpelaban a veces a las monjas. Como había hecho con un crucifijo en la mano el propio Cárdenas, durante horas y horas, con María de San José arrodillada a sus pies. Aquel zafio cruel la mortificaba con odio y la denigraba llamándola revoltosa y falsa, como las palabras más suaves, y suave era aún que la llamara traidora, porque quizá no dejara de llamarla ramera y concupiscente evocando escenas de sexo con Gracián que el mismo Cárdenas se inventaba. Que llamara a Teresa vieja ruin y bellaco a Gracián era poca cosa al lado de las miserables palabras que María de San José tuvo que oír de aquel rufián con hábito.

—Sí —se desveló provisionalmente Ronald, y cambió de tercio como a veces hacía—. Es verdad que Teresa no pudo declarar en Sevilla ni hacerlo por carta. O mejor dicho, por carta sí lo hizo. Que lo que tú has contado que desmintió ella lo escribió en una carta dirigida a su buen amigo el fraile cartujo, el padre Pantoja, que la ayudó en Sevilla a levantar el convento.

—No fue una carta, que fueron dos —precisó fray Humberto, con cara de atribuir al alcohol la equivocación de Ronald—. Una al cartujo para María de San José —puntualizó—, que estaba incomunicada en aquella prisión y sólo él podía llevársela, y otra para el propio cartujo, abierta, para que se convenciera de la falsedad de aquellos rudos y sangrantes testimonios.

—Qué Navidad para Teresa —quise decir como si terminara un capítulo.

Pero Ronald tenía que añadir lo que se le antojaba y dijo:

—Peor que la anterior, que lo que estaba pasando en esta Navidad superaba en daño para ella el gran dolor que le había traído su caída por las escaleras del coro en la Navidad del año anterior, una Navidad que, para más desgracia de la mucha que padecía ya, la dejó manca.

—En todo caso —quiso tener fray Humberto la última palabra—, con Gracián preso en Alcalá y María de San José recluida en Sevilla no podía ser aquella Navidad una Navidad alegre para Teresa.

—Tampoco lo fue, naturalmente, para Gracián —acabé yo— y, por lo que contó María de San José, menos para ella misma, que se quejaba de que la tenían tan guardada que no la dejaban hablar ni tratar con nadie. Ni siquiera con las hermanas.

Aquella otra mañana volvió el prior a visitarme con su silenciosa curiosidad o vigilancia. Y lo que hizo esta vez fue acercarse a mi modesto escritorio y tomar los papeles que allí había. Cuando hubo leído el repertorio de calumnias contra Gracián que en una de aquellas tardes anteriores me había dictado Ronald, y que leyó más de una vez con mucho detenimiento, vino a decirme que ya sospechaba él que era de los supuestos desvaríos de la orden de lo que yo venía escribiendo, sin saber más de lo que ya tenía escrito. No diré que el miedo me apagó las ganas de seguir escribiendo ni que por temor a que me cambiara de lugar o me expulsara del convento fuera a darle explicaciones, que ya me había levantado yo esa mañana con ganas de irme. Tengo que confesar, no obstante, que tuve la tentación de abandonar mi novela. En cualquier caso, el prior no se llevó mis papeles, los rompió allí mismo, lo cual podía indicar que no necesitaba más para reprobarme; pudo en aquel momento tomar una resolución para un castigo y no lo hizo. Le bastó con mirarme con desprecio y, sin decir nada, dar a entender que tendríamos que seguir hablando.

Los que seguían hablando ahora eran Ronald y fray Humberto. Hablaban del nuncio Sega y el poder, mientras consumían la botella de whisky entre los dos, más pródigo mi tío en servirse que el fraile, y con esto parecía que no entendieran ya al nuncio en su manía por Gracián y en su odio porque le había entorpecido su mando con humillación, según su entender, al no poder brillar como hubiera querido desde el principio. Daban por natural que los hombres de Dios ofrecieran la impresión de que no estaban hechos para la corte celestial sino para este mundo.

Enfadada estaba Teresa cuando supo de las malas artes de tres frailes descalzos que escribieron al nuncio para contarle que Gracián seguía mandando sobre los descalzos por mucho que él lo hubiera privado de voz. Cuenta el mismo Gracián que dos de ellos «murieron de enfermedades muy trabajosas y con grandes dolores» y el otro abandonó el hábito del Carmen y andaba descarriado.

A Sega, que hacía caso de cualquier murmuración coincidente con sus deseos, todo se le iba en aclarar a los comisarios jueces, nombrados por el rey entre sus predicadores, conocida la voluntad del monarca ahora para que se diera satisfacción al nuncio por su altísima representación y por su propia conveniencia, que no iba a por Gracián porque no lo hubiera respetado en sus funciones, sino por las denuncias contra él de los frailes andaluces que obraban en su poder y que lo obligaban a un indiscutible castigo para fray Jerónimo. Que no iba contra los descalzos, mentía con toda rotundidad a los comisarios, sino por el rebelde y contumaz Gracián.

Los comisarios no las tenían todas consigo y le proponían al nuncio tratar de resolver primero la situación de los descalzos y abordar después el juicio de Gracián.

Pero no hubo quien convenciera al representante del papa de que el orden fuera otro que el que él proponía con terquedad; es decir, el contrario: ir primero a por Gracián, que era su obsesión.

—Fíjese en lo que le habían aconsejado los comisarios a Gracián —oí de pronto que decía Ronald a fray Humberto en medio de su conversación—. Le habían pedido que para no alargar mucho lo que era más importante, conseguir pronto que el Carmelo descalzo tuviera una provincia independiente, y acabar definitivamente con esas luchas, Gracián asumiera una pena que calmara las iras del nuncio y se pudiera seguir adelante a favor de los descalzos. Y fue Gracián y aceptó, el muy tonto —siguió Ronald, indignado—, las acusaciones de los dos traidores descalzos y las muchas otras de los calzados andaluces. Eso sí, las fue refutando una a una y se entregó después en cuerpo y alma a lo que el nuncio quisiera hacer de él.

—Así pues, más de un año encarcelado en Alcalá hasta que en una visita del nuncio al rey le dijo el monarca al prelado que bastaba ya de castigo. Y tuvo el nuncio, muy a su pesar, porque el odio hacia Gracián lo tenía muy cultivado, que levantarle la pena.

—¿Y Teresa mientras tanto? —preguntó Ronald como el que ya conoce la respuesta. Y como mi amigo fray Humberto y yo nos encogiéramos de hombros sin saber qué quería decir con aquello, recuperó su discurso—. Teresa, mientras tanto, no había parado de escribir cartas a la corte, ya fuera a la duquesa de Alba para que consiguiera que entrara en el tribunal un fraile amigo, ya fuera a un jesuita notable o influyente o al guarda mayor de los montes del rey.

—Menos mal que hoy hay buenas noticias en clase —bromeó Ronald cuando fray Humberto y yo llegamos a su casa aquella otra tarde.

Como nos viera al fraile y a mí con el ánimo diezmado, quiso recordarnos que mientras el gobierno de los descalzos se decidía definitivamente en Roma, y podría ir para largo su constitución, nos explicaba Ronald, como el nuncio vil había aceptado con resignación en un documento que alguien tenía que gobernar a los descalzos y descalzas mientras tanto, y nada le podía parecer a este más propio para fastidiar que nombrar a un calzado, fue y nombró a uno de los del paño. Lo que pasó fue, sin embargo, que esta vez, quizá por error, nombró a un calzado que quiso llevar paz y sosiego a los conventos de unos y de otros y se propuso recomponer lo deshecho en los meses anteriores. Nombró el nuncio, pues, a un fraile calzado que era, no obstante, un hombre honrado y bueno, blando, discreto y siervo de Dios. Y que si decía que tenía estas cualidades, dijo Ronald hablando de él, no era por conocimiento propio, naturalmente, sino que empleaba palabras de Gracián para describirlo. A fray Jerónimo le atenuó las restricciones, aunque no pudo evitar el castigo que el nuncio tardaría un año en levantarle; a Teresa, encerrada a la fuerza en Ávila, la puso en libertad para visitar conventos, aunque le encareciera mucho que se dejara de nuevas fundaciones por ahora, no fuera que el nuncio se irritara con ellas y hubiera de regresar a donde habían estado. Por lo demás, convencido como se encontraba de que el juez había visto sangre donde no la había, recolocó a María de San José de nuevo en su puesto de priora y ordenó obediencia a ella a las monjas de aquel monasterio.

En ese documento del nuncio, firmado con desgana y mala baba, todo su empeño anterior se iba al garete, después de admitir lo contrario de lo que había sido su malvada estrategia, pero esta no acababa del todo: seguía odiando a Gracián.

Hasta que llegó el día en que tuvo que concederle la libertad, muy a su pesar, y los frailes del convento de los Remedios de Sevilla lo eligieron prior por unanimidad, el buen padre Salazar lo confirmó en el cargo y más tarde se convirtió otra vez en comisario y visitador de los conventos descalzos de Andalucía.

—Y a vueltas con la historia —dijo Ronald—, acusando la reiteración del lío que parecía ahora resolverse.

—Hay que ver cómo esa gente de Sevilla pasaba una y otra vez de vilipendiar a un hombre a honrarlo, de enfangarse contando de alguien las mayores bellaquerías a glorificarlo de nuevo.

—Dígaselo a Teresa, que tenía de esa gente la peor opinión —comenté.

—Sí, claro. Menos mal que el buen padre Salazar, delicado de salud, prefirió dedicarse a sus conventos de Castilla y dejarle a Gracián la carga de los andaluces.

—Con firmar lo que fuera le bastaba y con Gracián contaba no sólo para los asuntos de los descalzos sino también para lo que afectaba a los calzados, que seguía siendo mucho.

Así que, otra vez en Sevilla, territorio de las habladurías y de los chismes, encuentra Gracián los aplausos, sobre todo, de las señoras. Y tanto es así que Teresa parece partirse de risa con María de San José al comentar lo que las viejas devotas decían a la puerta de la iglesia, que lo mismo declaraba una, antes de que Gracián llegara, que tenía bien guardadas en un papel sus cenizas, porque el nuncio había mandado quemarlo, que llamaban otras al verlo llegar a todo aquel que quisiera contemplar el milagro de que un quemado predicara a sus anchas.

Quizá esperaran de su sermón un alegato enardecido y se quedaron con las ganas: fue sencillo y sin pretensiones y mucho menos hubo en él quejas o alardes de triunfador.

No era aquel el lugar para explicar que, aunque de Madrid venía con poderes, el camino de la corte a Sevilla no había sido del todo bueno.

Pero no paraban los calzados. Tenían hasta la mitra al secretario del papa con sus maledicencias y sus quejas, pidiendo por supuesto que les quitaran a Gracián de en medio, que era muy joven para visitador y muy desobediente, que la constitución de ellos exigía al menos diez años de antigüedad en la orden para ser prior y aquel mozo no pasaba de tres, y que ni había temido la excomunión ni hacía caso al padre general. Y que se permitía esas licencias por ser hermano del secretario del rey.

—Teresa, mientras tanto, siempre orgullosa de su Gracián —dije—, alababa a Dios a cada rato por sus sermones y por los frutos que daba la brillantez de esas predicaciones. Estaba deslumbrada.

—No se olvide —advirtió fray Humberto— que temía siempre por él con amor de madre.

—Todas las enamoradas son un poco madres.

—No arrime el ascua a su sardina, fray Casto.

—Descuide, no lo haré. Pero después de sentirse tan satisfecha de los sermones de Gracián, bien que le advirtió que los moderara porque siendo tantos iban a acabar haciéndole daño.

Y ya estábamos a punto de marchar cuando quiso recordarnos Ronald que entre las cosas que había hecho Gracián por el camino estuvo la ceremonia de imposición del hábito a un italiano, Nicolás Doria, hombre que sabía de cuentas y que había orientado al arzobispo de Sevilla en las suyas.

—Ay, Doria, Doria —exclamó Ronald—, si yo les contara...

—Ya llegará el momento —lo detuvo fray Humberto.

Fray Humberto y Ronald se guiñaron un ojo.

# VII
## LA AUSENCIA

Quien no conozca el amor jamás conocerá
qué es la tristeza.

Dylan Thomas

Fray Humberto no parecía preocupado por el mandato de
nuestro prior de Segovia de que hasta nueva orden ni me
viera a mí ni saliera de casa. Era yo el que andaba preocupado por su desobediencia, puesto que no sólo seguía en-
contrándose conmigo sino que había salido del convento
para juntarnos en casa de Ronald. No le habíamos dicho a
mi tío una palabra de aquel conflicto nuestro ni en el sem-
blante de fray Humberto se reflejaba preocupación alguna,
aunque quizá la barruntara Ronald.

—No me vengáis con preocupaciones de vuestro convento que he preparado hoy un cóctel para celebrar la alegría de los descalzos y las descalzas con su independencia
de los calzados y su gobierno propio. Eso había sido lo que
el rey pidió al papa. Teresa estaba tan eufórica con la independencia de los suyos y las suyas —iba narrando— que
quiso que se mandara a dos frailes descalzos a Roma para
que movieran mucho el asunto en la curia. Y quiso hacerlo
con tanta discreción, no fueran a levantarse otra vez rece-
los, que tuvo la idea de que no acudieran a Roma con há-

bito sino vestidos de seglares —Ronald celebraba el ingenio de Teresa— y pasaran allí el tiempo necesario para sus intrigas a costa del dinero que ella pidió a las monjas, porque los frailes, eso sí, según tengo entendido, parece que se rascaron poco los bolsillos.

A Ronald le divertía lo del disfraz de los frailes y sentí por dentro como un pellizco de mi diablillo para que me divirtiera yo también con la ocurrencia de la madre.

—Tiene razón, Ronald —dijo fray Humberto, queriendo ocultar su pesadumbre—, parece que la lección de hoy va de buenas.

Y la noticia que llegó al fin con el breve del papa después de un año, dándoles la alegría de su independencia dentro de la orden, les llegó a Teresa y a Gracián cuando estaban juntos, afortunadamente, en Valladolid.

Lo que pasó fue que la alegría tuvo sus entuertos para Gracián porque la felicidad entre aquella gente nunca era completa. Ronald pasó a contarnos que no fue cómodo, ni mucho menos, su camino en un duro invierno a Elvas, donde estaba la corte, para que le entregaran allí cuatro cartas del rey que estaba dispuesto a pagar los gastos del primer capítulo provincial de los descalzos que se iba a celebrar en Alcalá de Henares. Una de las cartas estaba dirigida al nuncio, que la recibiría con tan mala gana como todo lo que tuviera que ver con el bien de Gracián, pero en la que el rey le dio para fray Juan de las Cuevas, que tenía encomendado presidir el capítulo, Felipe II no se paró en barras a la hora de distinguir a Gracián, a quien tuvo por docto y tan celoso del bien de la orden que le pidió a fray Juan que le diera todo crédito y aprovechara lo que él dijera que había que hacer tanto en ese momento como en el futuro. Parecía una orden dada, eso sí, con mucha delicadeza.

—Y si encantado estaba el rey por entonces con Gracián

—avisé a mis compañeros, alumnos de historia en nuestro repaso—, tan encantada como siempre estaba Teresa con él, que lo tenía ya por su candidato predilecto para ser provincial de los descalzos.

No me dejó terminar fray Humberto. A veces daba la impresión de que aguar la fiesta o la fiesta aguada le agradaba tanto como a mi diablillo. Nos advirtió enseguida que, por mucho que Teresa quisiera a Gracián a la cabeza de aquellos frailes, ya andaban algunos de los descalzos intrigando, dijo ella que en un bandillo aparte, para quitarse de en medio a Gracián y elegir a otro.

—Teresa no entendía lo que pasaba —adujo Ronald— y Gracián estaba ya más que harto, de modo que había mandado a la puñeta esos cargos y quería verse libre. Pero buena era Teresa para consentírselo, y además contaba con el apoyo de sus monjas, que admiraban con toda el alma a Gracián y rezaban por que fuera él el provincial de la descalcez.

—Teresa no entendía a los conspiradores —dije.

—¿Y cómo iba a entenderlos —explicó fray Humberto— si por un lado estaban los mortificados aquellos de las desmadradas penitencias de la monja macho de la Cardona y por otro los amigos de la reforma? Eso sí, a unos y a otros los unía una satisfacción: la de haber sido separados de los del paño.

Por lo demás, andaban enredando con las constituciones, aún no elaboradas, y ya sabían que Teresa quería que los maestros de su Carmelo fueran gente letrada y no ignorantes. Sabían bien que ella era amiga de contar con frailes limpios y sabidos, de tanto gusto como tenía por las letras y lo poco que le agradaban las desmesuras penitenciales y los malos olores de los guarros. Los otros, sin embargo, lo que querían era que ningún fraile se graduara de maestro, licenciado o bachiller, ni optara a cátedra alguna. Gracián, naturalmente, estaba en la misma línea de Teresa y, por tanto, con pocas ganas de gobernar a aquellas acémilas. Decían de Gracián como gran defecto que había pretendido cátedras para él y para sus frailes más cercanos y que le gustaba dispensar los ayunos y las abstinencias de carne y conceder salidas a la calle y permitir las faltas al coro. Mi diablillo me advirtió que no olvidara que volvían a repetir lo del gusto de Gracián por vestir lienzo y le hice caso con una carcajada que no entendieron ni fray Humberto ni mi tío.

Añadió el fraile que no había que olvidar que acusaban a Gracián de estar influido por una mujer, Teresa, y que el hecho de que ella hubiera puesto los ojos en él determinaría su destino. Lo envidiaban por ser el predilecto de la fundadora, porque le costaba obedecer, según ellos denunciaban.

—No le perdonaron nunca que se dejara llevar por una mujer, no.

—Una mujer, por cierto —señaló Ronald—, a la que ni se nombraba en el texto del papa en el que se describía la historia de los descalzos en España. Como si ella no hubiera pasado por allí ni tuviera nada que ver con los cientos de religiosos y religiosas que tenía ya en las clausuras de sus veintidós conventos. Como si no la hubieran puesto en solfa por atrevida y no la hubieran menospreciado y descalificado con deshonra por hacer cosas o pensarlas que se tenían por iniciativas o reflexiones propias de hombre. —Y pasó a indignarse mi tío—: Que no se dijera que primero fueron fundadas las monjas y después los frailes y que la que lo organizó todo desde su inicio se llamaba Teresa de Jesús, hurtándole el mérito, era el colmo. Pero la madre no quiso que se hablara de ella ni de sus monjas, lo que quería que se supiera es que existían.

Además los infames se empeñaban en que Gracián mandaba mucho y nunca había dejado de mandar ni siquiera recluido. También lo acusaban de ser un relajado y, otra vez con la carne, y venga con la carne, se reía el diablillo; lo acusaban de comer carne como los calzados.

—Y lo que anhelaba ahora Teresa —dije yo con ansias de regresar a mi convento y ver cómo iba a regañar el prior a fray Humberto y con qué consecuencias, por haber salido a la calle cuando el superior le había impuesto el retiro—, lo que quería Teresa era derrotar a aquellos intrigantes y ver a su Gracián elegido provincial.

En una carta a fray Jerónimo, antes del capítulo, después de entrar en algunos detalles sobre los movimientos que advertía entre los electores, aquellos farfulleros enredadores, y comprometer a Dios en que lo resolviera como debería ser, le desea a Gracián con la misma ternura de siempre que Dios lo encamine y lo guarde, que por malo que sea lo que pase tenga la claridad de que lo principal ya está hecho.

Nos íbamos ya fray Humberto y yo. Ronald, sin embargo, parecía seguir dispuesto a narrar en un arrebato, aunque fuera para él solo, aquellas elecciones a provincial en las que el candidato indiscutible para Teresa era Gracián, como ya habíamos sabido.

—Entre aquella gente —comentó Ronald— siempre había conflictos. Y eran tantos que Gracián estaba por tirar la toalla.

Lo cierto fue que, aunque por pocos votos de diferencia, Gracián se hizo con el cargo de primer provincial de los descalzos, pero con un equipo de tres definidores que no eran precisamente de los que pensaban como él, excepto Juan de la Cruz, que era uno de ellos, pero con el que se podía contar poco de tan embebido como estaba siempre.

—Se salió Teresa con la suya —interrumpí a Ronald

echando en falta que lo hiciera fray Humberto, que tenía ganas de irse.

—Se salió con la suya —dijo mi tío— y tan pronto tuvo noticia del nombramiento le escribió a Gracián y, más alegre que unas pascuas, se declaró sierva, hija y súbdita de él.

«¡Y de qué buena gana!», dijo.

Los frailes del convento de Segovia observaban con mirada atravesada y ansias de preguntarme si sabía dónde podía encontrarse fray Humberto al que daban ahora por desaparecido. Sospechaban que, de un momento a otro, pudiera escaparme yo para encontrarme con él en algún lugar. Y como metido en aquella angustia por su ausencia, que nunca pensé que pudiera llegar a ser tal, decidiera no salir de allí ni a la casa de Ronald, no sólo aumenté las sospechas sino que fui llamado por el prior para preguntarme qué tramaba.

Sentí mucho no haber ido a la casa de Ronald porque la lección correspondiente a aquel día iba a tener por protagonista a un personaje, el padre Doria, que al ser nombrado en nuestras conversaciones, siquiera de paso, alertaba a Ronald para exclamar, como siempre que lo oía nombrar: «¡Ay, Doria, Doria!».

Ronald, confundido con la desaparición de fray Humberto y con mi falta a la clase de aquella tarde, se presentó a la mañana siguiente en el convento y, después de consolarme por lo acongojado que me encontraba, seguro él de que a fray Humberto lo habían trasladado con sigilo y sin dar cuenta a nadie, sin ofrecerle siquiera la oportunidad de haberse despedido, me daba a mí la esperanza de que pronto recibiríamos noticias de él.

—Ahora tendremos que seguir nosotros con la novela —trató de animarme.

Y antes de irse me dejó unos papeles en los que me entretuve.

Él solo se había enfrentado por su cuenta la tarde anterior a la figura de Nicolás Doria. Y empezó a contar, a su modo, sin nadie que pudiera hacerle caso, quién era aquel Doria que había deslumbrado a Teresa, quizá cuando esta empezara a desconfiar un poco de Gracián o a creer que el descalzo erraba a veces sin darse mucha cuenta de ello. Decía Ronald que eso era lo que termina ocurriendo en todas las parejas, que a medida que amaina la ceguera del amor y viene más luz para ver el defecto del otro, no es que el amor cese, o al menos no en todos los casos, sino que empiezas a ver lo que antes no veías.

En el caso de Teresa, escribió Ronald, sin dejar de preocuparse por su padre Gracián ni dejar de tenerlo por un don de Dios y el primero en sus afectos. Y aunque Teresa hablara de la virtud de Doria, que lo veía un hombre de mucha perfección y discreción por más que pasara de los cuarenta años cuando tomó el hábito, Ronald estaba convencido de que este Doria, que ahora era fraile y se llamaba en religión fray Nicolás de Jesús María, había fascinado a la madre más por la tierra que por el cielo. Porque bien sabía ella lo experto en finanzas que era Doria, muy listo para los negocios materiales, y cómo le había arreglado las cuentas al mismo buen arzobispo que le dio a ella la licencia en Sevilla y se le arrodilló en el convento. Y añadía Ronald que a Teresa, que velaba lo mismo por la buena hacienda de sus conventos que por el alto espíritu de sus descalzos y descalzas, todo hombre que resolviera la intendencia le venía bien.

Doria había llegado al convento de los Remedios de Sevilla, donde Gracián lo ordenó sacerdote, después de una vida alegre y casquivana de la que aún guardaba los modales cuando lo conoció Teresa, por lo que decía Ronald. Lo que no sabía mi tío, yo mucho menos, era si conocía ella a ciencia cierta que venía de alegrar el cuerpo en demasía o, sabiendo que lo había alegrado mucho, le importaba un rábano. Que se cayó del caballo como un converso y se salvó de un naufragio y se llevó un susto, sí lo sabía Teresa. Por eso estudió arte, lo cual ella valoraba mucho; también teología, que lo más que podía gustarle era discutir con teólogos. Y estudió moral. Y en tiempos de persecución, dijo ella, cuando unos estaban encarcelados y otros desterrados, la ayudó mucho. Le parecía para eso un mérito que Doria anduviera en el monasterio carmelita de los calzados de Madrid con disimulos, que para la intriga era un artista, y que los calzados lo dejaran estar allí sin caer en la cuenta de sus engaños. Cuando ella estaba en Ávila se carteaban y se daban consuelo el uno al otro y no evitó contar que, de entre todos, era Doria uno de los que más quería. Aunque cuando le cuenta esta admiración a Gracián, quién sabe si para aplacar los celos, le aclara que Doria no tiene comparación con él, que le parece cuerdo y de buen consejo, entre otras cosas, pero que no tiene la gracia ni «apacibimiento» tan grande como le dio Dios a Paulo, es decir, a su Gracián.

Ella había visto a Doria como una mano salvadora que le llegara a aquel Carmelo y lo manifiesta así a quien quiera oírla. A Gracián, por supuesto, pero también a María de San José, que conoció a Doria en Sevilla y tuvo muy distinta opinión de él. No pensó la monja joven como Teresa que Doria pudiera ser el pilar que necesitaba la descalcez, y menos que si Gracián se aviniera bien con él, como no dudaba Teresa que habría de hacerlo, aunque sólo fuera para darle consuelo a ella, que así lo escribió, eso daría buen resultado.

«Así que Teresa —escribió Ronald en los textos que me dejó aquella mañana—, como no tenía ojos sino para Gracián, y Gracián era lo mejor que Dios había hecho en hombre, tal vez después de su hijo Jesús, y de san José, del que ella era tan devota, empezó a ver en Doria una cosa semejante.»

Y estaba tan convencida de los valores de Doria que cuando este le escribió desde Pastrana, quejándose, porque se sentía relegado como un simple prior, y culpando sin duda a Gracián de que no lo hubiera subido más alto —ya se le empezaba a descubrir la ambición con descaro—, ella trataba de confortarlo diciéndole que si el padre Gracián lo había mandado a Pastrana era porque mucha necesidad de un prior como él tendría aquella casa, que si no al provincial, o sea, Gracián, no se le hubiera ocurrido apartarlo de su lado.

«Y va y lo anima —seguía escribiendo Ronald con un poco de enfado— a que no deje de escribir al padre Gracián todo lo que se le ocurra.»

María de San José conoce a Doria, y a ella no la engaña; también conoce muy bien a Gracián, vaya que si lo conoce, y sabe que, como dicen algunos de sus enemigos, Gracián gusta de hacerlo todo a su propia manera.

«Y no hace falta ser muy listo para advertir —volvía Ronald en su escrito a su evidente antipatía por Doria— que poca gracia debió hacerle a Gracián este deslumbramiento de Teresa por aquel fraile inquieto por gobernar y tan enamorado de sí mismo. Pero a Pastrana lo había mandado de prior nada más lo ordenaron y no era poca cosa para fraile tan nuevo, aunque tan viejo. Después, por la mucha insistencia de Teresa, que le repetía a Gracián que lo hacía por él, por que tuviera a su lado alguna persona que le pudiera ayudar y que a ella le complaciera —dice Ronald que desconfiando ahora de que Gracián diera para tanto— se lo impuso como socio, como segundo de a bordo. Y consiguió que fuera elegido primer definidor.»

Escribió Ronald que él estaba seguro de que Gracián la oía como cuando entraba en algunas de sus imaginaciones y fantaseaba más de la cuenta. Y de lo que no dudaba, por supuesto, era de que Teresa quería el bien de Gracián con esa ayuda y que buscaba así aliviar la pena que sentía por él, viéndolo poco ayudado. Ella estaba convencidísima de que Doria era un hombre de sustancia y muy humilde y penitente y tan puesto en la verdad que sabía muy bien ganarse todas las voluntades.

Y terca como era le insiste a Gracián una y otra vez en que no descuide a Doria, que, o ella está muy engañada, como recuerda Ronald que es lo que cree María de San José, o Doria ha de ser de gran provecho para muchas cosas.

La lucha de ella por Doria no cesa: le avisa a Gracián de que por ahí van diciendo que no le gusta tener con él a personas de valía. Y Gracián que, según Ronald pensaba, no tragaba a Doria, y le enfadaba que Teresa hiciera tanto caso a lo que el propio Doria se encargaba de propalar para su provecho, fue y mandó a fray Nicolás a Italia con una misión: presentar ante el general de la orden la confirmación de su nombramiento como provincial y, con ella, los respetos de todos los descalzos.

Aquel mandato tenía toda la apariencia de ser un honor con el que lo distinguía, ya que era italiano, de porte ilustre y habilidades diplomáticas, pero los frailes del entorno lo vieron como una manera de apartarlo y el propio Doria se resistió en principio a viajar a Italia.

Claro que debió de pensárselo mejor —Ronald no abandonaba sus sospechas mientras escribía— y se fue a Génova, su ciudad natal, para hospedarse precisamente en el convento de los calzados y dejarse conquistar por ellos.

Y hasta tal punto intrigó y se complació en aquel convento con la fatuidad que lo caracterizaba para darse pisto que los calzados le ofrecieron que se fuera al Carmelo calzado y le prometieron incluso ser prior.

«Una joya», ironizó Ronald en su escrito para acabar.

Había caído la tarde, desaparecida ya la luz que incendia al final del día las piedras brillantes de Segovia con el fulgor del rojo dando fiesta a los ojos; llamaban a la hora santa las campanas vecinas del convento carmelitano de San José. Ronald no acababa de explicarse que no hubiera llegado fray Humberto a su casa para lo que él llamaba la clase de esta tarde. Fray Humberto seguía sin aparecer. Ni en la capilla ni en el refectorio, tampoco en la biblioteca o por los pasillos del claustro, había logrado yo verlo en aquellos días; los frailes de confianza a los que pregunté por él tampoco lo habían visto. Fray Leoncio, el hermano portero, que nos vigilaba más de la cuenta a él y a mí, y siempre con mala cara, tosco en los gestos y bastante desabrido en sus modos, respondió con un exabrupto cuando le pregunté por fray Humberto. Y me reprochó, sin que viniera a cuento ni fuera de su incumbencia, lo descuidada que tenía yo la sacristía a mi cargo por estar siempre a las faldas de ese fraile.

Nada dijo de si lo había visto entrar o salir y la única certeza que parecía tener era la que yo tenía: que a aquellas horas fray Humberto no estaba en la casa. Confié, no sé por qué, en que llegara a la de Ronald, pero pasaba más de una hora ya y tampoco aparecía. Mi tío, que tenía preocupación semejante a la mía por la ausencia de fray Humberto, decidió con guasa que no podíamos suspender nuestra clase por falta de un maestro.

Fue entonces cuando me apuntó que en la novela de amor que andábamos persiguiendo llegábamos ya quizá a un leve motivo de desengaño, porque cuando Gracián visitó a Teresa en Palencia, por ejemplo, adonde ella había ido a fundar, después de pensárselo mucho y darle vueltas y vueltas a lo que le convenía y a lo que no, le reprochó la fundadora a Gracián que no estuviera con ella y con sus monjas el día del traslado a la nueva casa que tantos desvelos le había costado y delegara su presencia en otros.

Y como él se justificara con que andaba entretenido en fundaciones como la de Valladolid o atareado en la impresión de las nuevas constituciones, le respondió ella que retrasar lo que fuera ocho días más o menos hacía poco al caso.

—A él le entró mala conciencia de dejarla sola —comentó Ronald— y se justificó a sí mismo porque creía que la envidia de muchos les quitaba a los dos la alegría de andar juntos, y es que, de tan estrecha amistad como la de ellos, llegó a reconocer, abundaban las murmuraciones.

—De ahí la queja al decir que, desde que ella puso los ojos en él, le cayeron todas las desgracias.

—Por eso mismo, quizá tampoco la acompañó a su nueva fundación de Soria.

—Se volvieron a encontrar —dije yo— en Ávila.

—Claro. ¿Cómo no iba a estar allí Gracián si en el convento de San José, con una priora ineficaz, las monjas estaban a punto de morir de hambre? Allí estuvo para retirar a la buena mujer que mandaba mal a sus religiosas y casi ordenó a Teresa que se dejara elegir priora, muy a su pesar, para poner remedio a la situación.

—¿Y sabes qué dijo Teresa ante aquella elección?

—«Me han hecho priora por pura hambre.» Sí, eso dijo.

—Así quedó lo de Ávila resuelto, pero sería allí donde volvieran a encontrarse para que Gracián la acompañara a la fundación de Burgos, en la que no faltaban, otra vez, complicaciones.

Fray Jerónimo andaba mal de los pies por culpa de los sabañones, y ella se dolía de eso como de todo lo que le ocurriera a su padre Gracián, pero, fuera como fuera, viajó Gracián desde Salamanca, donde estaba, llegó a Ávila, discutió un poco con ella sobre la necesidad de conseguir la licencia para no meterse en más problemas con lo de Burgos, y se dejó al fin convencer en apariencia por complacer a Teresa, que le dijo, respondona, que las cosas de Dios no necesitaban de tanta prudencia ni era grave que se procuraran las comodidades que exigían esas cosas.

Y teniendo claro que si se dilataba aquella fundación lo más probable sería que no se hiciera, Gracián, convencido del todo o no, aceptó acompañarla.

Teresa le pidió que callara y se aventurara con ella. Y después de un viaje de veinte días por caminos tortuosos y entre charcos, hechos los dos una pena, pero especialmente ella, tan envejecida y desmejorada ya, llegó Teresa con sus monjas a la casa de una viuda, que les dio calor en su lumbre, y él, con los frailes que le acompañaban, encontró cobijo en la casa de un canónigo.

Lo que pasó al día siguiente fue que el arzobispo de Burgos, con el que Gracián tuvo que verse a desgana aquella mañana, no es que estuviera ligeramente enojado, sino que en su alteración tan exagerada debió temer Gracián que llegara a pegarle. «Si aquellas monjas no tenían casa propia ni renta, que se fueran por donde habían venido», gritó el arzobispo. La respuesta de Teresa cuando se lo contó Gracián fue que buenos estaban los caminos por donde habían venido y el tiempo inclemente que sufrían como para volver a ponerse en marcha.

—Pobre Gracián —lo estaba viendo Ronald metido en una complicación por culpa de los atrevimientos de Teresa, sufriendo y sintiéndose responsable de haber consentido que fueran a Burgos sin licencia. Y Teresa, enfadadísima, culpando al demonio, el más bobo del infierno según ella, y en ese momento más, porque no acababa de entender el conflicto en el que se había metido.

Y para conflicto el mío, que ni atendía al repaso histórico de Ronald, de tan compungido como me encontraba por no saber qué podría estar pasando con fray Humberto; el fraile no acababa de llegar a nuestra sesión de aquella tarde.

—¿Qué te pasa? —preguntó mi tío, viéndome ajeno al relato y sospechando, sin duda, que mi distracción estaba relacionada con la ausencia de fray Humberto.

—Nada, no me pasa nada.

—¿No tienes interés en saber cómo terminó lo de Burgos?

—Seguramente bien, Teresa se salía siempre con la suya.

—Sí. Y con la suya se salió. Buscó amigos que la apoyaron, encontró casa muy buena y muy barata y le llevó las escrituras al arzobispo, que abandonó su cólera exagerada y le permitió poner en pie su monasterio. Cuando todo estaba arreglado, allí volvió Gracián, dio su conformidad a lo que había conseguido Teresa con su empeño, y se despidió con las mismas.

—Debió de sentirse sola a la marcha de Gracián —comenté.

—Sola y, además, preocupada. Porque él, cuando la deja, emprende una serie de visitas a los conventos hasta llegar a Andalucía. Y cuando está allí y va a pasar a Sevilla, ella le ruega que, por Dios, se detenga, que no vaya a Sevilla, que allí la peste está haciendo estragos. Y sufre por él. Sufre por él, pero Gracián no le hace caso y se planta en la ciudad. Allí recibe carta de ella, una carta larga y dolorida, reticente y amorosa a la vez. Es en esa carta donde se queja de haber pasado una mala noche, muy ruin, con la cabeza indispuesta, aunque espera que a la mañana siguiente, cuando pase la luna, se le acabe aquella indisposición.

Sentí no poder escuchar lo que en este caso hubiera añadido fray Humberto. Tampoco Ronald dijo más.

Fui yo el que sin necesidad le expliqué a Ronald que Teresa estaba disgustada por tener a Gracián tan lejos, en Sevilla, y sin esperanza de que volviera pronto. Y en esa misma carta le dijo: «No piense hacerse ahora andaluz, que no tiene condición para entre ellos».

Terminó, desconsolada, expresándole el deseo de que el Señor le guardara como ella se lo pedía y que lo librara de peligros.

—Se sentía sola y temía por él, acaso algo enfadada —afirmó Ronald.

—Fue su última carta a Gracián.

Llegué otra tarde con mis papeles a la casa de Ronald en la judería, bajo el peso del dolor por la incomprensible desaparición de fray Humberto, y sin más comentario, mi tío se dispuso a curiosear por donde yo tenía apuntada no una cosa de mi ocurrencia o travesura alguna del diablillo o de mis voces interiores, sino algo de lo que Teresa dejó escrito como consecuencia de lo mucho que la había desconsolado, a veces, la ausencia de Gracián. Y optó por que habláramos de eso sabiendo de mi preocupación por otra ausencia.

Le gustó a Ronald descubrirla contando cómo tenía al espíritu dentro de sí en una floresta y una huerta muy deleitosa.

Y daba suspiros él como si de la propia santa se tratara, y hablaba como si hablara ella, más suave en el decir de lo que en él era ya corriente, queriendo distraerme con su teatralidad, y entusiasmado con que Teresa viera en esa huerta deleitosa a su Eliseo, y que lo viera con una extraña hermosura, con una guirnalda de pedrería en la cabeza, y no una corona.

Eran palabras de Teresa, más o menos, que él repetía como si fueran suyas, pero con más afectación que si las dijera la madre, aunque Teresa lo hubiera dejado escrito así;

un poco cursi en los labios de Ronald, que nuestro tiempo no era el de Teresa.

Y con los mismos femeninos modales con que venía leyendo relató lo de las muchas doncellas que nadaban allí, delante de Gracián, su Eliseo, con ramos en las manos y todas ellas cantando alabanzas a Dios que le parecían a Teresa música de pajaritos y ángeles.

Estaba extasiado, con un entusiasmo muy subido, cuando dijo esto que Teresa escribió: «Yo miraba como no había allí otro hombre».

Y dicho esto, me preguntó, desafiante y burloncillo:

—¿Cómo vas a conseguir contar ese sueño?

—Contar eso es contar poco, la visión le duró a Teresa más de hora y media —le dije—. Y además le pidió Dios a la madre, según ella dejó escrito, que se diera prisa si quería llegar a donde estaba aquel que mereció estar entre ellas.

—Pobre mujer —se compadeció Ronald de Teresa—. Encima prisas —bromeó.

La compadecía porque había entendido que el dolor de la ausencia, en medio de tantas dificultades, llevaba a su espíritu a ensoñaciones como aquella.

—Y algo sabía de eso Teresa —comentó Ronald— porque le dio miedo que aquello fuera una tentación y negó expresamente que fueran imaginaciones suyas.

—Lo tenía muy claro.

—Y tan claro.

Repitió Ronald después otras palabras de Teresa:

—«Lo que de aquí saqué fue más amor por Eliseo y tenerle más presente con aquella hermosura.»

—¿Quién no va a sentir dolor por la ausencia de un hombre así?

—Ten en cuenta lo que le dijo a María de Ávila, de la

que ya hemos hablado, la sobrina priora a la que detestaba, aquella que presumía de humilde y era una gran soberbia.

Y como pusiera yo un gesto de no tener memoria de lo que quería que recordara, me lo recordó él.

—Le dijo a la sabihonda que, en lo que tocaba al padre Gracián, ya se podía estar callada, que si supiera la mucha amistad que tenía con él se espantaría, que tenía la que tenía y que por ella hubiera tenido más y no estaba arrepentida. Le dijo que era un santo y nada arrojado, sino muy mirado, que ella sabía muy bien de lo que hablaba y que todo podría dejarlo en su poder, incluso libros. Y nombró los libros —matizó Ronald— porque las acusaciones contra Gracián que le transmitía aquella malévola sobrina venían de gente iletrada que nada quería saber de la cultura y sí de las formas tradicionales de penitencia que tanto Teresa como Gracián detestaban.

—María de Ávila era una enredadora, una mala víbora que trataba de indisponer a Teresa con todo el que se terciara, incluso con aquel dominico que había sido su confesor.

—Sí, con el padre Báñez —aquella tarde la memoria de Ronald estaba más fresca porque aún no había ingerido tanto whisky como solía—. María de Ávila le dijo a Teresa que ya ella no se acordaba de aquel fraile porque sólo tenía ojos para Gracián. Teresa le contestó sin pelos en la lengua o, si quieres, sin torpeza en la pluma, que eran muy diferentes el uno del otro, porque la amistad que ella tenía con Gracián no se detenía sino en el alma. Le dijo además que tratar con Gracián era como tratar con un ángel, que era lo que era y lo que había sido siempre, y que la amistad que tuvo con el dominico era cosa diferentísima.

—¿Diferentísima?

—Así, tal cual; empleó esa palabra para taparle la boca

a la indiscreta. Y le aclaró luego, quizá por el miedo que le tenía a la manera en que la sobrina interpretaba las cosas, que la dependencia que tenía de Gracián no era por su voluntad sino entendiendo que se cumplían los deseos de Dios.

—Y la voluntad de Dios —dije yo— era que su Gracián siguiera viajando por otras partes mientras ella sufría con la evolución de los acontecimientos en la orden. Todo a un tiempo: el miedo y la ilusión.

—Se quejaba a Gracián, llamándolo Eliseo, de que su Lorencia, llamándose a sí misma así como tantas veces, no tuviera el alivio que tendría de ser otra su suerte.

Me tocaba recordar ahora de nuevo al padre Gracián en Beas de Segura, donde se hallaba esta vez, y donde tan gozosamente se encontraran Teresa y él un día y desnudaran sus almas el uno frente al otro. Teresa esperaba a la muerte mientras tanto, si no con el nombre de Gracián en los labios sí añorando su cercanía.

Había tardado en descubrir la ambición de Gracián con la ceguera que le daba su confianza en él, la que tanta angustia le había traído al fraile después de aquella primera mirada, y se había resistido incluso a admitir lo que antes diera por habladurías y luego fuera acusación a tener en cuenta para su desencanto: la del dominico Juan de las Cuevas, para ella de fiar, que fue quien le dijo en Palencia lo que ya el enemigo murmuraba. Y no otra cosa era, además de las debilidades de la carne en las que aseguraba Gracián que nunca anduvo —en esas disculpas insistía más de lo conveniente—, que él quería mandar a su aire en los conventos sin que nadie le estorbara y que de tanto hacerlo solo era con frecuencia arbitrario.

Me disponía precisamente, pues, a preparar esa parte de mi novela, otra vez Beas, cuando fui requerido por la policía de Segovia, que andaba en pesquisas sobre la extraña desaparición de fray Humberto, que ya conocía toda la ciudad.

Gracián estaba en Beas de nuevo, cumpliendo esta vez su función de poner orden en el desvarío que vivía aquel convento, para no variar, antes de que la Inquisición actuara por su cuenta; un enredo del demonio, decía él, tan terrible y de tanta inquietud, y que tanto desasosiego había dado a sus monjas, que tuvo que ir a Beas, más que de paso, para deshacer lo que él mismo llamó una maraña.

Y todo por un juego en el que un descalzo que por allí había pasado metió a unas monjas. Un juego en el que se decía con los dedos no sé qué tonterías de creo en Dios, amo a Dios y cosas por el estilo. Pero un juego para tiempos de recreación que fue prohibido por el vicario provincial y que las monjas desobedecieron y por eso se declaraban culpables.

Lo peor, sin embargo, no fue la insubordinación de las religiosas, que estaban tan contritas, sino el escándalo que ocasionó en el pueblo, donde se decía que aquellos frailes descalzos obligaban a sus monjas a no creer ni amar a Dios.

De escándalos tan bobos como ese estaba Gracián más que harto, y más siendo como era hombre culto que tenía que soportar los efectos de ciertas imbecilidades de frailes y monjas escasos de entendederas.

Como mi prior de Segovia, que me ordenaba ahora con desprecio y preocupación:

—Vaya a la comisaría de policía a deshonrar el hábito...

—Con todo respeto a su hábito, pero como manda la ley —me dijo el comisario, severo y despectivo—, le ruego que declare la verdad.

Y la verdad era que nada sabía yo de la razón por la que fray Humberto había desaparecido del convento sin dejar noticia y nada supe de entuertos que él tuviera con alguien que lo obligaran a desaparecer, y menos de faltas que lo avergonzaran para salir del convento sin dejar rastro. Tampoco de ocultos intereses o negocios que lo hicieran tomar esa decisión. Y, por supuesto, no podía imaginar que alguien lo hubiera secuestrado ni dado muerte y, en el caso de un incomprensible asesinato, menos sabía dónde podrían encontrar el cadáver.

—Si no fuera usted fraile y no tuviera yo el respeto que el gobierno del Caudillo siente por la Iglesia —me miró amenazante el comisario de policía— ya pondríamos los medios para que cantara.

Seguramente pensaba que torturándome acabaría contándoles no sé qué secretos. Tal vez los que el prior creía que yo guardaba, no sólo por proteger a fray Humberto sino para terminar de cumplir un imaginado plan conjunto.

—El señor obispo me ha pedido que lo expulse de la orden. —Me explicó el prior que el prelado tenía gran disgusto por el escándalo y la inquietud de la ciudad ante este asunto y que entre otras cosas se decía que pudieron haberle dado muerte en el propio convento—. Pero ya le he explicado por qué no es aún la hora de enviarlo a su casa —terminó.

Nada me dijo de ese porqué, aunque yo entendí que se trataba de mantenerme vigilado mientras seguía la investigación, pero lo que sí hizo de inmediato fue suspenderme en mis funciones de sacristán, «no vayan a desaparecer los objetos de valor de la sacristía —me dijo— tan misteriosamente como ha desaparecido fray Humberto».

Así que allí quedé recluido y sin visitas y con el solo consuelo de continuar escribiendo mi novela y miedo a que también me fuera arrebatada.

Y mientras esperaba que apareciera fray Humberto, cuya ausencia era al fin y al cabo para mí el mayor tormento, o que se supiera dónde estaba o si había muerto, o que él diera noticia alguna de su parte, me mantenía en mi celda, vigilado, dispuesto a que me echaran del convento. O a lo que era peor: que pasara a prisión provisional hasta que se me diera por inocente o se me condenara por años a saber por qué culpas que no tenía.

Se diría que en ese trance no hay hombre que pueda escribir con sosiego. Pero como a Gracián y Teresa, que hacían de la escritura un arte que yo en mi modestia no iba a conseguir, y que escribiendo lograban explicarse a sí mismos o inventarse, proseguí recordando lo que había leído, incluso de lo escrito por ellos mismos, para ofrecer a fray Humberto la historia de amor en la que él puso más interés que yo, aunque pareciera lo contrario.

Y por si de unas supuestas relaciones amorosas entre fray Humberto y yo, de las que se hacían lenguas con descaro los frailes de mi convento y los segovianos, y de un desengaño conmigo en consecuencia, se derivara la desaparición de fray Humberto, quiso el prior someterme a un interrogatorio más severo de lo que sus torpes interpelaciones anteriores habían sido. Pero ante mi negativa a admitir que tal relación se hubiera dado, y que de haberse dado no habría habido en su caso desengaño alguno, optó por lo que creía más conveniente para acabar con los rumores, siguiendo el consejo del obispo: expulsarme del convento.

Claro que si era expulsado y seguía en la ciudad sin hábito, mayor motivo habría para que se continuara hablando de nuestro supuesto pecado de sodomía. Y con otro riesgo que ya empezaba a manifestarse: que la gente se diera a hablar de relaciones deshonestas de unos frailes con otros como una práctica habitual en aquel convento.

El provincial aconsejó al prior, o tal vez se lo impuso, que mejor que mi expulsión se aplazara dándome un destino en convento alejado y, después de obtener de mí la confesión deseada, o incluso sin ella, fuera despedido.

La policía en todo caso seguía interesada en no perderme la pista en su por el momento fracasada investigación sobre el fraile desaparecido.

# VIII
## LA HORA ESPERADA

El amor de un hombre ocupa sólo una parte
de su vida como hombre; el amor de una mujer ocupa toda su existencia.

Lord Byron

Como me negara yo a aceptar cualquier destino y amenazara con abandonar por mi cuenta el convento, pude seguir
en mi celda por unos días más abordando esta vez en mi
novela la muerte de Teresa de Jesús en Alba de Tormes y el
penoso estado de Gracián ante aquella muerte. Porque frío
y temblando se encontraba Gracián, según dijo, nada más
conocer la mala noticia. Así que si un día dichoso había
bendecido aquella casa de Beas, donde ella puso los ojos en
él, en este otro día de la muerte de Teresa, desaparecida ya
aquella mirada que había suscitado todas las envidias, mal-
dijo hallarse en el convento de San José del Salvador, atur-
dido, huérfano. Allí estaba, pero sabiendo ahora que Teresa había fallecido hacía ya unos días en Alba de Tormes y
su muerte le había sorprendido a él muy lejos de allí. Y lo
mismo que dijo que frío y temblando estaba al conocer la
noticia de la muerte de Teresa, dijo también que le cayeron
una niebla y una soledad muy grandes. Además, se sintió de
pronto con un mayor peso encima, el de los trabajos que le

iban a caer con la ausencia de su Ángela. Estaba sobresaltado y muy emocionado, casi sin saber qué hacer. Sin llorar, porque creía que eso no le estaba permitido a un hombre tan recio como él, pero muy conmovido. Le entraron ganas incluso de cambiar de nombre, de pasar de llamarse Jerónimo de la Madre de Dios a llamarse Jerónimo de Jesús. Pero tuvo el presentimiento, aunque no era él de muchas apariciones, de que la Virgen estaba allí, sin ofenderse por la ocurrencia del cambio, y se reía mucho con Ángela y con Cristo de esa idea que tuvo. Y se hallaba tan confundido, contó él mismo, que de repente le entró afrenta de sus pecados, de aquellos pecados que él sabía que conocía muy bien su Ángela. Estaba tan en el aire en aquella situación que no quería otra cosa que meterse bajo la tierra. Temblaba, contó que temblaba, que temblaba de Ángela, dijo, porque sabía ya sus maldades. Y por eso, lo que hizo fue arrepentirse mucho de esas maldades para darle gusto a ella. Le faltaba el amparo, el consuelo y el alivio que le proporcionaba con sus palabras dulces cuando hablaban entre ellos, y con sus cartas, cuando estaban lejos el uno del otro.

Doria, fray Nicolás de Jesús María, había llegado a España sólo unos días antes de que muriera Teresa. Decía Ronald que con toda probabilidad debió pensarse aceptar el ofrecimiento que le hicieron los calzados de convertirlo en su prior, pero como era muy astuto esperó a que llegara el nuevo padre general, muerto Rubeo hacía muy poco tiempo, y se lo conquistó de inmediato. Tanto fue así que aquel nuevo padre general, deslumbrado ante el fraile ilustrado, según Ronald no poco amanerado y evidentemente gran trepador, lo hizo procurador suyo para toda la provincia de los descalzos y descalzas y mandó que todo lo que tuviera que ir a él, el general, fuera por la mano y el consejo de fray Nicolás de Jesús María. Pasó pues por Roma para que el papa confirmara las constituciones de los descalzos, pero con una gran victoria conseguida; ya no era un simple socio al lado del provincial, Jerónimo Gracián de la Madre de Dios, sino lo que él ambicionaba: un cargo superior entre el general de la orden y Gracián, el provincial.

«¿A qué más podía aspirar aquel narciso —se preguntaba Ronald en el escrito que me hizo llegar en su día— que a humillar y a defenestrar así a Gracián, a quien tanto envidiaba? No era lo de menos —sostenía— que gustara tanto de los hombres y, por ser él escaso de virilidad, sintiera por Gracián, que fascinaba a las mujeres, tanta envidia como odio.»

Teresa se fue de este mundo seguramente desconsolada con el poco caso que le hacía Gracián, que dejada la tenía de su mano, pero sin ser verdaderamente consciente de aquella traición de Doria, aquel engaño, tamaña equivocación.

Le preocupaba más saber que no podría encontrarse con Gracián antes de irse para siempre de este mundo. Con fiebre, dolorida la garganta, grandes dolores de espalda y una hemorragia uterina que acaba con ella poco a poco, al escribir a Gracián su última carta le había dicho: «Y mañana creo —como pase la luna— se acabará esta indisposición».

Le pudo más el cariño que sentía hacia él que la desilusión que le habían procurado sus modos de operar en aquellos momentos difíciles que culminaron con la constitución del Carmen descalzo como provincia independiente y su elección como provincial. Su ausencia le supuso el más grande dolor, una gran amargura, en aquellas horas de su muerte en las que lo seguía queriendo, buscando ella tal vez la mano de Gracián para juntarla con la mano de Dios, como otro lejano día lo hiciera, y creyendo que volaba hasta el amado desde el amado. O con el amado.

El cuerpo de Teresa, nada más morir, había sido expuesto en ataúd en el templo de las descalzas de Alba de Tormes y la iglesia estaba adornada con paños de brocados; hubo mucha cera en su entierro, fue muy concurrido el funeral y no faltaron a él ni la duquesa de Alba ni su hija. También es cierto, pudo haber añadido mi tío Ronald, que la gente del pueblo se sublevó por la manera en que abrieron un hueco profundo, metieron allí el ataúd de cualquier manera, y lo cargaron tanto de piedra, cal y ladrillo que se rompió el féretro y todos aquellos materiales lo invadieron. Unos se quejaban de que la santa madre no había sido enterrada como era debido y otros decían que bien enterrada estaba y no se hablara más.

Otra vez el padre Gracián se encontraba con las opiniones divididas que tan frecuentes eran en la familia teresiana y no acababan nunca de crearle problemas, con frecuencia, estúpidos.

A la tumba de la santa madre llegó Jerónimo Gracián nada menos que nueve meses después de la muerte de Teresa de Jesús, sí. Y no sin enfado. Más que por su propio retraso, por el hecho de que él tenía decretado desde hacía ya algún tiempo que Teresa fuera enterrada en Ávila y no allí, en Alba. Las monjas de Alba, nada más llegar Gracián, quisieron que abriera el sepulcro, donde fue enterrada con premura entre las rejas del coro bajo, sólo trece horas después de haber fallecido. Y ya en Alba, junto a ella, tan dolido por su muerte y atendiendo a lo que las monjas pedían, dio la orden de excavar la fosa y sacar el ataúd de entre los escombros.

El sarcófago estaba podrido y lleno de moho, apestando por la humedad; los vestidos de Teresa, es decir, el hábito con el que la habían enterrado, también se encontraba putrefacto y asquerosamente húmedo.

Gracián lo mandó quemar por el mal olor que desprendía, pero el cuerpo estaba íntegro, tan entero, cuenta él mismo, que el fraile que lo acompañaba y él tuvieron que salir con rubor de la estancia en que la desnudaron de tan incorrupta como estaba. Después lo llamaron, cuando ya la habían cubierto con una sábana. El propio Gracián describe cómo le descubrió entonces los pechos y quedó admirado de verlos tan llenos y tan altos.

Menos mal que hasta mi diablillo había huido de mí en aquellos trances en los que me encontraba, entre policías y frailes y sin saber de fray Humberto como no fuera en sueños, que de no ser así andaría haciendo de las suyas por dentro de mí al ver a Gracián exaltando los pechos de la amada.

«Buenas notas estas para su historia de amor», podría haberme dicho fray Humberto, a quien añoraba yo más a medida que pasaban las horas. No se privaría de señalarme que la escena de Gracián contemplando esos pechos era material provechoso para mi historia.

«Todavía te faltan otras escenas», diría Ronald, cuya preocupación por mi destino es seguro que habría aumentado ya sus dosis de whisky.

Recordó Gracián, dolorido, que si tuviera que contar lo

que supo por la boca de ella, lo que lo quiso, los regalos de alma y cuerpo que le hizo, lo que pasaban por los caminos cuando iban a fundar juntos, y lo que finalmente sabía de ella en particular, lo que quizá nadie más sabía, podría escribir muchos libros. Y a lo mejor, porque ya en mi novela quedara contado, podría haberme sugerido fray Humberto que pasara por alto el lamento de Gracián ante las lenguas mordaces que no lo abandonarían hasta su muerte; de la familiaridad que había entre ellos dos, y la buena comunicación que tenían, juzgaban que no fuera amor santo, como tantas veces lo insinuó mi tío Ronald e incluso el diablillo que con frecuencia me movió en el relato.

Para Gracián no habían entendido los que le persiguieron y calumniaron con denuedo que el amor tan grande que él sentía por la madre Teresa y ella por él —ponga usted que eso está escrito por el mismo Gracián y no es cosa suya, me aconsejaría fray Humberto— era un amor muy distinto del que suele darse en el mundo, porque ese amor suele ser embarazoso, peligroso y causa malas tentaciones que desconsuelan y entibian el espíritu e inquietan la sensualidad. «Sin embargo —aclaraba Gracián; descuide fray Humberto, le hago caso—, este amor que yo tenía a la madre Teresa y ella a mí causaba en mí pureza, espíritu y amor de Dios, y en ella consuelo y alivio para sus trabajos, como muchas veces me dijo, y así yo diría que ni siquiera mi madre llegara a quererme más que ella.»

Me detuve a pensar si ese podría ser el final de la novela que me había propuesto escribir, complaciendo al lector que gustara de este amor tan especial por obsesivo, o decepcionando a quien en la lectura de mi relato hubiera detectado entre ellos otro tipo de amor, a pesar de la edad. Pero obedecí a la llamada interior de fray Humberto, más dolido yo por su abandono que por las consecuencias que su desaparición me había traído, urgiéndome a seguir la explicación de Gracián, que bendijo a Dios por haberle dado tan buena amiga que, estando en los cielos, él estaba seguro de que no se le entibiaría aquel amor y tenía confianza en que le fuera de gran fruto.

No hubiera querido nombrar más a fray Humberto, pero me resultó imposible acallar su voz dentro de mí cuando me instó a observar el sentido común de Gracián en un momento en que se dejaba de arrobos en el recuerdo de Teresa y hacía una llamada a la sensatez de los maliciosos.

Quiso explicar que, aunque ella no fuera tan santa como era y él el hombre más malo del mundo, no era normal sospechar de una mujer de sesenta años, tan encerrada y recatada. Y que bastaría con eso para no ver mal su tan íntima amistad. Gracián, a quien ella amó tiernísimamente, como reconociera el propio padre con estas exactas palabras, y él a ella más que a ninguna criatura de la tierra, que también reconoció eso y lo expresó de este modo tan exacto, sufrió mucho, casi hasta el martirio, las consecuencias de que ella pusiera un día sus ojos en él.

Tal vez este último argumento convenciera a Ronald y lo diera por bueno como final de la novela.

Pero *Sus ojos en mí* tendrá el desenlace que elija con su imaginación quien la lea, quien siga por medio de mi relato la obsesiva mirada de amor de aquella mujer sobre el cómplice elegido.

Llevará también esta novela una dedicatoria a Jerónimo Gracián por tanto sufrimiento acumulado.

Y este otro final brindado a Fray Humberto y a mi tío Ronald, que bucearon en la historia para imaginar conmigo.

Un final en el que sostengo que Gracián fue sin duda un fetichista. Y me da lo mismo que esto me lo pudiera haber insinuado mi diablillo o me lo negara Ronald. Tendrán que admitir fray Humberto y mi tío que algo fetichista sí fue cuando le cortó el dedo meñique al cadáver de Teresa y se lo quedó para él como una reliquia, bien guardado en su pecho. Y otro tanto hizo con la mano izquierda de la santa madre muerta; aunque no para él, sino para depositarla en un monasterio. Y no en el de Alba de Tormes, sino en el de San José de Ávila, donde dejó aquella mano, por lo que dijo él mismo, en un cofrecito cerrado. Y metió dentro de ese cofre la llave del arcón donde se conservaba en Alba lo que quedaba del cuerpo de Teresa.

A las monjas de Ávila sólo les pidió que le guardaran con mucha cautela y aprecio aquella arquilla que contenía algunas reliquias. Fue una de aquellas religiosas la que le fastidió el secreto cuando contó que se le había aparecido Teresa de Jesús y le había dicho que en aquel cofre estaba su mano.

Fue inevitable que otras monjas, al ir a besar la caja, se empeñaran en ver una mano gloriosa que les daba la bendición; la bendición que de ella imploro yo, ahora, al acabar mi novela.

*Segovia, 4 de diciembre de 1966*

# SEGUNDA PARTE

# IX
## INESPERADO ENVÍO
---

Sé casto como el hielo y puro como la nieve,
no escaparás jamás a la calumnia.

WILLIAM SHAKESPEARE

Diez años después de que fray Casto del Niño Jesús, mi sobrino, abandonara su convento de Segovia sin dejar rastro, al igual que lo había hecho ya su amigo fray Humberto, cuando todas las especulaciones sobre unas supuestas relaciones pecaminosas de ambos se habían desvanecido por el olvido, recibí un gran paquete postal.

He dicho que se habían acabado los rumores sobre ellos, mientras se especulaba sobre sus destinos, y digo bien. Otra cosa es que desaparecieran las murmuraciones sobre mí por más que me hubiera ido retirando de las barras de los bares y la frecuentación de los mesones y con el tiempo dejaran de visitarme los mozos que paseaban por Segovia y casi siempre presentaba como mis sobrinos de Madrid, incluso cuando se trataba de estudiantes que acudían a consultarme sobre sus trabajos de historia. Si antes había estado sometida a sospechas mi conducta, mi complicidad con los frailes huidos parecía haber confirmado una heterodoxia que cuando no sufría la burla pasaba por los gestos de desprecio.

Era probable, en todo caso, que antes de que mi sobrino

escapara del convento de esta ciudad el prior se encargara de sustraerle sus escritos y fueran los propios carmelitas los que me los hicieran llegar, anónimamente, tanto tiempo después. O que él, al darse a la fuga, los hubiera abandonado allí.

No me sacaron de la duda mis amigos frailes de aquel convento. Al padre Antonio, mi confesor, que era un alivio para mi secreta vida descarriada, le parecía un disparate que la orden me enviara semejante paquete desde Madrid y no desde Segovia, donde me hubieran podido haber hecho una entrega personal. El padre Bautista, que era buen amigo, dijo sin tapujos que si hubieran caído en sus manos aquellos papeles en el fuego habrían desaparecido con las mismas. El padre José María, más joven, interesado por conocer el relato, no puso en duda que algún nuevo fraile encontrara curiosidad en lo escrito y, falto de capacidad para hacerlo público, decidiera que yo era un buen destinatario. En todo caso, ninguno de los tres se explicaba que fuera de conocimiento de sus hermanos en religión de Madrid mi propia existencia y, mucho menos, la dirección de mi casa. Quien sí la conocía era mi sobrino y los tres coincidían en que a aquellas alturas no deberían andar lejos los desaparecidos fray Humberto y fray Casto. Otra cosa era que yo los imaginara en tierras lejanas y juntos cuando cabía imaginarlos también ya separados como en la opinión de ellos solía ocurrir en ese tipo de parejas muy volubles tan pronto se desgastan los pecaminosos placeres que los lleva a tamañas locuras.

Lo cierto es que aquel voluminoso envío que llegó a mi casa de Segovia con matasellos de Madrid, y a nombre de Ronald Weyler, un servidor, contenía el manuscrito de una novela supuestamente acabada, *Sus ojos en mí*, y otros escritos sueltos como una especie de confesiones o desahogos de Jerónimo Gracián de la Madre de Dios, no sabía yo si falsos o verdaderos, ni siquiera acaso concluidos, que podían suponer su continuación. El manuscrito, propiamente dicho, el más grande de ellos, parecía ser, en efecto, la novela que pudo haber terminado mi sobrino, *Sus ojos en mí*, aunque de llevar su firma ahora no sería a buen seguro la de fray Casto del Niño Jesús, como allí figuraba, sino la de su nombre en el mundo: Julio Weyler.

Pero además de los papeles, la caja contenía lo que parecía ser otra novelita en sí misma, de pocas páginas, con el título de *A las puertas de Bruselas,* en la que se narraba algo así como una confesión de Gracián en sus últimas horas, aunque no acababa de parecerlo del todo, con un jesuita, llamado John Barmant, reverendo padre John Barmant, al que le rondaba un diablillo por dentro del modo mismo en que decía mi sobrino en su novela que le rondaba a él otro para sus imaginaciones, con lo cual resultaba fácil llegar a pensar que el padre Barmant y mi sobrino fueran una misma persona, igual de inventadas, con el mismo patrón.

No sabía yo al fin si este otro manuscrito quedaba en lo que quedó o formaba parte de un inacabado proyecto suyo de novela total sobre el derrotado Gracián en sus últimas horas de Bruselas, donde, después de haber sido despojado de sus hábitos y vestido otros muy variados en su amplio deambular en medio de desgracias e incomprensiones, terminó ingresando en la Orden de los Calzados, aquellos frailes que habiéndole dado tanta mala vida en algún tiempo le otorgaron cobijo al final cuando, abandonado por los suyos, los descalzos, acabó sus días con desconsuelo en Flandes.

Los papeles sin hilvanar que acompañaban al manuscrito concluido, ciertamente comprometedor, después de muchas expulsiones, cárceles, encierros y hasta un duro cautiverio, que fue en lo que consistió la vida de Gracián después de la muerte de Teresa, podrían ser tanto el material para otra novela como un proyecto de continuación de la ya acabada con la muerte de la madre.

De cualquier modo, tampoco supe nunca si aquel gran paquete que me había llegado de modo tan inesperado era un obsequio, el modo en que alguien se quitaba un peso de encima desposeyéndose de lo que no era suyo, o me era enviado como una invitación a que concluyera yo aquel trabajo en una segunda parte, que mucho fue lo que le ocurrió a Gracián una vez muerta Teresa. No había que descartar tampoco que mi propio sobrino, que es lo que sostenían los frailes, intentara deshacerse de sus papeles, escapado no sé adónde, aunque sí presintiera por qué, y pensara que a estas alturas podrían seguir siendo más de mi interés que del suyo. También di por posible que Julio dejara el legado, por llamarlo de alguna manera, en manos de alguien que, no interesado por él, decidiera que yo podía ser su mejor destinatario.

Bien es verdad que esta última posibilidad sería la más inexplicable de todas porque, no habiendo dado él señales de vida desde su desaparición del convento, al enviarme sus textos tanto tiempo después bien podría haberme gratificado con noticias suyas, que no otra cosa hice siempre que favorecerle y darle mi afecto. Hacía diez años ya que seguía sin noticias de Julio, añorándole como le añoraba.

Sentía mucha pereza, en todo caso, para continuar el trabajo emprendido por él y relatar ahora con minucia la relación de fundaciones de Gracián y sus méritos en querer que la obra de Teresa se extendiera por el universo, embarcando a frailes para otros mundos lejanos. Como hizo con aquellos a los que mandó al Congo para convertir negros, con mucho provecho, según él, pues llegaron a bautizar a más de cinco mil. Y se quejó de que no se lo tomaran a bien aquellos compañeros suyos para los que la perfección carmelitana consistía en no salir de una celda ni faltar al coro, aunque el mundo se fuera al garete. Sólo querían multiplicar los conventos por los pueblos de España y todo lo demás les parecía relajación. Ya ven que digo que no quiero meterme en estas cosas y ya me parece estar oyendo a fray Humberto comentar la fundación de Gracián de San Andrés de los Percheles, en Málaga, no sin dificultades, antes de que se fuera a Sevilla para llevarse a unas monjas a Lisboa y fundar allí, como quería Teresa, y meterse en los enredos de la alta política. Él y María de San José, a la que se había llevado a Lisboa, fundaron conventos de frailes y de monjas. Al de las monjas le pusieron el nombre de San Alberto y al de los frailes el de San Felipe. Ya ven que he dicho que no me quiero meter en esas crónicas, que de entrar en detalles servirían para dar gusto a mi sobrino y a su fraile, y no he podido resistirme a entrar en ellas. No obstante, de intentar la novela que siguiera a la terminada o acabara la empezada, que no sé, aunque sin que fuera una biografía de Gracián, por supuesto, no iba a extenderme en explicar el largo itinerario aventurero y el pico de oro de Jerónimo para los púlpitos, cómo disfrutaba explayándose en ellos, ni sus afanes en la escritura, que yo también me buscaría un diablillo para que me seleccionara aquellas escenas que importan más para contar lo mal que le fue a Gracián como consecuencia de la mirada obsesiva de santa Teresa sobre él. Y aun así mucho trabajo tendría el diablillo con las habladurías y los chismes de aquellos conventos y las ganas de hacer de Gracián un comilón de buenos apetitos, un lujurioso de celdas conventuales y un aventurero cercano al poder, que eso ya se veía reiteradamente en lo ya escrito.

Pude confirmar, a pesar de todo, que *Sus ojos en mí* sí era el relato rematado por Julio, y en cuya elaboración tanto fray Humberto de San Luis como yo mismo habíamos ayudado mucho a mi sobrino. Hasta tal punto que se diría que la autoría de la obra bien pudiera ser mérito de los tres por más que ellos dos se hubieran tenido a veces en broma por Anastasio y Cirilo. La verdad es que añoré aquellas tardes pasadas con ellos y daría cualquier cosa para distraer mi soledad de ahora volviendo a aquellas reuniones.

Nostalgias y soledades aparte, aquí, sobre mi escritorio, tenía aquellos papeles, y no sabía en principio qué hacer con ellos más allá de dedicarles mi curiosidad.

Me faltaba fray Humberto para poner en orden mi relato al modo en que lo hizo con la novela de mi sobrino. Por mucho que fuera Julio el que la escribiera casi a su dictado, el fraile era el que determinaba de qué modo había que rastrear por la historia. Señalaba, paso a paso, la construcción de la novela. Dudé si empezar por Doria. Dudé si iniciar o no por mi cuenta la segunda parte de la novela ya acabada en la que cuando Doria o fray Nicolás de Jesús María vuelve de Roma, a punto de morir Teresa, y con encargo de ponerse semejante engreído por encima de Gracián, que era el provincial legítimo, hasta escacharlo con sus artimañas, empieza para Gracián un verdadero calvario.

Pensé luego que fray Humberto me indicaría en este caso que volviera primero a Alba de Tormes, donde mi sobrino había puesto su punto final, aunque bien pudiera tomarse por un punto y aparte.

Y a eso me puse. Porque acompañado de Gregorio Nacianceno, vicario de Castilla la Vieja, cuando ya Gracián no era provincial, acude este a Ávila con una propuesta concreta: llevarse a Alba de Tormes la mano de Teresa que le había dejado en Ávila a las monjas de aquel monasterio y traerles a cambio, con el mayor secreto, lo que en Alba quedaba del cuerpo de la santa. Así que las religiosas que dijeron en Ávila haber recibido la bendición de la mano de Teresa que el padre Gracián depositara en el cofre que les confió, tendrían que olvidar aquellas bendiciones y aceptar de buena gana que les hicieran un cambio. Y para esto entraron los frailes en el convento de las monjas de Alba, Gracián entre ellos o al frente de ellos en la medida en que se lo permitiera Doria, abrieron el sepulcro de Teresa, comprobaron que el cuerpo mutilado seguía flexible y entero, y tan pronto las monjas se fueron al coro alto les notificaron a las dos que quedaron junto a ellos la disposición del ya provincial de los descalzos, fray Nicolás de Jesús María, para trasladar el cuerpo de Teresa de Jesús a su monasterio de San José de Ávila. Este había sido el primer convento que ella fundó, al que se fue cuando estuvo enferma y del que era priora cuando murió. Y sobre una acémila, en silencio y de madrugada, se llevaron al convento de Ávila el cuerpo de Teresa.

No se había producido aún el cambio de los restos de la madre a favor de las monjas de Ávila y ya en la corte de Madrid, muerta Teresa, no tardaron en correr las noticias de los milagros que hacía. Para entonces se contaban maravillas de los prodigios que había obrado como una santa, y Gracián se resistía a entrar en ese juego de la milagrería. No podía poner en duda que lograra después de su muerte muchas cosas aquella mujer que había conseguido tantas en la vida y se alegraba de que eso sirviera para animar a sus monjas, levantarles el espíritu y hacer que sus consejos y sus ejemplos no se perdieran, pero negaba que él hubiera tenido visiones o escuchara voces interiores, aunque sí sentía su presencia, su protección.

El presidente del Consejo de Indias, acompañado por quienes procediera, había querido ver el santo cuerpo para contar al rey lo que viese, ya que era del conocimiento de todos que estaba milagrosamente entero y oloroso. Y fueron las autoridades —incluyendo el obispo de Ávila— a Alba de Tormes y se llevaron con ellos un equipo de médicos que dieron fe de que el cuerpo no estaba corrupto y olía muy bien. Pero el mismo Gracián dejó escrito con toda claridad que muchas cosas naturales nos parecen milagrosas y que era natural que un cuerpo pudiera conservarse sin corromperse. Y ponía de ejemplo el cuerpo de Tulia, una hija de Cicerón, que se descubrió entero en Roma al cabo de muchos años. Y dijo que pasaba lo mismo que con un enfermo que tiene afectado un miembro de su cuerpo y se le aplica un remedio allí que le trae la salud. Igual que le parecía normal, dijo también Gracián, que una persona esté sola y se le antoje que oye ruidos y esos ruidos los tiene en la cabeza por flaqueza. Pasaba otro tanto para él con algunas personas, amigas de misterios, que ven y oyen cosas milagrosas, las cuentan después con exageración y resulta que hacen milagros de lo que no es nada. Por eso él, en los tiempos que corrían, decía, no quería oír hablar de milagros cuando hablaban ya de que el cuerpo de Teresa desprendía un olor agradable. Si creía en los milagros de los santos era porque, por ellos, la Iglesia los había canonizado, pero dudaba de visiones o revelaciones, aunque se cuidaba mucho de decir que fueran mentiras o invenciones. Le costaba admitirlas.

Ya para entonces, Gracián había emprendido de nuevo desde Alba el camino a Lisboa como prior del convento de San Felipe. Y escrito esto por mi parte, y a lo mejor porque nombrar Lisboa resulte suficiente para recordar algo que quizá no venga al caso, yo no sé si se había despertado el diablillo de mi sobrino en mí o era su espíritu el que me llevó a recordar la carnavalada que viviera Gracián, después de muerta Teresa, cuando él y María de San José fueron a fundar a Lisboa y se encontraron con una visionaria que ha contado Gracián que le produjo asco y horror.

Fray Humberto nos hubiera dicho, y con razón, que no venía a cuento meter en la novela un episodio que a mí me divertía, aunque no tuviera yo el espíritu para diversiones tanto como el diablillo de mi sobrino: ver a aquella sor María de la Visitación, priora de las dominicas de la Anunciada, exhibiendo cinco llagas, tantas como las de la Pasión, en su convento de Lisboa.

Hasta el propio fray Luis de Granada se había quedado prendado de la bondad de aquella monja y de los prodigios que Dios había obrado en ella. El mismo padre Mariano, el compañero de Gracián que Teresa tenía en escasa estima, ya se había encargado de llevar a Sevilla cinco pañitos de sangre con cinco gotitas de las llagas de la milagrera.

La fueron a ver un cardenal y el arzobispo de Lisboa y quedaron arrebolados ante ella y de ella se supo por toda Europa. Hasta el rey y el papa conocieron el prodigio y deseaban verla.

María de San José, que era muy espabilada y tan recelosa como Gracián de ese tipo de maravillas, fue la que antes de irse de aquel convento en el que les habían dado acogida intentó verle la corona de espinas que tenía en la cabeza, debajo del velo, la destocó con atrevimiento y descubrió la mentira: ni tenía corona de espinas ni señales de que la hubiera tenido.

Cuando después de resistirse mucho a la petición de la madre María de San José de que le enseñara la llaga del costado, y fue la monja embustera y se la enseñó al fin, la priora descubrió entre risas y con escándalo que aquello era pura pintura.

Después de haber denunciado el fraude, de allí salieron Gracián y María de San José como gatos escaldados y con el propósito de no llevar la contraria a quienes vieran prodigios donde no los había para sacarle no se sabe qué provecho a la locura. El padre Gracián le rogó a María que no se metiera en líos.

Pero lo que no sé si esperaba Gracián cuando con tanto sigilo se llevaron el cuerpo de la madre a Ávila es que se cogiera tan gran enfado el duque de Alba, que daba gritos de indignación por toda la corte, y convenció al papa de que ordenara a los descalzos, bajo pena de excomunión, que devolvieran enseguida el cuerpo de Teresa de Jesús a Alba de Tormes.

Las descalzas de Alba quedaron contentas con la reacción del duque y con la decisión del papa; las de Ávila, afligidas y humilladas, emprendieron en Roma un pleito que perdieron.

La herencia de Teresa fue un pleito continuo, con acusaciones, calumnias, enredos innumerables, castigos y hasta crímenes.

De lo que yo no estaba muy seguro era de que fray Casto, o Julio, que ahora no sabía cómo llamarlo, hubiera conseguido desarrollar en su manuscrito toda la historia de amor entre Teresa y Gracián que se proponía. Yo, al menos, no lo veía así. En caso de que lo hubiera logrado, la muerte de la amada Teresa en sus páginas finales no obligaba a darla por concluida.

Si la novela terminada estaba llena de peripecias directa o indirectamente relacionadas con el amor o, en cualquier caso, con el amor por medio, no poca relación con lo que ese amor habría sido tenía, por ejemplo, aquel otro hombre que aparece tarde en la historia y consigue fascinar a Teresa al principio de su encuentro con él, a pesar de lo desabrido que era y falto de todo encanto. Ella puso confianza de ingenua en Doria, que es de quien hablo, para que al cabo no resultara ser otra cosa que un celoso, un ambicioso, un presumido, aunque un buen administrador tras el escapulario del Carmen. Apenas si aparecía el retrato de este malvado, siquiera de soslayo, en *Sus ojos en mí*, y eso gracias al empeño que yo puse. Todo un déspota, sin flexibilidad alguna, mandón y por eso capaz de organizar, sí. Pero no hay más que ver su retrato de ridículo personaje para espantarse con la nariz aguileña que tenía, por muy austero que lo viera Teresa, que muy intuitiva no estuvo en esto; si hubiera estado más lista se hubiera dado cuenta de que en aquel hombre no habitaba el alma de un contemplativo, que de ese espíritu no tenía nada, y que lo que quería era el poder.

Así que a pocos meses de la muerte de Teresa no dudó en enfrentarse al padre provincial, Jerónimo Gracián, en el capítulo que celebraron en Almodóvar. Se enfrentaba un alma tosca como la suya, con la dureza de los intransigentes, a la finura y los buenos modos de un ser tan amable como Gracián. Fue ahí donde faltó la mujer que los unía o la que tal vez habría sido capaz de situar a cada cual en su sitio, Teresa, con lo que aquel grosero inició una contienda que impuso la hostilidad entre dos bandos y dividió a los descalzos en dos facciones.

Mi sobrino me atribuía, y no sin razón, una desmesurada manía a Doria y fray Humberto solía reírle esa gracia. Y es que este fray Nicolás de Jesús María, con sus malas artes, hubiera eliminado a Gracián como provincial de los descalzos a rajatabla y a la primera, que no le faltaban ganas, aunque tan astuto como era prefirió que se cumpliera el mandato de los cuatro años de provincial del padre Gracián y fue sembrando, mientras tanto, las sospechas y las calumnias contra él para arrastrarlo al exterminio. No parece, sin embargo, que Gracián le guardara rencor entonces; se resistió a oponerse a los frailes que en una gran mayoría, reunidos en Lisboa cuatro años más tarde, querían a Doria, en aquel tiempo en Italia, como su nuevo provincial. Y no sería porque Juan de la Cruz no le advirtiera a tiempo, que a tiempo le advirtió. «Vuestra reverencia —le dijo— hace provincial a quien le gustará el hábito.» Fray Juan sabía lo que quería decirle. Gracián también.

Doria regresó de Italia aquel verano como nuevo provincial ya elegido, convocó un nuevo capítulo y lo primero que dijo fue que había que cortar la rama podrida, refiriéndose a Gracián y a su obra, para que el árbol recobrara su fuerza. Empezaba para Gracián una larga penitencia: Doria seguiría con sus infundios y maldades.

Intentó Gracián librarse de eso al acabar su mandato de provincial. Lo hizo contando puntillosamente, desafiante y con energía, todo lo que había trabajado en esos años de su gobierno; lo mucho que había hecho.

Si se empeñó en defenderse, no sólo fue por él, por vanidad o jactancia, sino por todos, porque la honra que le habían intentado quitar con las calumnias, dijo con toda contundencia, no era sólo su honra, sino la de toda la comunidad, de modo que la afrenta era un daño para todos.

Las calumnias enumeradas fueron muchas, pero siempre repetidas. Llamarlo negligente era lo más suave. Tenerlo por remiso a castigar tampoco parecía mucha acusación. Era mentira que hubiera metido a sus propias hermanas a monjas sin dote, porque aquellas chicas habían llevado sus ducados, pero podía pasar por alto tamaña falsedad. Más grave era a su parecer que lo acusaran de amparar a los malos y relajados, que los relajados allí no eran pocos ni lo eran sólo un poco. Ahora bien, que se pusieran a murmurar sobre su mucho trato con monjas y la mucha amistad que con ellas llevaba es lo que sacaba de quicio a Gracián, porque era donde veía más malicia y una malicia crecida según ampliaban los detalles de lo que decían que disfrutaba con las religiosas.

Doria iba contra Gracián, a quien sin duda detestaba. Había intentado, por ejemplo, mandarlo a México y quitárselo de en medio y para eso no reparaba en daños ni sentía escrúpulos aquel altanero afeminado que si veía un peligro en Gracián otro peligro veía en las mujeres como buen misógino. Pero la cosa le salió mal. Estando Gracián en Sevilla, preparado para partir a México, obediente, como vicario de aquel distrito nuevo, no salió aquel año la flota para las Indias. Quedó en Sevilla, sin moverse y dispuesto a recibir órdenes. Otra vez Sevilla. Pero de Sevilla lo echaron pronto por escandalizador y fue acusado por las lenguas mordaces de los frailes de culpas inciertas, que venían a ser las mismas, y cuya propagación fomentaba Doria con toda saña. El cínico de Doria seguía a lo suyo y a Úbeda y a Jaén lo mandó a fundar nuevos conventos.

El diablillo de mi sobrino lo hubiera alertado a contar en este punto lo escrito por Gracián. No pasa de ser una anécdota: la de unas beatas que tenían allí «por perfección padecer acceso carnal con el demonio, siendo súcubas, porque decían que les hacía fuerza, sin que ellas consintiesen, y salían de juicio, quedando como locas, y arrepticias, hasta que por fuerza les abrían la boca, y les metían el Santísimo Sacramento, siendo principal autor de esta novedad de alumbrados un cura de una parroquia de Jaén».

Con lo que no había contado Doria, pues sólo deseaba en principio tenerlo lejos de él, fue con que el cardenal Alberto de Austria, virrey de Portugal, nombrara a Gracián visitador apostólico de los carmelitas portugueses y su víctima anhelada viviera en Lisboa más de dos años.

Nicolás Doria quiso ver a Gracián fuera de toda posibilidad de ser elegido vicario general y volvió a lo de siempre: a acusarlo de frecuentar monjas. Con una novedad esta vez: que las monjas de Sevilla y las de Lisboa le lavaban la ropa y le enviaban sábanas, camisas y comidas especiales. Y que seguía frecuentando monjas de un modo que daba lugar a la murmuración, se empeñaba Doria. Se lo tenían dicho, amonestaba con desvergüenza y con remangos, sin que hubiera manera de hacerlo entrar en razón, se quejaba. Todo lo contrario: en Lisboa pasaba hasta una hora y dos de noche en el convento de las monjas. Comía carne y más carne, hasta engordar mucho de tanta. Parecía preocuparle la robustez de Gracián como a un despechado por amor imposible al que le diera mucho disgusto la gordura del deseado. Añadía que a veces se atiborraba Gracián de carne con seglares, y de noche, en la huerta del convento. Y que había escrito un libro, denunciaba, en el que llamaba a los hermanos que discrepaban de él con nombres muy indecentes. Muy indecentes, remarcaba con insistencia, aparentemente dolorido por la ofensa. Encima desobedecía, cómo no, al provincial, a fray Nicolás de Jesús, repetía su propio nombre.

Así que a la malicia contra Gracián no sólo hacía caso

Nicolás Doria, sino que la fomentaba bien a gusto. A gritos se quejaba del mal estado de aquella familia carmelitana y con furia exacerbada les ordenaba a frailes y a monjas la observancia. Quienes le han estudiado, aparte de insistir en las anomalías sexuales de este sujeto, le tienen por un psicópata con ideas fijas. Y no se equivocan.

Gracián entró en cólera, harto de resistir con amabilidad; de nada sirvió: volvieron los rumores con iguales argumentos.

Y como no sólo se atacaba al honor de Gracián, también al de las monjas, salían muchas voces en su defensa que de nada servían a Doria sino para molestarle en su inquina y aumentarla.

Lo tenía bien observado María de San José y ya sabía ella que iba a por las monjas y dispuesto estaba a cambiarles las constituciones de Teresa para volverlo todo del revés. Así que cuando Doria mandó a Gracián a Portugal ya estaba al tanto esta monja vivaracha de lo poco que a Doria gustaban las mujeres y que lo que Doria quería era alejar a Gracián y perseguirlo al mismo tiempo. Y escribe con gracia:

> *¡Somos mujeres! Pregunto:*
> *¿Cómo seremos oídas?*
> *¡Menos nos oirán caídas*
> *en los males que barrunto!*

Coplas de adivina. Porque pronto recibieron las monjas carta de Gracián defendiendo las constituciones de Teresa con verdadera rotundidad y anunciando a las prioras con mucha advertencia que había hombres queriendo reformarlas de otra manera porque no siendo como eran ellas no las entendían. Y les advirtió además que bastaba que dos o tres de aquellos religiosos se pusieran de acuerdo en la llamada consulta que Doria se había inventado para que todo fuera alterado y empezara un nuevo desasosiego.

A pesar de todo, María de San José no acababa de creérselo y pensaba que las veleidades de los frailes que querían cambiarles la vida a las mujeres, cosas de frailes eran y no propias del talento que, a pesar de todo, le suponía a Doria. Lo que no impidió que, por si acaso, moviera a las prioras para que lo que había dejado dispuesto Teresa siguiera así. Y que las prioras recibieran de sus superiores una respuesta que venía a insinuar que Gracián, aunque no se mencionara, andaba perturbándoles la cabeza con lo que por respeto a Teresa, ellos, los muy desvergonzados, no iban a hacer.

Lo que iban a hacer enseguida era someter a Gracián a otra represión, que él mismo calificó de grave y cansina, con las mismas acusaciones de siempre, para qué repetirlas, pero que se extendían como el fuego por todos los conventos. Sobre todo las referidas a las mujeres, otra vez las descalzas por medio.

María de San José le pide a Doria, quizá algo desafiante, que vaya y las examine, y que mire por el honor de ellas, que no han perdido de Teresa lo mejor que les ha dejado. Que acuda a examinarlas, insiste.

El resultado no fue el examen que pedían: Doria se guardaba de verificar la verdad donde él se enconaba con la mentira. Por el contrario, pretendía el cumplimiento de lo que buscaban él y los suyos de la consulta en su desfachatez. Así que contestó declarando a las monjas de un modo muy tajante mentirosas y perjuras.

Y siguió a lo suyo, sin que le importara lo que dijeran algunos buenos frailes, testigos del verdadero comportamiento de Gracián, que para Doria pasaban por ser gente de infierno.

Lo suyo era, por ejemplo, ya que no podía desterrar a

Gracián a México por aquel entonces, quitarle voz y voto; anularlo.

Y camino de Lisboa va otra vez Gracián, cuando Doria con el ahora traidor padre Mariano, antes mala sombra de Gracián, se presentan en El Escorial y le explican al rey y a sus ministros que si a Lisboa va fray Jerónimo es porque anda detrás de una monja, María de San José, que lo quiere con ella en el convento de San Alberto donde es priora.

Y sale el maledicente de palacio y pronto se dispone a escribir una carta a María de San José con la orden de que no trate al padre Gracián, que ni se le ocurra. Que ni por ella ni por medio de otra hable con él ni reciba sus cartas ni trate de nada que le toque. Y mucho cuidado, le advierte, que la pena de excomunión si desobedece ya está dispuesta. Pero también la acusa de intervenir ante el cardenal Alberto con fines inconfesables que él mismo cuenta sin morderse la lengua. Y se atreve incluso a decir, con un desparpajo de mujerona vulgar y con la mentira descarada en su alma de imbécil, que Gracián y la monja habían tenido ya hasta tres hijos. Nada menos que tres. La sorpresa fue grande para la monja, pero más grande fue al comprobar que quien le entregó la carta, el que ahora era provincial de Portugal, que pasó de ser un adulador de Gracián, y que incluso había participado en el viaje de Teresa a Sevilla, y del que hiciera con Gracián a Alba de Tormes para el traslado a Ávila del cuerpo de la madre, era ya un arrastrado adulador de Doria. Tanto le adulaba que seguía sus consignas de extender por Lisboa lo que decía que se murmuraba de Gracián y María de San José. Que se propalaba lo mismo en Lisboa que en Sevilla, sólo que en Sevilla se decía que esas relaciones se consumaban en Lisboa, y en Lisboa, que en Sevilla. Y este adulador y maledicente era el mismo Gregorio Nacianceno, que queriendo aparentar ser amigo de ella, escribe María que «como haciéndose el lastimado», le dirigía cartas muy largas contándole las cosas que se decían de ella con todo detalle. Que si había grande amistad y desorden entre María de San José y Gracián, que si revolvía el reino con cartas para llevarse a Gracián allí, que si tal o cual asquerosidad con las preguntas más soeces y vulgares, regodeándose en la descripción de las escenas lujuriosas como un marrano, al decir de la monja, que ni eran para sus oídos, decía ella, y mucho menos para escribirlas.

Total, que le imponen una orden de alejamiento a María de San José porque no consiguieron hacerle firmar una carta. A ella, no; ella escribió con energía sobre el papel que le trajo un tal fray Jerónimo que postrada y de corazón obedecía el mandato que le habían notificado, porque entendía que era voluntad de sus superiores, pero que en su conciencia no encontraba razón para pedir que se le impusiera aquel mandato. Y no firmó la muy corajuda.

Se cumplió lo que en otra redondilla profetizaba ella:

> *En el año seis de ochenta,*
> *como sabéis esto digo;*
> *alguna será testigo*
> *que probará la tormenta.*

Y la tormenta llegó a aquellos conventos donde los frailes murmuraban con las monjas y las monjas con los frailes y en las calles y en las casas se hablaba de fray Jerónimo Gracián y la madre María y, por supuesto, de sus concupiscencias.

Les parecía natural que por eso se hubiera quedado Gracián sin voz ni voto en la orden y Doria se frotaba las manos con esta humillación aniquiladora de Gracián. Doria, el gran enredador, no reparaba en chanchullos, que eran los suyos y los de aquellos que lo rodeaban.

Y otra vez las mujeres del Carmelo: Doria se carga las constituciones de Teresa, a quien fray Luis de León aspira a ver resucitada. Tanto que Ana de Jesús, María de San José y otras prioras, indignadas, deciden acudir a Roma para tratar de arreglarlo.

Bastó un año para que el papa diera un gran disgusto al nefasto Doria con su muy determinada prohibición a los superiores de meterse a liarla con cambios que no venían a cuento. Histérico, organizó otra zapatiesta de las suyas en la que contó incluso esta vez con el apoyo de fray Juan de la Cruz, que andaba por entonces escandalizado con lo que se decía de Gracián y él llegó a dar por bueno.

Fuerza Doria testimonios falsos y aumenta sus memoriales contra Gracián, uno tras otro, presionando a los testigos y amenazándolos, hasta conseguir poner al rey de su parte y en contra de Gracián.

Las monjas se desconcertaron y se dividieron: unas hicieron llegar sus súplicas al rey para que no se hiciera caso a la orden del papa, otras se entregaron a Doria y se humillaron ante él. Pero, igual que María de San José, tan animosa, había alguna dispuesta a dar la batalla como Ana de Jesús. Y la obsesión sexual de Doria reapareció en una carta al rey, esta vez contra fray Luis de León, en la que dijo que el agustino pasaba hasta cuatro y cinco horas con Ana de Jesús en el monasterio, encerrados en la iglesia o en el locutorio, casi todos los días, con su mula en la puerta, y tenían entre ambos muy íntima y familiar amistad.

Y en esas estaban, cuando para suerte de Doria, murió el papa que no le gustaba y vino otro de su gusto; cambió el recién proclamado pontífice el parecer de su antecesor por el suyo, le dio más poderes y Doria se sintió de nuevo un triunfador.

Lo que más le importaba era su verdadero objetivo: Gracián. O Gracián y María de San José, juntos, que esa relación lo traía al retortero.

Las monjas estaban sometidas a mil mortificaciones y a Ana de Jesús, por ejemplo, la metieron en una celda, le prohibieron las visitas, la dejaron sin comunión y sin voz ni voto por tres años. Con María de San José, que estaba en Lisboa, era con quien no podía Doria, y mucho la odiaba. Un año más tarde conseguiría al fin meterla en una celda con candado, no dejaría que una monja la tratara ni se le acercara, misa sólo los domingos, confesar y comulgar una vez al mes, y privada quedó de toda voz.

No le había perdonado a Gracián el traslado de las monjas de Sevilla a la fundación de Lisboa y ese era uno de sus cargos contra él. Porque además de llevarse a las monjas se había llevado a María de San José y, una vez en Lisboa, se le ocurrió meterlas a todas en el convento de los frailes y cenaron en el refectorio con aquellos hombres, cantaron en el coro tan contentas y quedaron hospedadas allí por dos días y una noche.

No, no le podía perdonar eso, y menos que hubiera tratado cada día con María de San José en un lugar con sólo una ventanilla sin reja ni puerta, dentro de la clausura, y que por allí se internara Gracián en la intimidad del convento.

Tampoco era cargo pequeño para Doria que metiera a los mercaderes en la clausura para que vendieran estameña allí. Pero la relación más reciente con María de San José, después de que él mismo le impusiera a ella la orden de no tratar con él, no podía dejar de ser otro de los graves cargos que tenía Doria contra Gracián.

Dio Gracián explicaciones exhaustivas que de nada sirvieron y le llegó un mandato de prohibición absoluta de escribir o recibir escrito. Había dificultades entre ellos dos, Gracián y Doria, por las publicaciones del primero, que no se callaba y escribía con la brillantez de la que carecía el mercantilista de Doria, de pocos saberes teológicos e hipócrita en las cosas de Dios, escaso de talento para la escritura y un envidioso imparable. Y con aquel mandato de guardar la pluma le llegó otra acusación: que constaba que lo que escribía causaba inquietud y escándalo en la orden y entre los seculares. Que había infamado con palabras injuriosas, le dijeron, como llamar a sus superiores mentirosos, apasionados o ambiciosos, además de acusarlos de sembrar discordia.

Dijera lo que dijera Gracián en su descargo lo que consiguió fue que lo encerraran en un calabozo.

Nadie le podía visitar y le flaqueaba la salud.

Mientras, Doria y el rey estaban por entonces a partir un piñón. Y lo que quería Doria no era que Gracián se defendiera, sino que cantara, que dijera que era verdad todo aquello de lo que se le acusaba, que admitiera como verdaderas todas las infamias.

Gracián, sin embargo, no temía por él, temía por las monjas, por que las abominaciones que les imputaban estuvieran en la calle y aquellas mujeres fueran objeto de murmuraciones.

Prefirió, pues, salir de la orden y que no se hablara más. Doria, sin embargo, no estaba por esas, las venganzas no se consumaban para él a medias. Quería saber si había escrito a Roma; le insistió en ello y Gracián se preguntó si era normal o no que un religioso buscara consuelo y consejo en el papa.

Esa respuesta sólo podía irritar a Doria, acrecentar su histeria hasta la demencia. Delante de todos los suyos dijo a gritos, arrebatado, que eso era tener mil diablos en el cuerpo.

Gracián aprovechó estas palabras para que la Inquisición interviniera. La Inquisición intervino, sí, bien que lo hizo con suavidad y súplica de moderación a los frailes.

Aquí es donde fray Humberto me recomendaría recordar, con sus modos ligeramente autoritarios, que al fin le llegó la condena a Gracián, por más que las acusaciones fueran anónimas: le quitaron el hábito y lo pusieron en la calle.

Mi sobrino se ocuparía de ver a Doria, gozándose en la sentencia, y dándole vuelta a las manos como una mujerzuela, viniéndole el color de la alegría a su rostro pálido y brillándole los ojos de sátiro como de demonio.

Yo escuché a este energúmeno decir lo que cuenta la historia:

«Toda la sentencia huele a lujuria».

Era el olor que más podía apetecerle, hubiera añadido Julio.

Así que con una pobre sotana raída podría contarles que se fue Gracián a la calle y se dirigió pronto a Roma.

En aquel camino vistió hábito de ermitaño con sombrero y corona de fraile, un sayal negro de agustino más tarde, después un barragán listado y terminó por cubrirse de blanco con un pequeño escapulario, botas y una especie de solideo al modo de los judíos. Y digo mal si digo que acabó así, porque en Roma vistió sotana algún tiempo, aunque en lo que de verdad terminó fue vistiendo de fraile calzado cuando no desnudo.

Llegó a Roma en hábito de infame malhechor, conminado por el confesor del papa a dejarse de trifulcas con los suyos y a pedir hábito en otra orden. Con mala suerte: los cartujos le cerraron la puerta, los capuchinos y los franciscanos lo mismo y los dominicos se preguntaron qué habían hecho ellos para que les cayera encima un religioso tan infame. Pero eso ya se sabía en Roma por los memoriales que habían llevado por delante los enviados de Doria, antes de que Gracián llegara a la ciudad para ver al papa y tratar de defenderse. Las grandísimas deshonestidades de Jerónimo Gracián con las monjas obsesionaban a Doria y a sus secuaces, como ya he contado, y lo proclamaban como un mujeriego irredento, un hombre incapaz de controlar el deseo y dispuesto a que no se le escapara mujer virgen. Roma, sin embargo, no era Sevilla ni Lisboa como para que los romanos se escandalizaran con las refriegas de frailes, tan frecuentes allí como pintorescas y endiabladas. Estaban acostumbrados a eso, era lo normal. En Roma tenían mucha constancia de la capacidad del demonio para habitar en el alma de un fraile y solían dar más crédito a un fraile honrado y perseguido, dijo el mismo Gracián. Por haberse librado de persecuciones de religiosos intrigantes y de poca piedad el propio Sixto V fue a Roma y llegó a ser papa.

Pero no en vano Doria seguía en Madrid haciendo de las suyas y gozando del favor del rey, que le agradecía otros favores mundanos. Así que entre Felipe II, a quien querían poco en Roma, aunque se cuidaban mucho de contradecirle, y el imbatible Doria, cuyo odio hacia Gracián crecía en la distancia, terminó el admirado de Teresa en Roma. El confesor del papa, que era la propia voz pontificia, lo mandó a los agustinos, y allá fue Gracián con no poco disgusto y mayor desilusión. Pero mientras los agustinos le respondieran con un sí o un no, que lo tuvieron a la espera, se le ocurrió irse a Nápoles sin imaginarse que el virrey lo recibiría como lo recibió: seco en el trato. No era de esperar otra cosa: Felipe II le había retirado su apoyo.

Y él mismo cuenta que, afligido como estaba, sin nadie conocido en Nápoles, salió de allí como un caballero desesperado que soltara la rienda de su caballo y fuera a donde el animal quisiera llevarle.

Y a Sicilia marchó, no en caballo, sino en unas galeras. Allí le dieron cobijo en un hospital con buenos aposentos, donde encontró el cariño de un mayordomo que había sido criado de su padre y comía y cenaba con él. Predicaba y confesaba a los capitanes y soldados con los que hablaba de todo y lo querían mucho. Pero, sobre todo, escribía. En la escritura encontraba el sosiego que le faltaba en la religión.

La religión, sin embargo, no iba a dejarlo tranquilo, aunque él en principio lo ignorara, gracias a que la condesa de Olivares, que sentía debilidad por él, no le trasladó un breve del papa, que de haberlo conocido entonces Gracián lo hubiera sumido aún más en la desolación. Porque no pasaron unos meses sin que le llegara el disgusto de que lo expulsaban del Carmelo, lo obligaban a ser agustino y lo tomaban por un prófugo que seguía vagando en hábito secular. Y el papa no sólo aprobaba la sentencia sino que mandaba, bajo pena de excomunión y otras penas corporales, a que si no se hacía fraile ermitaño de San Agustín no se le ocurriera pisar Roma por ningún motivo o pretexto. Y que si entraba en Roma sin esas condiciones le caerían las mismas penas. Pero la condesa de Olivares, en lugar de trasladarle el breve, queriendo evitarle el disgusto, le dio cartas para los agustinos de Mesina y de Catania y estos le recomendaron ir a Roma con el fin de que el general de la orden le ofreciera allí la respuesta que no había recibido. De Sicilia partió para Nápoles, donde también tuvo noticia por otros agustinos de que los frailes de su orden lo esperaban en Roma.

Me siento raro explicando esta historia así, de corrido, y como con pinceladas, sin ser interpelado por mi sobrino o por fray Humberto. Les echo de menos.

Seguro que sería ahora el fraile quien me impusiera escribir que para Gracián nada era sencillo y a veces él mismo complicaba las cosas aún más. Como en este caso, que sería tan del gusto de Julio como de su diablillo, cuando Gracián no quiso ir a Roma por tierra. Tenía miedo a los bandidos. Así que se embarcó a Gaeta, y de Gaeta a Roma, en una fragata de la Inquisición, vestido con un hábito negro y un capote, que parecía de agustino sin ser de agustino. Pero sucedió lo que no podía imaginar: que una fragata de corsarios se acercara a tiros, entraran los turcos a la fragata, lo robaran todo, le pidieran a Gracián lo que llevaba, y se viera metido de pronto en un gran peligro que le supuso no poca cosa: dieciocho meses de cautiverio.

Tuvo claro que allí la muerte vendría a por él y que a tierra no volvería, pero prefería la cruz clara de los enemigos de su fe, dijo, que los temores y los escrúpulos que se sienten cuando son los siervos de Dios los que entran en contradicción.

El hábito, pues, le duró poco, porque pronto se vería, como él mismo cuenta, vistiendo las ropas que le dio Adán, o sea desnudo, con el buen cuerpo con el que, santiguándose con escándalo seguramente, hubiera querido haberlo visto Doria. No le faltó humor, sin embargo, para decir que estaba contento con el hábito de Adán porque ese hábito no se lo podía quitar nadie sino desollándolo. Y cualquiera iba a atreverse a afirmar que faltara en los conventos de los descalzos quien estuviera dispuesto a darle ese gusto.

Llegado a este punto de las aventuras de Gracián, por las que yo había pasado tan precipitadamente en mi escritura, y casi de soslayo, me metí en los papeles que quedaban a mi alcance del supuesto padre Barmant para tratar de seguirlas por el mismo orden que Gracián imponía a sus supuestas confesiones con el supuesto jesuita, pero me extrañaba que el diablillo del sacerdote narrador no estuviera conchabado con el de mi sobrino, aunque insisto en que creo que los dos eran un único diablillo, inquieto por saber cómo había sido aquel cautiverio.

Bien es verdad que de eso habíamos hablado alguna vez mi sobrino y yo, y fray Humberto le recomendó entonces no meterse en semejante aventura para la novela que pretendía, explicándole que el cautiverio por sí solo daría para un relato bien largo y enjundioso.

Pero si las aristócratas que frecuentó en Roma Gracián y lo admiraban solían pedirle como aburridas cotillas en sus entretenimientos con él que contara historias de lo que pasaba en aquellas galeras de su cautiverio, no me imagino al diablillo sin urgirle al padre Barmant o a mi sobrino a contar qué pasaba allí en aquellos meses. Por las notas que tengo de ellos, que de todas maneras eran similares a aquellas con las que yo ya contaba, supe que hubieron de escuchar con rubor las damas que Gracián se hallaba más cómodo en cueros ante los turcos que con el disfraz de agustino que le habían obligado a ponerse. Bien es verdad que le dejaron taparse sus partes pudendas, que al decir de quien tomó los apuntes ya andaban imaginando las señoras en mayor o menor medida, con unos paños de lienzo. No pensaba que fuera a otro sitio que a la muerte, entre tanta hediondez y con esposas en las manos, pero Gracián les describió casi todo a las señoras entre risas, como para restar importancia a su martirio o como si hubiera sido una diversión todo aquel tiempo de miedos con las plantas de los pies marcadas. Levantó un pie para contar con inaudita gracia lo que parecía de gravedad: que fuera eso, levantar un pie, lo que le pidieron, para marcarle una cruz en la planta con un hierro encendido. Y es que los turcos, si veían peligro de mal tiempo, le hacían una cruz a todo eclesiástico cristiano que se les pusiera por delante, con el fin de que, ofendiendo a la cruz de Cristo, volviera el buen tiempo. Y se debió echar a temblar Gracián cuando le dijeron que lo peor era que el tiempo no amainara, que de pasar eso podrían quemarlo vivo.

Para su fortuna, allí estaba contándolo. Contando, por ejemplo, que en medio de un hedor insoportable, comiendo mal bizcocho y bebiendo agua putrefacta, pasaron por la isla de Ventonete y llegaron a Berbería, donde un turco cubrió la desnudez de Gracián con un hábito de herbaje, le dieron zapatos y le colocaron un birretillo azul en la cabeza. Parece mentira que Gracián hiciera esta descripción a las señoras entre risas y que estas respondieran con más risas al dramático relato. Muerto de hambre y de sed, contó, ya en serio, que le nació una serenidad interior y ganas de ver a Cristo desde su martirio. Había perdido la esperanza de volver a tierra cristiana.

Luego llegaron a la isla de San Pedro, después de haber pasado por Gaeta, sin llegar a asaltarla como querían, y embarcaron todos en las galeras del gran duque de Florencia. Hasta llegar a Bizerta, puerto de Túnez.

Parecía Gracián cansado del relato que mantenía el interés de sus acompañantes, según Barmant, cuando se vio obligado a nombrar al dueño del bajel donde fue prendido, un tal Elisbey, capitán de Bizerta. Y a Duralí, un vecino de Argel, que iba con él. Y los nombró para contar que entre aquellos dos individuos se repartieron a los setenta y pico cristianos caídos en cautiverio. Él le tocó en el sorteo a Elisbey, menos rico que el otro, de lo que era fácil deducir que, necesitado de dinero su dueño, pudiera ser Gracián rescatado más pronto que de poseerlo el rico.

Las risas le vinieron otra vez al parecer al recordarles que al llegar a Túnez lo sortearan al mismo tiempo que a un joven barbilampiño de Génova —hermoso de rostro, dijo, cuando una de ellas le preguntó si era guapo, y muy guapo dijo que era— por quien los turcos estaban dispuestos a dar el precio que fuera. Gracián seguía riendo, pero ya las damas, hablando como hablaba él de escenarios desagradables, no le seguían en las risas y empezaban a compadecerlo. Sobre todo cuando les dijo, conmoviéndolas, que se habían olvidado de darles de comer y de beber a los cristianos que no habían renegado de su fe, como era su caso, mientras a los que con ellos se habían entregado al pecado los recompensaban con buen condumio, que eso sí, al condumio, se atreve a opinar el padre Barmant, sí que daba mucha importancia Gracián.

Por si había chicos guapos se interesaban las damas con insistencia y apenas recato, y a Gracián, según lo escrito, no le importó hablarles de los casacas que acudieron una vez a visitarle y que eran los mozos sin barba con los que los infieles se solazaban como si fueran mujeres y los llevaban muy arreglados y olorosos para disfrutar con ellos y entregarse a sus vicios. Y ante los gritos de escándalo de las aristócratas les acababa de contar lo encerrados que los mantenían a buen resguardo; «como otros a sus amigas», les explicaba, divertido. Pasaba luego a la seriedad para advertirles que no era tanto pecado cosa de reír, cuando el que más riera fuera él mismo, y sacaba el padre Barmant a actuar a su diablillo para empeñarse en pormenores porque los turcos parece que compraban por alto precio a los mozos sin barba, ya se tratara de un grumete o de un bajo y pobre, para sus maldades. Y que una vez los compraban, los vestían con mucha riqueza y adorno, los atiborraban a comidas y los halagaban para que se volvieran turcos. Y a los muchachos, viéndose adorados por el patrón, ataviados de seda y con buenos manjares que llevarse a la boca, poco les importaba renegar de la fe cristiana.

Dice el padre Barmant que aquellas damas, ignorantes de los extravíos de los turcos que tanto gustaban de ese pecado con los mozos, no hacían más que condolerse de la mucha tribulación que aquella situación supondría para fray Jerónimo Gracián.

Él, sin embargo, parecía comprender que renegaran de su fe por salir del trabajo insufrible del remo, aunque otros lo hacían solamente y con mucho gusto por la vida ancha y viciosa en la que se metían.

Elisbey, su dueño, encarceló a Gracián en un corralillo desbaratado, con unos maderos y una tahona que traía un asnillo, gobernado, según dijo, por un ciego renegado. Tardó tiempo en comer hasta que le trajeron una escudilla de caldo de la olla, hecho de media cabeza de vaca de la que le tocó una parte del hocico.

El diablillo de Barmant parece que le urgía a que contara más calamidades de aquella aventura. Gracián, que parecía henchido de gozo por haberlas vivido, no quería entrar en detalles. Entró en ellos, a pesar de todo, y le contó cómo lo llamaban «papaz», igual que llamaban allí a todos los sacerdotes cristianos. Y a él más, porque sin que supiera cómo empezaron a decirse unos a otros que era arzobispo que iba a Roma para ser cardenal y luego papa y llevaba consigo buena renta. Bastó eso para que el bajá se agarrara a la ley que mandaba que cuando era cautivo un hombre de tal categoría se adueñara de él el mismo bajá o el Gran Turco. Y como Elisbey era súbdito del mando otomano y obligado a cumplir la ley le pasó a Duralí, que era de Argel, al supuesto arzobispo.

Dice Barmant, sin dejar a su diablillo actuar por dentro de él, que ante su cara de desolación, Gracián mostró satisfacción por poder confesarle que se le disiparon los miedos y empezó para él una vida de regalo por el poder que se le atribuía al tenerlo por arzobispo. Lo mismo le entregaban reales, por si se le antojaba comprar algo, que le traían una camisa de algodón; por mandato de una sultana renegada recibió una de lienzo, como de Holanda. Luego los cristianos le hicieron un barragán blanco para vestir de su propio gusto. Y sobre todo —Barmant insiste en el placer de Gracián con la comida—, le colocaron sobre un poyo siete perdices asadas que a Doria lo hubieran puesto de los nervios y que Gracián disfrutó con el pan más blanco y sabroso que había visto, que cada día le enviaban uno. Además, seguía contando, con una alegría inesperada para el propio Gracián, cómo lo entretenían con músicas y le llevaban regalos en secreto.

Pero poco tiempo tuvo a Duralí por su dueño. Bastó que el embajador del Gran Turco se presentara allí y, sin más que un breviario viejo que le dieron y un barragán listado, cuenta Gracián que partió para Túnez, en hábito de sayal viejo y con las carnes desolladas de la aspereza de la prenda en la galera.

Se da entonces el padre Barmant a describir por su

cuenta a Gracián en la alcazaba del bajá, puesto de rodillas a sus pies y sin saber qué contestar a las preguntas que el sultán le hacía sobre España y el rey, sabedor el musulmán de que el monarca español tenía gran confianza en el para él arzobispo. Pero, le contestara lo que le contestara Gracián, pronto lo juntó el bajá con los otros cristianos cautivos, en medio de las sabandijas que se apoderaban de los cuerpos y del ruido y la hediondez, puestas a sus pies unas traviesas.

De haber estado conmigo fray Humberto detendría mi relato para no perderse él un párrafo tan destacado como este: No pasaría un mes sin que los jenízaros, soldados de guardia de la tierra del sultán, reunidos en aduana, mandaran a decir al bajá que habían sabido que el arzobispo no era tal, y que era un simple fraile, pero sobre todo un inquisidor en tierra de cristianos que había mandado a quemar a más de cincuenta renegados. Y no bastaba con tal información, de la que supo Gracián por un confidente portugués, sino que le pedían al bajá que lo quemaran vivo.

Gracián dejó escrito que en tal circunstancia se le encogieron los nervios, se le añusgó la garganta y se le heló la sangre que más tarde habría de arder. Se hizo el propósito de morir por Cristo. Quemarlo vivo allí era quemarlo poco a poco, con un fuego a la redonda para que se fuera asando con lentitud.

No parecía Gracián con ganas de seguir hablando de aquello y trataba de cambiar ya de conversación en el texto de Barmant, pero Barmant debía tener buenas artes para sonsacarle porque lo invitó a recordar el miedo que le vino cuando se enteró de que así como otros reyes disfrutaban con la posesión de jaulas habitadas por leones o aves raras, al Gran Turco lo que le gustaba era poseer una gran jaula de madera, rodeada de un buen muro, con hombres principales dentro.

«Me di por pájaro de aquella jaula donde decían los cristianos que hay tanto frío que a muchos de los que están allí les cortan los pies cuando tienen muerta la carne de esa parte para que no mueran del todo.»

¿Y qué pasaba con Doria mientras Gracián sufría tantas calamidades?, habría preguntado mi sobrino. Fray Humberto ya sabría bien lo ocurrido con Doria, estoy seguro.

Y una cosa había pasado para satisfacción de Doria, le hubiera respondido yo a Julio, y es que el papa de entonces, Clemente VIII, independizaba un Carmelo de otro, el de los calzados del de los descalzos, y la vanidad de Doria resultaba complacida con su nombramiento de primer general de la nueva orden, algo por lo que tanto habían luchado Teresa y Gracián. Y si hubiera insistido en la pregunta sobre qué pasaba con Doria, ya general de la orden descalza, mientras Gracián seguía en cautiverio, mi respuesta hubiera sido esta vez que peor suerte tuvo Doria en España que Gracián en prisión, donde le dieron mejor trato los infieles que sus hermanos de los conventos, aunque ambos lo hicieran sufrir. Había pasado Gracián otras calamidades, le había confesado a Barmant, pero no se detuvo en la descripción de ellas. No dejaba de escribir y podía decir misa. Se dedicó a confesar a cristianos cautivos y a consolarlos, a procurar dineros para salvar a algunos de que les cortaran la nariz o las orejas y a ser a la vez depositarios de los dineros de los cristianos y de los turcos que se iban a curar con los cristianos.

«¿Y Doria, qué?», pudo haber insistido mi sobrino.

Peor suerte corrió, le hubiera explicado. Sencillamente porque vino la muerte a llevárselo por más que se resistiera. De un tabardillo se acabó la vida de aquel déspota en una celda de Alcalá donde agonizó rumiando. A todo el que se le acercaba le daba la plática obsesiva sobre la penitencia y todo se le iba en decir que a nadie guardaba rencor ni había sentido pasión contra nadie, como si repitiéndose la mentira tratara de engañar a Dios mismo.

Viendo la muerte venir para derrotarlo definitivamente con su hacha, después de que hubiera conseguido separar a calzados de descalzos para convertirse él al fin en triunfal general de una nueva orden.

Se imaginaba a sí misma aquella mente perdida como un cadáver predicando, un esqueleto activo, fantasma impenitente y cruel: tanta era su vanagloria que aspiraba a que sus propios huesos predicaran las obsesiones que lo llevaban a la crispación y a la angustia como una bestia negra. Por los claustros de San Hermenegildo de Madrid se le veía repitiendo sus admoniciones a quien se encontrara, o aun sin encontrar a nadie, hablando a solas, erre que erre, quizá buscando a su propio fantasma.

Y hablando a solas y mostrándose a sí mismo como ejemplo de virtud murió aquel farsante con cincuenta y cinco años.

Lo cierto es que mucho cundió la alegría que trajo su muerte.

Porque es difícil imaginar a una monja virtuosa alegrándose por la muerte de alguien, y más si aquel de cuya muerte se alegra está para ella en los infiernos y no en la gloria de Dios Padre. Pero María de San José, que sufrió las furias de Doria y los suyos y fue víctima de sus ignominias, más el daño que a la obra de Teresa hicieron, no dudó en echar las campanas al vuelo por la muerte de Doria.

Por eso dijo que estaban ellas en el mayor aprieto que nunca se vieron y sin esperanza de salir del mando tiránico cuando se lo llevó Dios y les trajo la libertad a aquella pequeña grey.

Y luego, después de él, murieron otros, precisa la monja con satisfacción en su escritura. Y sigue explicando que de todos los que estaban juntos para lo mismo, para dañarlas, murieron seis en poco tiempo. Y parece hacer el recuento gustosa, quizá recordando cómo uno de ellos, fray Tomás de Aquino, al que tuvo que sufrir en Sevilla, se quebró una vena, cuando iba de Madrid a El Escorial, sin que nadie le viera morir y de casualidad encontraran su cadáver.

Celebra además que con la muerte de todos los de aquella junta desaparecieran las amenazas y quedara toda la religión, y aun toda España, admirada de ver cómo se acababa tanta malicia.

Y hasta el nuncio, cuando informa a Roma de la elección del sustituto de Doria, fray Elías de San Martín, también parece satisfecho y liberado con la muerte de aquel gerifalte del Carmelo, una muerte de la que dice que más que alteración ha producido buen efecto, porque no habría sido acertado a su parecer que en el generalato permaneciera en perpetuidad un gobierno que empezaba a ser odioso y causaba división en aquella religión nueva.

Y en eso estaban, cuando nombra María de San José a Gracián como el santo varón que si se halla en cautiverio en el momento de la muerte de Doria es para ella por culpa de sus poderosos enemigos, que lo persiguieron por mar y tierra hasta que cayó en manos de los turcos. Y pide al Señor por su liberación, que el cautiverio de Gracián era entonces lo que más la atormentaba, mientras lo veía envuelto en prisiones y trabajos y librando almas de renegados del poder del demonio.

Y Dios la escucha.

Porque menos mal que el bajá de Túnez tenía intereses económicos en el rescate de Gracián y no hizo caso a los que le fueron con el aviso de que no era arzobispo ni cosa parecida.

Así que, después de mucho tira y afloja, dinero de por medio y en el trato un judío, amigo de la familia del preso, Gracián terminó en Tabarca. El judío rico de Túnez que hizo de intermediario en el negocio del rescate hubo de advertir al bajá, que estaba en aprietos económicos, que Gracián no era otra cosa que un pobre fraile, sin dignidad ni renta, y que su orden no iba a dar ni un real por él, que lo habían engañado. El turco, necesitado de dinero, que temía que lo matasen los jenízaros si no les pagaba, había pedido al judío que le hiciera un préstamo. Le respondió el judío que no llevaba consigo más que los seiscientos escudos que para el rescate de Gracián le habían dado los parientes del fraile que vivían en Gaeta. Tardaba en decidirse el bajá y lo convenció el judío.

De retrasar el rescate, le advirtió, tratándolo como lo trataba él, no le iban a dar por Gracián más que un costal de huesos.

Así que le quitaron a fray Jerónimo los hierros de los pies entre dolores y el judío lo escondió en Túnez por temor a que pasara lo que pasó: que se arrepintió el bajá de aquel negocio del que se sentía engañado y buscaba a Gracián con denuedo para encerrarlo otra vez.

Un mes pasó Gracián en la casa del cónsul francés, oculto allí por el judío, y de aquella mansión salió para Tabarca, adonde arribó el 1 de mayo de 1595. Y de Tabarca, libre al fin, partió para Génova.

La alegría de María de San José por la liberación de Gracián fue mucha, pero más fue su contento por recibir a fray

Elías de San Martín cuando lo eligieron general a la muerte de Doria. Esperaba, dijo, cumplida paz y restauración de las pérdidas.

Tampoco Gracián, cuando se entera de la muerte de Doria a su regreso del cautiverio, deja de expresar más o menos su satisfacción por que en el primer año de su dolorosa ausencia se llevara Dios a casi todos los jueces que lo expelieron y pretendieron verlo fuera de la orden, aunque se mantuviera, y con no poca razón, el temor por los que quedaban. Los seglares murmuraban que era justo juicio de Dios.

Y de todo este proceso de liberación y algunas anécdotas posteriores nada se decía en los papeles que me llegaron. Supe por ellos, al menos, de la historia del Jerónimo Gracián que apareció enseguida por Roma, liberado, con el cuerpo marcado por las torturas del cautiverio.

Para volver enseguida, eso sí, a otro cautiverio en tierra cristiana.

Seguro que mi sobrino y el fraile me pedirían que me demorara en lo que he de narrar a continuación, pero no estaría yo para más demoras en lo que se pueda contar con rapidez. Así que he de escribir que ni la muerte de Nicolás Doria ni la llegada del bueno de fray Elías acabarían con el mal destino de Gracián. Él, humildísimo, con cualquier conventillo se conformaba; pidió que lo recibieran en su orden y el papa tomó la decisión de que volviera a los carmelitas descalzos, pero ni siquiera el pontífice tenía la última palabra por mucho gozo que le diera a Gracián con ese anuncio. Felipe II no era del mismo gusto que el papa y mantenía la opinión de que el regreso de Gracián al Carmelo volvería a complicarlo todo.

Y complicado estaba todo en Madrid, que buenos eran aquellos frailes descalzos, herederos de Doria, para tener la fiesta en paz, con lo que Clemente VIII, tratando de evitar más enfrentamientos, le ofreció el hábito de los calzados en San Martín in Montibus de Roma y allí se hospedó, aunque no por mucho tiempo.

Bastó que el cardenal Deza lo nombrara su teólogo y se lo llevara a palacio, donde no le faltaría de nada en media década, ni confortable estancia ni sabrosa comida, para que Gracián se fuera al palacio de su protector y abandonara el convento. En la residencia de Deza podría escribir, sobre todo, que los sobresaltos de tantas complicaciones frailunas apenas le habían dejado sosiego para ello.

No obstante, poco tranquilo quedó y se metió en nuevas fundaciones teresianas o colaboró con ellas. Se fue además a Nápoles a cuidar de las almas de los soldados de un cuartel y abrió allí una casa de arrepentidas para que no faltaran nunca las mujeres en sus misiones apostólicas.

Ya estaba en Roma de nuevo, metido en el año santo y ayudando en su organización, cuando hubo de pasar a África por orden del papa para predicar a los cautivos y anunciarles la reconciliación. Y se dispuso a hacerlo con gusto porque sentía por los moros mayor estima y consideración, decía, insistía más bien, que por los suyos.

El camino de Marruecos tuvo antes un largo sendero por Italia donde recababa limosnas y hacía gastos o se enteraba de las circunstancias en las que se hallaban los cristianos cautivos y cosas por el estilo. El calor no favorecía su recorrido dificultoso, pero aquello fue nada comparado con lo que le sucedió en España cuando hizo escala demorada en su patria, camino del norte de África.

Ya había muerto Felipe II para entonces, sin haberle devuelto su real confianza a Gracián, y de Felipe III tenía que conseguir salvoconductos. Como la corte se encontraba en Valladolid, adonde había sido trasladada, hacia allí se fue con una mula y se encontró a sus hermanos descalzos muy reticentes a albergarlo. Dispuestos parecían ahora los frailes reformados a airear otra vez las mismas acusaciones de siempre y creían que por haber vestido Gracián su hábito de descalzo, que era el que llevaba en aquellos momentos, lo que quería de ese modo era burlarse de ellos, provocarles. Así que, y además con encono, en pura rabieta, pidieron a Roma la prohibición expresa de que Gracián se hospedara en sus conventos.

Pronto les dio Roma la respuesta: que Gracián vistiera su hábito de calzado y se dejara de enredos.

Los calzados, por el contrario, le ofrecieron una acogedora celda y hasta le mostraron su alegría.

No obstante, deseaba salir pronto para Marruecos, pero no le faltaban dificultades para emprender su viaje. Una de ellas, y no pequeña, fue la muerte de su madre, a la que veló tres noches sin apartarse de su cabecera, y aunque hubieran sido cientos de noches, dijo, no se hubiera cansado de velarla.

Con este pesar, no tardó un mes en partir para Marruecos, en saltar de Gibraltar a Ceuta y, desde allí, a Tetuán. Y tuvo que volver de Tetuán, donde al verlo con bulas del papa y cartas del rey lo habían tomado por más poderoso de lo que era, que no era nadie, y a Ceuta regresó buscando el entendimiento del rey de España y del jerife.

Poco pudo hacer más que animar a aquella gente que sufría hambre y para España se volvió y le contó a Felipe III lo que había hecho: depositar dineros para rescate de cautivos, concertar lo que pudo con mercaderes moros, judíos y cristianos, que se redimieran los que estaban más en peligro de abandonar la fe, encaminar los abundantes dineros que había en España para las redenciones y describir al rey lo que vio: el peligro de que los moros se entendieran con los ingleses si los ingleses llegaran hasta allí. Después le dijo al monarca que él en Ceuta no tenía nada que hacer y que si lo querían mandar a Etiopía, donde había gente por bautizar, pero no tenía quien la bautizara, y donde los bautizados estaban necesitados de asistencia espiritual, con un mandato del papa se iría a Etiopía.

Ni el papa ni el rey se interesaron, sin embargo, por las ansias de aventura de Gracián, que predicó aquí y allá al volver, y escribió y escribió, vestido de calzado, sin que le hicieran caso.

María de San José, su cómplice incondicional, murió en Cuerva, desencantada, en medio de la frialdad y el desprecio de las monjas. Otro general del Carmelo, bajo el espíritu de Doria, buscó una barca, la sacó en ella de su convento de Lisboa, sin que nadie se enterara, la pasó a España y encomendó a unos frailes que la condujeran a Castilla. Allí murió en silencio, abandonada, después de unos días de destierro.

Teresa de Jesús había expresado su deseo de que después de su muerte eligieran por fundadora a María de San José. Pero no era la voluntad de Teresa la que alentara a aquellos oscuros cuervos con hábito que anidaban en sus conventos. Gracián, por boca de Anastasio, dirá en esos instantes, muy compungido por la pérdida, que María de San José había sido «una de las mujeres de mayor pureza, santidad, espíritu, prudencia y discreción que después de la madre Teresa de Jesús había conocido en la orden, y la que más trabajos y contradicciones padeció por estar firme en que no se mudasen las leyes que su madre Teresa les dejó ordenadas».

Algo agitado en mi relato anterior me habrían visto fray Humberto y mi sobrino, con prisas de acabarlo. Y me parecía verlos, mirándose el uno al otro, por saber qué camino iba a seguir yo a continuación.

No tuve dudas. Me puse a contar que Jerónimo Gracián pasaba ya bastante de los sesenta años y muchos habían sido los palos y desgastes de su cuerpo y de los que del alma pasan al cuerpo y producen más trastornos. Los tuvo por el estudio, excedido siempre en el trabajo, aun en los años mozos en que Barmant y él se conocieron en Alcalá, según lo vi escrito, de lo que deduje que Barmant pudo haber sido un personaje real convertido por mi sobrino en persona de ficción. En todo caso, la salud se le volvió frágil a Gracián en la agitada vida a la que lo sometió el destino o en la que se empeñó sin desmayo, tratando de defenderse de acusaciones y calumnias atroces y constantes y viviendo destierros, apartamientos, cárcel y cautiverio, como hemos visto.

Entre las acusaciones estaba, también lo sabemos de sobra, la del buen comer. Y entre ese legado de papeles del que yo disponía, descubrí unas páginas sueltas en las que el padre Barmant, que se confesaba en ellas tan aficionado a la buena comida como creía él que lo era Gracián, y tal vez por eso insistía en lo mismo, se muestra muy satisfecho por que fray Jerónimo recordara con gozo el buen pescado fresco que comía en Valencia, donde el patriarca Juan de Rivera lo invitara a quedarse y se quedó hasta por dos años. Lamentaba que las monjas que le regalaban cosas dulces no le enviasen sardinas. No podía entender cómo los valencianos de entonces tenían por cosa mala comer anguilas frescas, que había muchas y valían a medio real la libra. No le daban mérito, al parecer, a las naranjas, las limas o las sidras dulces, que según Gracián las había estupendas —lindísimas, dice— en aquella huerta. Lo que le enviaban era jalea con ámbar, bocados plateados de carne de sidra o limón o no sabía muy bien qué —muy oloroso, dice—, en unos vidrios muy pulidos, que tienen muchos de sobra.

Es posible que de tener conmigo a fray Humberto al referirme ahora al Gracián comilón recordara este cómo por boca de Anastasio, su personaje, dijera el padre a Cirilo, su interlocutor, hablando de sus tiempos de Pastrana, que de la comida no podía él explicar lo que le sabían y le engordaban los nabos, berzas y caldibaldos del refectorio, que en otro tiempo bien distinto le hincharan el estómago y acabaran con él. Y que cuando Cirilo le contestara que eso parecía un gran milagro, le diera por respuesta Anastasio que no fuera milagrero, que era natural que cuando el espíritu está en su centro, por la simpatía del cuerpo redunda en él la salud y el gusto, y cuando no lo está, las gallinas y faisanes se vuelven ponzoña, y el azúcar y la jalea y el almíbar amargan como acíbar, igual que le acaecía a él cuando estaba en casa de don Andrés de Boadilla batallando con su vocación.

Tal vez mi sobrino me recomendara hurgar en estos mismos papeles sin orden para contar que también Gracián estuvo en Alicante, dispuesto a embarcar para Italia, y que le gustó mucho la ciudad y sus gentes. Y que no le pasó lo mismo con Murcia, donde criaban gusanos de seda. No sé, sin embargo, si ese recorrido le habría merecido la pena.

Entre los primeros papeles que repasé del gran paquete que me había sido enviado estaban aquellos donde el supuesto padre Barmant veía a Gracián, al apagársele la vida, tocado al mismo tiempo por la enfermedad y por la locura del caballero medieval que llevaba dentro, sin que nadie consiguiera retener su fascinación ante el esplendor de Flandes.

En Valencia estaba aún cuando recibió la petición del embajador de España para que lo acompañara a Bruselas. Y a Bruselas se encaminó decidido, aunque no partiera de Valencia sino de Pamplona, más tarde. Pero, ya en Bruselas, se resistía a que la muerte le llegara al lecho plácido de la celda, cuenta el padre Barmant, y no al campo de batalla para el que reconocía poseer un talento dormido.

A marcharse de este mundo parecía seriamente decidido aquel fracasado —escribe Barmant—, pero por el camino de Flandes. Y aunque el padre Moore, confesor de Barmant, contradijera a este con gesto de desaprobación, bien le parecía a él que de lo que ahora trataba Gracián era de enmendar sus fiascos con los moros, abundantes sus torpezas y exageradas sus pretensiones, echando suerte esta vez entre herejes y luteranos con premura desmedida. Y dice el jesuita que se le vino a Gracián a la mente el soldado que llevaba dentro, el que estuvo en Lisboa cuando los ingleses la atacaron, y sin que viniera a cuento le recordó con regodeo el miserable espectáculo de muertos que había visto allí, pero insistiendo en cómo ponían boca arriba a más de trescientos castellanos muertos, cruzándoles los brazos en señal de católicos, y boca abajo a los luteranos, mirando al infierno, donde estaba seguro de que se hallaban, para quemar sus cuerpos.

«No se barruntaba arrepentimiento en tanta falta de misericordia sino más bien conformidad», se sorprende Barmant.

—He experimentado el desamparo interior y exterior juntos, padre Barmant —le cuenta al supuesto jesuita en los papeles que manejo—. El desamparo exterior de todas las criaturas que me podían consolar viendo que mis émulos me perseguían; los que no me conocían les daban crédito; mis amigos me volvían las espaldas, y cuando les hablaba en razón de mi consuelo y consejo, encogían los hombros. Díjome uno de los más santos y antiguos conocidos que tenía: no tenéis otro remedio sino iros a un monte o desierto donde jamás os vean gentes.

Cuenta el padre Barmant que hablaba quejoso y poco dispuesto a perdonar, aunque lo negara. Recordaba los baños de su cautiverio, una mazmorra debajo de tierra, con un pequeño respiradero, como un pozo. Los guardianes a la puerta con sus armas. La puerta cerrada cuando se ponía el sol y abierta al amanecer para el trabajo. «Me lo contaba en voz baja como si le viniera el miedo. Y seguía contando que era aquel un lugar angosto, con seiscientos cristianos dentro, unos sobre otros, los más con cadenas. Y se llevaba las manos a la cara porque decía que aún le llegaba la hediondez y el ruido de aquella mazmorra con sabandijas a las pesadillas que sufría en el sueño. Mas aunque cualquier calabozo pudiera parecerle jardín deleitoso en comparación con lo que allí pasaba, no sabría decir si peor recuerdo tenía de aquel aposento estrecho y sin luz en que lo metieron los frailes en Madrid y de la celda del noviciado en la que no podía ver nada ni a nadie sino al que le llevaba un poco de comer para subsistir. Se hizo después un silencio entre nosotros, más por mi impresión que por la suya en el sereno aunque indignado relato que el padre Gracián me ofrecía. Aunque de ordinario se guardaba mucho de la queja, habló con más claridad el día en que nos hallábamos en aquella ermita, aislada en una huerta, entre olorosos matorrales que despejaban el tufo de un hedor que no acababa de afirmarse por las sombrías estancias que iban de claustro en claustro, atravesadas las cuales en improvisada procesión me condujeron hasta allí los frailes, sin que yo supiera bien si tenían por misión conducirme hasta un lugar sagrado donde tuvieran por venerado a Gracián o hasta una presa demoníaca que había que vigilar con cuidados. Sabía lo bastante de él como para no desconocer que si de esmerado para el lecho y la estancia se le había acusado con frecuencia, como prueba de poca virtud, y no por otra cosa que para hacerle daño, al menos dejaría entrar ahora el aire fresco en su celda si es que por pecaminoso no tuvieran los suyos que oliera a limpio su morada. Era tan aseado como aquellos a los que nombró de pronto, Juan de la Cruz y la propia Teresa de Jesús, que esta, entre sus lamentos por el cautiverio de *su Séneca*, le comentaba a Gracián su preocupación por la higiene de Juan, que siempre había sido muy pulcro, ella, que en tanta estima tenía el propio aseo y el del mismo Gracián por lo que dijo él. Y al mentar yo a Juan de la Cruz, no desaprovechó Gracián (que fue la muerte, dijo, lo que lo libró de que también a él le afectaran las infamias) para recordar, no sé si con rabia o con pena, que se pusiera del lado de Doria y contra él, cuando en ausencia de fray Nicolás presidió en Segovia la consulta. Había pedido Gracián licencia para aceptar el encargo del cardenal Alberto de la visita apostólica de los carmelitas calzados de Portugal, y no sólo se la negaron sino que pidieron a gritos acabar con él. Lo que acometió fray Juan fue aconsejar que hiciera su petición Gracián al vicario general de las Órdenes y que con el pretexto de que el padre vicario estaba ausente la consulta no firmara nada. Así iban a quedar, dijo Juan de la Cruz, bien con su alteza. Y dijo más: dijo que aquel modo de Gracián de pedir la licencia no era un modo de pedir, que los tomaba a ellos por súbditos y no como superiores, y como quien pone pleito. Y puso más leña al fuego, me contó Gracián, que levantando la voz aquella mosquita muerta, urgió con coraje a que se le pidiera a fray Jerónimo que fuera allí para que contara en qué le ocupaban el rey o el nuncio, que todo era invención, pensaba él. Gracián se iba creciendo en la irritación, a medida que recordaba las palabras de quien para Teresa había sido tanto espejo de virtud, porque le tocaba recordar ahora lo que dijo fray Juan: que más valía que se perdiera él a que él los destruyera a todos ellos y a la orden, a la cual tenía Gracián poco amor, según fray Juan. Y no fue poca cosa para fray Jerónimo lo que dijo Juan de la Cruz, que insistía en el modo en que repetía lo mismo, sin arrepentimiento y con ganas de acabar con él. Por el contrario, aclaraba que no había dicho lo dicho en recreación. Y había dicho más: que no había que tener lástima al padre Gracián, sino hacerle la guerra, y que no buscara amparo entre ellos, que no lo iba a encontrar. Gracián quiso contener su furia en el recuerdo de fray Juan, mas revivía con decepción su acaloramiento y su crueldad y se imaginaba el asombro de Teresa de haber visto al pequeño y virtuoso fraile en tamaña indignación. Sabía el padre Gracián que no iba a tener la misma suerte que Juan de la Cruz, que ya caminaba a los altares. Y que los suyos lo veían a él o lo querían más en los infiernos que en la gloria, o que, al menos, le escatimaban el reconocimiento de la virtud y le negaban los méritos que tuvo en la reforma.»

No había humildad en aquellas palabras de quien se tenía, sin disimulado orgullo, por soldado hábil y capaz de toda una vida, pero ponía a Dios de por medio con el argumento de que el Señor iba a pedirle cuentas de su modo de desaprovecharse cuando bien pudiera pensarse que era él quien se lamentaba de sí mismo por no haberse sacado todo el provecho del que se sentía capaz. Tanto había aprendido en sus años mozos de Alcalá el arte de la esgrima contra los herejes, sin haberse dispuesto nunca a la batalla, y de ahí su pesar, que se disponía a reconocerse cuando lo vio el padre Barmant, tratando de enmendarse para su propio gusto, como un verdadero holgazán en toda su vida transcurrida.

«Cansado o no por aquellos días de nuestros encuentros —sigue Barmant—, que a ratos parecía rendido y a ratos presto a la acción con un brío sorprendente, nadie diría que era un hombre a punto de acabar su vida en aquel mismo año como parecía tenerlo previsto con tanta convicción y firmeza.»

La historia de los terribles efectos que tuvo para Gracián aquella mirada decisiva de Teresa sobre él, una historia de la que Dios debió desentenderse con el tiempo porque pudo más el demonio, con prisión, destierro, desprecios y cautiverios para Gracián, despojado de hábitos y escupido, daba para más de una novela; como ya he dicho con reiteración, al menos, para tres.

Yo ya había cumplido con la segunda, esta que hasta aquí he ofrecido y que me había propuesto escribir a vuela pluma sólo como continuación de la primera, ya concluida por mi sobrino. Pero acabado mi trabajo me di a ordenar después otra pequeña parte de los textos que me habían llegado y que como fragmentos de una misma obra, más breve, podría publicarse con el título de *A las puertas de Bruselas*. Su autor era en lo que a mí me constaba, y como ya he dicho, el mismo reverendo padre John Barmant, SJ, a cuyas informaciones me he acogido; a su interés por concluir la historia de Gracián dando cuenta de su destino final, más desgraciado aún después de la muerte de Teresa.

Aunque poco le dijo Gracián a su confesor, de acuerdo con aquellos papeles que obraban en mi poder, si sólo le dijo lo que queda escrito allí, y lo que en unos pliegos sueltos recuperé yo para mi propio relato y ya he expuesto, pero barrunté que ya fuera mi sobrino el que lo redactara de este modo o el padre Barmant el que lo dejara escrito, algo incompleta era aquella confesión.

Aquí queda añadida la última parte del misterioso envío, unida a las otras dos, la que nos lleva hasta la muerte de Gracián, con su título, *A las puertas de Bruselas,* y la firma de su autor, John Barmant, SJ. Este sacerdote siguió a Gracián hasta su muerte y es el narrador, a partir de ahora, de aquella historia en la que pusimos algún empeño fray Humberto de San Luis y yo, pero muy especialmente mi sobrino cuando aún era fray Casto del Niño Jesús.

# X
## A LAS PUERTAS DE BRUSELAS

El valor espera; el miedo va a buscar.

JOSÉ BERGAMÍN

Jerónimo Gracián había decidido por su sola cuenta morir el mismo año de 1608 en que empezamos a vernos y a mucho conversar en su monasterio carmelitano de Bruselas. Insistía él entonces en que su vida no iba a superar aquella fecha. Insistió tanto en ello que preguntele con sorna si había convenido ya con Dios y por su cuenta la fecha precisa de esa muerte a la que se disponía y, presto a la sonrisa siempre, limitó su respuesta aquella vez a una tenue carcajada amable. Así que antes que esperar a que Dios tuviera decidido otro plan para él y ponerle a su muerte fecha de designio divino, dejándola para más tardar, como corresponde hacerlo a un Dios que todo lo puede, parecía bien seguro de que el Señor no le llevaría la contraria en lo que pudiera ser tomado como capricho de su ilustre fraile y estaba dispuesto a dejar esta incómoda vida terrena justo ese mismo año por propio deseo, sin dejar de contar con la voluntad divina.

Cierto es que si su convicción para eso era mucha, mucha más era la confianza que lo poseía por lo común en que

Dios estuviera de acuerdo con él en ese y en otros negocios; tanta confianza, al menos, como la propia en sí mismo, que no le faltaba, para tomar determinaciones sin contar antes con que Dios pusiera reparo a cuanto él hacía, decía o mandaba hacer por más que no perdiera nunca a Dios de vista, ni siquiera cuando se sentía abandonado por Él.

Y aventurando tribulaciones cerca de la hora final, en la que insistía con tanta convicción en su muerte como si fuera ya una decisión determinante más que de Dios suya propia, o de Dios con él, de mutuo acuerdo, pensé que pudiera esperar de mí el consuelo de una buena confesión. Porque no es que a Gracián le faltara la fe para percibir lo que Dios quería y disponerse a aceptarlo, pero sí había en él una cierta disposición a creer que eran determinaciones del Señor sus propias determinaciones y, en caso de duda, llegar a negociarlas. No era a mi parecer de los que escuchaban a Dios pasivamente, aunque si se le dijera que estaba siempre dispuesto a aconsejar al propio Dios se escandalizaría. O sonreiría como en él era costumbre, igual que si su sonrisa fuera una forma de desmentir semejante osadía.

Seguía yo a todas estas sin saber si Gracián, que había adoptado la postura del penitente, quería entonces confesarse o no. Por todo lo que de él refiero, y no sólo por lo que relatara de su cuenta, se sabrá ya que no poco conocimiento tenía yo a aquellas alturas de quien en religión pasó a llamarse fray Jerónimo Gracián de la Madre de Dios, aunque negar mi curiosidad por conocerlo en más hondura sería caer por mi parte en pecado de mentir o de callar la verdad sobre mis verdaderos deseos de saber más, y no siempre para conveniencia de mi alma, tan dada a perderse por los sueños o las suposiciones.

Sea como fuere, no me pareció raro el recelo que mostraran los frailes calzados la primera vez que acudí a aquel convento de Bruselas, dispuesto a confesar a quien para ellos era una eminencia de cuya virtud no acababan de fiarse unas veces y otras tampoco de su verdadero talante. ¿Acaso no confiaba Jerónimo en sus hermanos del Carmelo y, viendo venir la muerte apresurada, solicitaba ahora la asistencia de un sacerdote jesuita de su confianza para escucharle? Aquellos legos de mirada torva de la portería, extraviados los ojos de ánimas en pena, mirándose en el descuidado atavío de sus sayas andrajosas y pasando la mirada de sus manchados hábitos a mi atildado traje talar, ignoraban la admiración que sintiera Gracián por mi fundador, Ignacio de Loyola, proveniente del erasmismo de los Dantisco, la familia de Gracián, así como el interés inicial del padre carmelita por ingresar en la Compañía de Jesús, a la cual me honro en pertenecer y a la que fray Jerónimo nunca llegó a entrar, a pesar del disgusto de su piadosa familia. Decepcionó a sus padres en principio, que lo necesitaban como ayuda, y al mismo rey, que tan pronto se doctorara le iba a ofrecer una cómoda capellanía. Difícil tendrían saber de esto los frailes rollizos que me recibieron ante quien, como Gracián a lo largo de su vida, no andaba escaso de sospechas de falta ni de resistencia para reconocerlas y asumir la penitencia. Aunque por aquellos rostros cariacontecidos cabía ignorar qué persiguiera la dolorida compostura de unos, a los que la aflicción les daba un aura de compungida complacencia, y de cabeza ida en otros, para que no se acabara de entender qué era lo que intentaran mirar, mientras que al prior, tratando de ocultar la facha de su esmirriada figura, con fracasada voluntad de erguirse, le afloraban las preguntas en el entrecejo.

—Otra hubiera sido mi suerte —me confesó Gracián después, ya en su celda, apartado de frailes y en soledad conmigo— si Dios me hubiera encaminado hacia su ejército jesuita, padre Barmant. Y es que batallar con lerdos, almas oscurecidas por sórdidas batallas interiores, espíritus carentes de fineza y obstinados en el mal, demonios sin inteligencia empeñados en vestir nuestro hábito, cuando no mujeres por dentro y frailes por fuera, pone no sólo en riesgo la vida terrena, como tantas veces vi la mía en peligro, sino que arriesga, y así lo veo ahora, la propia vida eterna.

Y lo peor, a su entender, no era que los frailes de España fueran lo que fueran en momentos más lejanos y de mucha complicación por los que había atravesado, sino que aun en aquellos días en que nos veíamos en Bruselas le llegaran noticias de que fray Juan de Peñalosa, en una carta dirigida al general de la orden en Roma, insistía en la necesidad de reformar la provincia bética del Carmelo por la relajación general que allí se daba con la venta de objetos de culto, lujos y vestidos impropios de quienes figuraban pobres y mendicantes, mientras se ausentaban además sin justificación sus priores y salían y entraban los frailes según les daba la gana, muchas veces borrachos y a altas horas de la madrugada ante el escándalo de los vecinos y de la feligresía.

Mas si Dios le hubiera hecho caso a Gracián dándole la muerte cuando él se la pedía en 1608 no habría vivido en 1614, cuando cumplió sesenta y nueve años. Y gracias a que Dios le llevó la contraria pudo llegar a la beatificación de Teresa de Jesús aquel día de abril, que fue cuando al fin se confesó conmigo. Y lo hizo para celebrar que Teresa fuera ya beata como un paso previo a su canonización.

No esperaba yo encontrar en aquel eremitorio donde Gracián se alojaba motivos de adorno consentido y la primera vez que estuve allí me sorprendió por ello ver la verdadera efigie de Teresa de Jesús en un cuadro, ciertamente hermoso, que colgaba de la pared. En aquel retrato aparecía ella como la mujer que era, de cuerpo robusto y muy bien proporcionado, regulares y claros los perfiles del rostro y con aquellos ojos que se iluminaban al sonreír, que al sonreír ella resplandecían. Nada que ver con el retrato de Teresa que conocíamos de Giovanni Narducci de Nápoles, que de pintor, y no buen pintor, pasó a fraile, peor fraile que pintor, y en religión tomó el nombre de Juan de la Miseria. Allí aparecía Teresa sin luz en los ojos y tan hierática como nunca lo fuera. Coqueta, porque era coqueta —y Gracián me dio el consentimiento a la apreciación sin decir palabra, y sólo con mover la cabeza—, fea se vio en el lienzo de Narducci y no calló su parecer ni disimuló su disgusto al verse. Le gustó poco contemplarse con ojos legañosos y comparó su retrato con el que le hiciera Narducci a María de San José: más parecida a sí misma y mucho más guapa. Aquí, en este otro retrato que yo acababa de descubrir, obra de un pintor flamenco a quien Gracián hizo el encargo, Teresa, de la que se decía que todo le caía bien, aunque fuese un traje viejo y remendado que se vistiese, y bien le caía su hábito de descalza, daba contento a Gracián en la soledad de su eremitorio.

Y vínole al pelo mi admiración ante el retrato de Teresa de Jesús para hacerme advertir que su querencia por hablar de ella o de ella y él al mismo tiempo venía a coincidir con mi gusto por escucharle hablar de aquel idilio entre los dos, por más que mi maestro, el padre Michael Moore, jesuita como yo, siempre al acecho y cuidando de mi alma, temiendo a mi imaginación descarriada, me recomendara no alimentar el gusto de los calumniadores que dieron por sospechar de amor carnal entre Teresa y Gracián, que tantas persecuciones le trajo, cuando sólo el espíritu los juntaba y los hacía crecerse por dentro, guiados por esa voz que alumbraba a Teresa y a la que ella apelaba siempre como yo apelo a esas voces interiores que mi confesor tiene por voces erradas que siembran unas sospechas dentro de mí que sólo pueden venir del mismísimo demonio.

Y díjome Gracián, mirando el retrato de Teresa, que si él hubiera aceptado las acusaciones que se le hacían, y que tanto implicaron en ellas a la madre y a sus monjas, no hubiera subido Teresa a los altares. Y también sus silencios, sobre todo, lo que él sabía de ella como ella de él permitirían la gloria de Teresa como si de la suya propia se tratara, aunque el amor no le evitara verla en la gloria desde aquel destierro de Bruselas convertido en un infierno en el que la soledad y el abandono fueron sus mayores castigos.

Y no dudó en darse el mérito de callar cuando fue menester y resistirse a admitir las acusaciones para verse libre de los calabozos, que de ser de otra manera era probable que no hubiera llegado nunca Teresa a donde estaba ahora.

No es que Gracián se atreviera a confesarme que, glorificada ya Teresa, era como si él mismo se sintiera con ella en tales alturas, mas sí dijo que hallándose donde se hallaba se habían apagado las calumnias que sobre ella y él y algunas de sus hijas se extendieron con tanta insistencia.

Me contó que por su propia honra anduvo por Roma haciendo diligencias para que dieran por santa a la que verdaderamente lo era y hablando de ella conmigo nunca dejaba de hablar de él al mismo tiempo.

No quitó méritos a los milagros que le atribuían a Teresa ni a que Felipe II, que era dado a conmoverse con los prodigios y celebrarlos, pidiera al nuncio que interviniera en el proceso, mas sentía muchos reparos ante las milagrerías y las exageraciones, aunque se jactaba de haber sido el primero en alertar a las monjas de la necesidad de que al papa le llegaran muchas cartas, y más las de la gente de mucho rango, ya fueran el rey, la emperatriz, las infantas, los duques de Alba y las señoras muy principales que supieron en vida de Teresa de sus maravillas.

—No en vano vi la mano negra de la Inquisición para dar por herética la doctrina de la santa madre cuando era yo secretario del Santo Oficio, gracias al cardenal Deza —me dijo—. Y algún mérito tendré en su elevación a los altares por haber escrito todo un tratado en defensa de la doctrina de ella.

Mucho le iba en ello al padre Gracián, ofendido, que caminaba a la muerte, sin esperanza ya de recuperar su dignidad en todo y para todos, mirando ahora el retrato de la ya beata, cuya mirada le gratificaba tanto en su decir.

Con el dedo de Teresa en el relicario que portaba y del que nunca se desprendía como un amuleto, se gratificaba de haber escrito tanto y tan bien de ella, sin escatimar elogio, eludiendo cualquier reparo a algunas de sus debilidades y publicando en Flandes sus espléndidos libros, llenos de sabiduría; llevando aquí y allá sus estampas.

Pasaba del lamento a la irritación cuando recordaba lo mucho que quisieron apartarlo del trabajo por canonizar a Teresa, y como muestra de la mala fe que los descalzos ponían en eso me mostró una carta de Felipe de Jesús, fraile que ostentó muchos cargos en la orden y al que tan cerca tuvo en un principio y con tanta confianza, en la que le preguntaba de forma brusca y despectiva a qué propósito, con qué autoridad se metía en los negocios de la canonización si sólo él y su modo de proceder estaban estorbando aquel proceso. «Si su paternidad tuviera tantica sangre en el ojo —seguía la carta—, no se había de atrever a aparecer con estos embustes delante de gente grave, que le conocen muy bien; ni tampoco delante de religiosas y religiosos nuestros, ni menos en este pueblo, donde saben muy en particular todo el discurso de su vida y las causas de estar en el estado en que ahora está.»

Harto era el dolor que tenía al mostrarme la carta, y con dolor y un rictus de gravedad la guardó como si con ella mantuviera un inevitable resentimiento.

Había en el padre Gracián alegría, sin embargo, por el logro de aquella beatificación, como si eso aliviara en parte su fracaso, y pudiera ahora al fin morir en paz. Hasta tuve la sensación de que se sentía de algún modo beatificado con Teresa.

Antes de despedirme sacó de un armario otro texto con la letra de la madre y me lo mostró no sé con qué intención. Era el voto de obediencia a él escrito en una ermita de Écija cuando iba camino de Sevilla a fundar por voluntad de su padre Gracián. Le parecía acaso el mejor testimonio de la devoción de Teresa por él y de su entrega. Y me lo dio a leer.

De los pensamientos, malos y buenos, hablábamos el padre Gracián y yo unos días más tarde, en el mismo mes de abril, cuando acudí a su celda y se refirió él muy presto a las fantasías de Teresa, que andaba siempre entrando a su vida interior y saliendo de ella para sembrar escándalo con su oración mental y su modo de ver y decir las cosas que veía o atender a aquella voz que, desde dentro, como la del diablillo conmigo, le indicaba lo que tenía que decir o hacer y dónde había de callar o detenerse con prudencia.

Yo no sabía bien si el padre Gracián me había llamado para confesarme sus culpas en sus días finales o para desahogarse de los tormentos que una voz interior pudiera traerle al alma. Pero, aunque además de enfadado se hallara dolorido, quería seguir sincerándose conmigo.

—Halló en mí Teresa —rememoró con alguna desgana— no sólo a un cómplice sino a un atrevido que la alentaba en sus modos de vida interior, aunque no fuera yo tan partidario de las fantasías como ella. Dicho tengo ya que nunca gustáronme las revelaciones y enemigo soy de ellas y que las más son fantasmas, imaginaciones de miedo.

Y me contó el padre lo que le ocurrió cuando tenía once años y anduvo por unas callejuelas despobladas de Astorga cerca de medianoche. Un buen pedazo antes de llegar a una encrucijada dijo que se le erizaron los pelos y se estremeció. Se le levantó la gorra de terciopelo que le cubría la cabeza y no sabía qué le pasaba. Hasta que llegando a la entrada de la encrucijada, a cuatro pasos, vio un bulto del tamaño de un borrico, figura de cabrón, el color de un jaspeado de pez negra de fuego, los ojos, que lo miraban, como dos grandes brasas encendidas. Y andando atrás, sin quitar sus ojos de los del bulto, se metió en una casa en construcción, empezó a rezar, y tentando con los pies encontró dos piedras de su gusto. Pasó su capa al brazo izquierdo y cogió en esa mano una piedra y otra piedra en la derecha, y salió con tanto brío y deseo de embestir contra aquel fantasma y darle entre las dos cejas con la piedra que le pareció que en su vida tuvo mayor gana de hacer cosas. Cuando salió no lo vio y se fue con sus piedras a su casa sin temer nada. No sabía de dónde podía venirle tanto ánimo, me dijo, en aquella edad tan temprana.

Mas fue nombrar el ánimo y ponerse a contarme que ese su buen ánimo influyó en Teresa al ver en él que la búsqueda de la perfección no mengua el regocijo y que bueno es, me dijo, que la recreación y el juego no falten en la clausura como no debe faltar en ellas el silencio.

A mi diablillo le faltó tiempo para pedirme que le preguntara por esos juegos y si jugar entre ellos no era peligro de que el cuerpo se llenara de otros jolgorios no bien vistos. No atendí al diablillo esta vez para mi reconcomio y seguí escuchando a Gracián.

Me dijo:

—Y llevó Teresa esa idea del juego a sus papeles y a sus conventos como otras ideas que le ofrecí en su confesión conmigo, tan pronto abandonó a los confesores que le traían tormentos al alma, y tenían su alma al retortero, y en los que no hallaba comprensión ni se entendía con ellos, para después de mucho hablar entre los dos y mucho entendernos tomarme luego como confesor suyo, evitándose así ir de un lado para otro pidiendo opinión a los que la tenían por concebir o muy equivocada.

Seguro estaba Gracián de haber cautivado a Teresa por su virtud, o por la fama de virtuoso que ya conocía ella de él antes del encuentro en Beas, aunque al contarlo la diera por exagerada o por engañada sin que nadie se hubiera propuesto mentirle.

Y para que mi diablillo se calmara, que no cesaba de hacerme ver lo amarrada que estaba Teresa a su fraile, fue presto Gracián en quitar importancia a ese contento de Teresa. Para explicarse y explicarme el alivio de ella con él, me relató entonces la situación de angustia en la que se hallaba la monja cuando se encontraron y el consuelo que él pudo darle con los efluvios de su carácter.

—Pedía ayudas por todas partes —me contó Gracián— porque entre los dominicos cercanos a la Inquisición se discutía la experiencia mística en la que ella se empeñaba, dudosos de que Dios pudiese hablar a los seres humanos, y menos a las mujeres, y sostenían que si alguien afirmaba haber tenido gracias particulares en la oración, de una treta del demonio se trataba. Hablaban con temor y con desprecio de la monja andariega que iba de parte a parte fundando conventos para frailes contemplativos y decía además tener visiones y éxtasis. Teólogos de gran eminencia tenían en aquel tiempo por herejía propia de Lutero la tendencia a la oración interior.

Y en todo eso, menos en las visiones, a las que tampoco era muy dado Juan de la Cruz, aunque a veces las tuviera, coincidía Gracián con Teresa o era eso lo que pensó el fraile nuevo que le acercaba a ella.

Así que cuando se vieron en Beas y el corazón se le alborotó a Teresa ante su presencia, la monja sabía de sobra que si Gracián no hubiera llegado a tiempo al convento de Pastrana lo que ella quería conseguir con los religiosos, regidos hasta entonces por «un fraile harto mozo, según ella, y sin letras y poquísimo talento para gobernar», aunque no iba mal la reforma, a su parecer, llevaba el convento principio de caer muy presto.

—Recuerdo ahora cómo apareció por Pastrana en aquel tiempo —se dispuso Gracián a complacer mi curiosidad ante una pregunta mía, repetida con insistencia— aquella mujer hombruna, muy pequeña de cuerpo, vieja ya y el rostro bien de vieja, y su vestido de buriel y túnica de sayal, que más parecía un fraile robusto y enflaquecido y denegrido con penitencia y aspereza, como decía un fraile de Pastrana, que mujer delicada y hermosa, que, según me decía el mismo fraile, lo había sido. La sonrisa no se le iba del rostro, y cautivaba, mientras en su túnica andrajosa crecían las manchas. No quería trato con mujeres, acaso porque viera en ellas al propio Lucifer, ni quería toca de monja en su cabeza; quería que le diesen un hábito de fraile y, por raro que parezca, lo vistió con sus pies desnudos. Un sayal llevaba con escapulario carmelitano y, encima, la capa blanca con capilla de los frailes. Así vestida hizo un recorrido por la corte y se llegó a Toledo. La mujer hecha fraile o el fraile femenino despertó las burlas y curiosidades de toda Castilla y en Madrid desfiló en carro descubierto bendiciendo a un lado y a otro, tanto a los que hacían de ella risas como a los que, devotamente, besaban sus hábitos. Hasta nuestro rey le concedió una audiencia. Pueden atribuirse a Satanás estos entretenimientos que no parecen juegos de creer —me explicó el padre— si estos mis ojos no hubieran visto lo que vieron. Porque el empeño de doña Catalina en ser fraile y su repudio a las mujeres asombrome más que sus rigores de ermitaña en la cueva de Rodas, cerca de Pastrana, en medio de un páramo, donde se recluyó a extremar las penitencias sin que ni siquiera en la noche cesaran los azotes que dedicaba a su cuerpo maltrecho. Digo juegos del diablo porque no imagino a Nuestro Señor sometiéndonos a pruebas como aquella. Contar esto en esta hora, cuando dándole las vueltas a las virtudes y defectos de Teresa andan otros, y yo con ellos, para que de beata, como es, llegue a santa, no sé si favorece o no a la madre. Mas digo que Teresa nunca la vio, ni ella a Teresa, por lo que cuando andaba preocupada y triste en Beas al encontrarnos por primera vez no cabía suponer que la ermitaña fuera lo que le restaba ánimos de los que el contento de encontrarme la repondría, sino el ingreso de aquel raro fraile en su Carmelo reformado que agitó las aguas del manso río de los descalzos en Pastrana y metió el escándalo en la santa casa. Eso sí fue gran algarabía. No en vano algunos frailes, duros de entendederas, y más cerca de los borricos que de los hombres, si no hubiera más bondad en los borricos, empezaron a ver más virtud en aquella mujer hombruna o varón con viso de mujer que en la fascinante Teresa de Cepeda. Mas eso no era raro, más raro fue que con el tiempo la propia madre Teresa la recordara como virtuosa en su escritura.

No acababa de ver yo en Gracián lo que pensara de verdad de aquella hombruna, aunque supe por él que a Teresa debía tenerla asombrada, porque algo de mérito debió encontrar en aquella estrafalaria por ser mujer con tanto valor. Y más mérito le vería al escribir de ella, pasado el tiempo, en su *Libro de las fundaciones*.

«Cosa de España», díjele al padre Moore sin disimulo de mi menosprecio por estas rarezas de gente poco cuerda, y el padre Moore me rogó explicara a mi diablillo que harto disgusto tuvo el nuncio al saber que aquella loca se paseaba por Madrid con andrajos de fraile que llamaban la atención de todos.

Cosa de España era que Catalina de Cardona causara el revuelo que causó en la villa y corte de Madrid donde todos querían ver aquel raro caso: un fraile que no era fraile sino una mujer.

Me di a reír con ganas de este episodio, esperando que Gracián me acompañara en la risa, mas él me respondió esta vez con mirada severa, no sé si por el disgusto que el recuerdo de Catalina de Cardona le trajera o por reconocer algún fruto bueno en la semilla que esta loca sembró en Pastrana. Se lamentó, eso sí, de que no lejos de aquellos días en que hablábamos en Bruselas todavía dijera el mismo maestro de novicios que Teresa tuvo por tonto e incapaz en Pastrana que no era menos fundadora la madre Cardona que la madre Teresa de Jesús.

Yo seguía las risas de mi diablillo interior y sus propias conjeturas y le decía al padre Moore lo que mi diablillo me dictaba. Y no era otra cosa aquello que me decía sino que parecían estas historias inventadas para que Teresa y su amado Gracián las escribieran dando tanto gusto a los que pudieran leerlas como disfrutaba Teresa en su juventud con los libros de caballería.

Pero no todos los libros tienen un final feliz y tampoco parece que lo tuviera la historia de amor entre Gracián y Teresa por lo que me dijo finalmente el padre:

—Mi alma puede que estuviera vigilada por el demonio, que me quería mandón y autoritario —me confesó—. Lo supe por Teresa, que se apresuró a escribirme con la admiración y el respeto que lo hizo siempre, pero añadiéndole más energía de la que ya en ella era común, a pesar de que viviera entonces malas horas. Lo supe por su correspondencia conmigo, pero me resistí a reconocerlo ante Teresa para no poner en entredicho la suavidad en el trato con la que me distinguía en apariencia, sobrevalorada por ella con crecida estima hacia mí, y revelar así a las claras mi soberbia. La soberbia me venía de la inteligencia, que siendo un don de Dios se convierte en instrumento del diablo cuando en su luz infinita aumenta nuestra estima en alto grado y rebaja la del prójimo. Bien que me reconoció en su carta que se decidió a escribirme en día de luna en lleno, que había tenido una noche bien ruin y que así tenía la cabeza. Y acaso por tenerla mal le preocupaba que por mi culpa brotara un nuevo escándalo en Andalucía, tierra por la que ella sentía menos aprecio que el que yo sentía, que mucho era el mío por los andaluces, y no se recataba ella de expresar su disgusto porque yo anduviera tanto por Sevilla, quién sabe si por celos de aquella joven priora, la bendita María de San José, a la que pasó de ver con buenos ojos a sospechar de ella, para volver a verla con buenos ojos, cuando en Castilla no faltaban los problemas que yo pudiera resolver. Tantos, que me reprochaba a mí en una de sus cartas que no actuaba como debía hacerlo y me pedía que ante la rebelión de las monjas de Ávila, que no contentas con pedir carne hasta pretendían llevarse a la celda alimentos para almacenar, me tomara tiempo para dejar muy claro y llano que de darles el capricho poco a poco se venía a destruir todo, y todo era la reforma del Carmelo y su espíritu, y que la firmeza, me advertía, había de ser absoluta. Mas me sentí muy incómodo con sus requerimientos cuando me dijo sin reparos que por mucho que tuviera que hacer, me tomara tiempo para poner orden en la reforma y no me embebiera en las letras y me olvidara de lo mejor. En la sumisa Teresa, que me fue obediente siempre hasta la ceguera, había decepción y desencanto, lamento por la distancia entre nosotros, queja por la tardanza de las cartas.

Comprendí su soledad en medio de los problemas que la acechaban, más de este mundo que del otro, con conflictos de herencias familiares, trifulcas conventuales, asuntos de negocios y dineros en los que actuaba con verdadero primor, quejándose siempre de las cargas de las haciendas temporales. Y encima la enfermedad, los contratiempos de la salud que una mujer tan activa como ella sobrellevaba mal. Mas en el cuidado de que me embebiera con las letras, como se había embebido ella misma sin que le faltara tiempo para todo ni harto talento para la escritura, que era mucho el que tenía, advertí el mismo celo que cuando me reprochó la soberbia de hacerlo todo por mi cuenta como ella misma solía hacerlo. No dejó de hablarme mucho del amor y de las visiones con que el amor la complacía, aunque le repito que nunca gustáronme a mí las revelaciones y enemigo soy de ellas. Teresa se entendía bien con la imaginación y sus veleidades, que no en vano tenía a la imaginación por la loca de la casa. Y esa loca me llevó al desvarío de imaginar a Teresa y a mí con ella hacia donde el demonio nos conduce en su locura. Digo por eso que fue para mi desgracia que me mirara presta con los ojos del amor porque sus enemigos y los míos se dieron a la murmuración, a la calumnia y al castigo. Lujuriosos metidos en sus hábitos, crueles en la pena, sin Dios a quien temer, vividores de Dios y sin piedad ninguna, dieron en verme metido en los mismos placeres de la carne a los que ellos se entregaban con desmesura y pecando yo de ese modo con la casta Teresa o con sus monjas. Y con haber sido preso de corsarios por un tiempo, remando en la galera de los turcos, sometido a muchas vejaciones y torturas, siempre dije, y lo repito ahora, que más aflicción hallé en el secuestro de los claustros donde diéronme prisión, o en el odio del padre Doria y sus maneras de mujer, empecinado en ver lujuria donde no la había, que en el cautiverio de los infieles. Harto contento hubieran de hallar Doria y sus secuaces de haber entrado en mi alma por donde la loca de la casa se movía a sus anchas y donde yo veía a Teresa desnuda en una celda y entregada con su traje de Eva a mi cuerpo desnudo y abrazado a ella. Mas ahora que se me acerca la muerte y me halla con menos fe que la que tuve, desterrado de mi patria, en esta severa ermita de Bruselas, y junto a los frailes calzados que tanto martirio otrora me dieran para darme después muy buen cobijo, en esta covachuela donde vivo el castigo de mi amor callado, sólo para mí cuento estas cosas, que estando la madre Teresa en los altares, y yo metido en sus papeles, los que me confiara a mí y los que en posesión de otros ya se encuentran, que son su mejor gloria y que así como tanta contrariedad diéronle en vida, tanta eternidad le darán como su espíritu, porque en ellos están la que ella fue y la que nunca supo que era, no la meteré en los líos de mis imaginaciones. Menos he de contar lo que ella me contara de las suyas, ya en confesión o en íntimos murmullos. Diré si acaso que pésame haber dado la impresión con mis artes de embaucador de ser más sabio que lo que era y tan valeroso como nunca he sido. De espíritu andaba bien, aunque lo justo, en medio de las desmesuras espirituales que se producían a mi alrededor y a las que en vano quise poner freno. A todas ellas me aplicaba yo, no sólo por no quedar atrás, y acaso por la voluntad de llegar a ser ciertamente un santo. Mas sólo un viejo, tan viejo como soy y casi un moribundo, puede contar así las cosas como fueron, sin temor a caer en pecado por vanidoso o por jactancia demoníaca, ni sentir miedo a más persecución que la que ya he sufrido. El amor de Teresa me llevó a todo eso y el que por ella siento en esta hora me conduce al silencio para que quede tranquila en los altares y a los infiernos descienda yo si de mí no se apiada el Dios de aquel amor que ella y yo compartimos.

Podría desprenderse de lo que he contado que, aventurando tribulaciones cerca de la hora final, pudiera el padre Gracián esperar de mí el consuelo de una buena confesión, mas no iba a evitarle a mi diablillo aquella vez la tentativa de que me soplara al oído que en tanta estima se tenía él por confesor que más difícil le resultara ejercer la contrición como penitente que otorgarse a sí mismo la indulgencia como ministro del sacramento.

A mí hay que conocerme bien para saber del instinto que Dios me ha dado como don para hurgar en los silencios de las almas piadosas al tiempo que comprendo que les son necesarios para tratar de ser como deben ser y no como realmente son. También soy yo alma piadosa, sometida a los mismos intentos, y acaso por mis propias faltas conocedora de las faltas de los otros.

Las murallas de Bruselas le habían sido cerradas la noche anterior a cal y canto a Jerónimo Gracián de la Madre de Dios. A sus puertas, desamparado, aterido de frío aunque fuera septiembre, su cuerpo dolorido, la muerte acechándolo a la intemperie, derrotado, entre congojas, fue perdiendo el aliento. Respiraba aún, balbuceaba, y se hacían lengua los que allí estaban cuando llegué, que eran muchos, de los vómitos que padeció, de las congojas de su agonía y de las cosas que dijo sin que nadie le entendiera frente a las puertas cerradas de Bruselas.

Vínome al recuerdo su querencia de morir en el monte Carmelo, allí donde empezó la orden y sus primeros monjes iniciaron una vida de contemplación junto al profeta Elías, mas tampoco en esto había estado la vida de su parte y cuando se hallaba dispuesto a dirigirse a Galilea, ocho años antes, le había retirado su favor el papa y se lo había dado a dos frailes que llevaban un salvoconducto del Gran Turco para andar por Argel con toda libertad, que era el primer destino, y no querían ni por nada que les acompañara el padre Gracián.

Aquel día en que los carmelitas calzados de Bruselas me llamaron con urgencia al convento, donde había estado en abril por última vez, supe que Gracián llegó la noche anterior de Alost, en las afueras de la ciudad, lejos de Mons de Henao, donde radicaba un monasterio de descalzas y le habían pedido los fieles un día de aquellos la reliquia del dedo de Teresa para ponerla sobre sus cabezas o en jarrillos de agua que daban de beber a los enfermos. Aquel dedo de Teresa que llevó incluso en los días de su cautiverio, donde se lo robaron, y él mismo me había contado que para recuperarlo hubo de emplear veinte reales, más unas sortijas de oro que consiguió hacer «con unos rubinicos que traía el dedo», un dedo que no sé por qué quiso que tuvieran las monjas de Sevilla. Pero no había ido a Alost esta vez con la misión de llevar el dedo sino a otros negocios de caridad en los que se entretuvo. Y le vino la noche por el camino de regreso. Y con ella, tan lejos del monte Carmelo donde quiso esperarla, se le acercó al fin la muerte, que de tanto verla venir y haberle puesto fecha casi precisa le llegó de sorpresa y por capricho. Imaginé en aquella extraña hora que si un nombre había pasado por su mente, y de tener habla, por poca que tuviera, le vendría a los labios, ese sería el nombre de Teresa de Jesús. Y puesto a recordar las cosas que me dijo sólo unos meses antes, a resumirlas, o acaso a imaginarlas con mi diablillo dentro, mientras lo amortajaban con el definitivo hábito de carmelita calzado para enterrarlo luego en la sala capitular del convento, entre los nobles y la gente de poder que tanto trataba, a pesar de sentirse abandonado, el padre Gracián, yacente, hablaba dentro de mí.

Murió con el hábito de los gatos, que es como llamaba Teresa a los calzados. Y viéndolo así vestido, la recordé un día quejándose de la traición de los suyos, los descalzos, cuando dijo, enfadada, que ojalá se convirtiera en calzado. «Fue como profecía esto de la madre —escribió el padre Gracián—: que habiendo vuelto con los calzados, he tenido más quietud y me han tratado con más amor, honra y caridad que si estuviera con los descalzos.»

Nunca habría querido verlo derrotado, frente a aquellas murallas, la imaginativa Teresa de Jesús que tanto lo admiró. Mas él debía estar muy seguro en aquellas últimas horas de que ella lo esperaba en otra vida. Y mi diablillo había quedado convencido de que el padre Gracián aspiraba a compartir con ella una misma gloria en los altares.

Cerradas esta vez las puertas de la vida definitivamente, como le fueron clausuradas tantas otras puertas a lo largo de su dura existencia, tampoco ahora, las murallas de Bruselas selladas a cal y canto, Jerónimo Gracián de la Madre de Dios había llegado a tiempo.

Seguro que Teresa de Jesús le reprocharía con buen humor su retraso.

# EPÍLOGO

Tuve la intención de rematar con aquel relato de Bruselas la novela total que les he venido anunciando y publicarla con su título originario: *Sus ojos en mí.* Y con mi propia firma: Ronald Weyler. Decidí, sin embargo, posponer su final y su publicación a un posible retorno de mi sobrino o a recibir alguna noticia sobre su vida que me permitiera compartir con él este entretenimiento y culminarlo, si acaso, con su aprobación.

Apenas supe de Julio, sin embargo, que podría encontrarse en París de ser cierto lo que me había contado Antonio Ruiz, un amigo historiador de Segovia: que lo había visto allí en su visita a una exposición y, además de evitarle el saludo cuando Antonio se dirigió a él, negó ser Julio Weyler en un impecable francés. Leandro Silva, exquisito cultivador de petunias segovianas, también amigo, dijo haber visto en una galería de Roma una exposición de óleos de un artista llamado Julio Weyler en cuyo catálogo figuraba la foto de mi sobrino, sin que se supiera por la nota biográfica si era pintor español o no. Y de él había recibido un dibujo para la realización de una vidriera mi amigo Carlos Arriba, artista del cristal de La Granja, con carta adjunta, pero sin remite, y con matasellos de Lyon.

Desistí, pues, de publicar por el momento el texto concluido, que en buena parte era el suyo, hasta que me llegó dos años más tarde un libro, publicado en Francia con el título de *Leur yeux sur moi* y cuya autora era pretendidamente una española, Teresa Gracián, nombre que encerraba una clave evidente. No se hablaba en él de la relación amorosa de Teresa de Cepeda y Jerónimo Gracián, como yo supuse en principio, sino de una historia similar entre dos hombres y frailes ambos. Tal como había sospechado, nada más leer el nombre de la autora que presentía un seudónimo, concluí que el autor era mi sobrino y me reconfirmé en que no se trataba de otra cosa que de una extravagancia más de las suyas tan pronto leí la dedicatoria: «*A Juan Moreno*. In memoriam». Juan Moreno era el nombre de la verdadera identidad de fray Humberto de San Luis, su nombre civil antes de que este tomara los hábitos y cambiara su onomástico de acuerdo con la regla de la orden.

El relato empieza con el encuentro en el cenobio carmelita de Segovia de un joven fraile que dice llamarse Eliseo con un religioso que le dobla la edad y lleva el nombre de Humberto. Al parecer pueden más las miradas que las palabras en ese libro y un dios pagano se interpone entre ellos y entran en un rápido embeleso que los lleva a tomarse de la mano y caminar juntos por un sendero inextricable en el que descubren prados en los que tenderse, celdas monacales en las que reconocerse desnudos, músicas de pájaros que los invitan a volar, extrañas apariciones. Mucha poética, aliento sobrado de misticismo y todo un arrebato erótico a lo largo de páginas y páginas que llevan al fraile maduro a abandonar el convento en secreto, con la misma vestimenta con que Gracián tomara en su día la calle, y a dejarle al joven un mensaje que le hace llegar un pariente, aparentemente idiota, en el que no me queda otro remedio que reconocerme, invitándolo a encontrarse los dos en Venecia.

Es en ese punto donde la novela se vuelve realista y los dos enamorados se internan en el mundo del arte y sus negocios, pero después de muchas peripecias el mayor de ellos aparece muerto por asesinato de un viejo compañero de convento con quien compartió un amor oculto durante muchos años y jamás le perdonó la traición y el abandono.

Esta incógnita me llevó a indagar entre mis amigos carmelitas si pudo haberse sospechado en algún momento de cierta amistad especial de fray Humberto de San Luis con otro fraile de los que con él anduvieran. Debió resultarle tan indiscreta mi pregunta al padre Antonio, a pesar de la delicadeza que puse en ella, que se le vio en la cara el rictus del ofendido. No obstante, dando por supuesto que sólo imaginar la sodomía en el convento y exponérsela parecía ya motivo para despedirse de mí, cayó en la cuenta de que un tal fray Melanio de la Cruz había desaparecido a la manera de fray Humberto, y con la misma rareza, hacía ya unos cuantos años. Bien es verdad que atribuir a fray Melanio el asesinato consumado en la novela quizá no fuera otra cosa que un disparate. Ahora bien, que mi sobrino llamara en su texto padre Melanio al asesino, seguro que no era una arbitraria coincidencia del destino; acaso un nuevo guiño de esos que tanto le divertían.

Ni la imaginación de mi sobrino, cuya manera de mirar a fray Humberto y fray Humberto a él, siempre fue para mí motivo de sospechas, ni la muerte misma de fray Humberto, que ahora conocía de esta manera, en la dedicatoria del libro, y menos la enrevesada historia amorosa que se cuenta en la novela francesa, no sin ingenuidad y excesivo arrebato literario, despejó definitivamente mi duda sobre si mi sobrino y su mentor se habían entregado a la sodomía y por eso había escapado el uno tras el otro.

Me vino al recuerdo, eso sí, un informe, que ya había

leído yo, sobre unos carmelitas de Toledo, Ávila y San Pablo de la Moraleja, de tiempo antes del de Gracián y Teresa, en el que se habla de los muchos miembros de estas comunidades que vivían en escándalo público y eran culpables de amores masculinos.

De buena se salvaron mi sobrino y el fraile, pensé de buen humor, al no podérseles aplicar ahora la pena de muerte en la hoguera, de acuerdo con una sentencia de la legislación medieval que a los Reyes Católicos les gustó aplicar y que Felipe II ratificó con mucho agrado. Al hombre que disfrutaba de la carne de otro hombre, tanto si era activo como si era paciente o bardaje, que en esto consistía el pecado nefando, lo quemaban vivo sin más contemplaciones. Bien es verdad que la Iglesia, que estaba encantada con esa ley, aplicaba otras medidas cuando el acusado era un clérigo y lo despachaba con destierro, ayunos y prisión monasterial. Así que es posible que, en ese caso, al menos, se salvaran de la muerte en la hoguera mi sobrino y su fraile. Como se salvaron aquellos carmelitas de Toledo, que no quisieron cambiar de vida abandonando el pecado de retozar en los lechos los unos con los otros y a los que el cardenal Cisneros expulsó y Carlos V amenazó con suprimir su provincia de Castilla si no volvían al buen camino. Pero nunca tuve ocasión de emplear mi condición de erudito, como lo hago ahora, para advertir a mi sobrino y al fraile de que peor que ellos lo pasaron otros.

Lo que hice al recibir *Leur yeux sur moi* fue dar por acabada toda esperanza de que Julio volviera, pesándome ya los años además como me pesaban. Aunque el alcohol me los hiciera más ligeros y la edad apartara de mí las tentaciones que levantaron siempre razonables sospechas en mi sobrino de que fuera yo un alma secretamente descarriada. Confieso ahora que lo soy o lo era.

Dudo de nuevo en todo caso sobre si he de ser yo quien firme esta obra que recoge tres para convertirlas, juntas, en una sola, tal cual tenía decidido, y qué nombre he de poner finalmente a su autor. Quizá me determine a dejar esa decisión en manos de quien pueda encontrar la novela arrumbada entre mis académicos trabajos de historia, una vez muerto, y opte por empeñarse en su publicación.

A esos efectos, dejo aquí constancia de que fue acabada en Segovia, a la mayor gloria de Dios, el 25 de octubre de 1980, festividad de San Frutos. Y quedo en paz.

# AGRADECIMIENTOS

A Gerald Brenan, que me contó los sorprendentes efectos de la mirada de Teresa de Cepeda a Jerónimo Gracián, y a Ronald Cueto, que me ayudó a seguirlos. A los dos protagonistas de la novela —Teresa y Jerónimo—, cuyos extraordinarios textos autobiográficos han hecho posible el relato. Y a los que me iluminaron de alguna forma el camino por medio de sus escritos: fray Luis de León y fray Luis de Granada. Anselmo Donazar, Efrén de la Madre de Dios y Otger Steggink. Antonio María Fortes, Ildefonso Moriones e Isabel Morujão. Silverio de Santa Teresa, Luis Rosales y Alberto Pacho. Pablo María Garrido, Juan Luis Astigarraga y Tomás Álvarez. María Pilar Manero, Juan Eslava Galán y Carlos Ros. Rosa Rossi, Víctor García de la Concha y Olvido García Valdés.